Dangereuse lune de miel

*

Le prix de la passion

CARA COLTER

Dangereuse lune de miel

Traduction française de
ANNE DAUTUN

AZUR

HARLEQUIN

Collection : Azur

Titre original :
SECOND CHANCE HAWAIIAN HONEYMOON

HARPERCOLLINS FRANCE
83-85, boulevard Vincent-Auriol, 75646 PARIS CEDEX 13
Service Clients — https://www.harlequin.fr/contenu/contactez-nous
ISBN 978-2-2805-1930-4 — ISSN 0993-4448

Édité par HarperCollins France.
Composition et mise en pages Nord Compo.
Imprimé en juillet 2025 par CPI Black Print (Barcelone)
en utilisant 100% d'électricité renouvelable.
Dépôt légal : août 2025.

FSC MIXTE Papier FSC® C159065

Pour limiter l'empreinte environnementale de ses livres, HarperCollins France s'engage à n'utiliser que du papier fabriqué à partir de bois provenant de forêts gérées durablement et de manière responsable.

1

En cette fin d'après-midi de printemps, Blossom DuPont se frayait un chemin parmi la foule du quartier historique de Gastown, à Vancouver. C'était une de ces journées idéales où le soleil brillait, où les feuilles des arbres commençaient à apparaître, fraîches et vertes. Où il y avait comme une promesse dans l'air. N'était-ce pas là la magie du printemps ?

Blossom n'était pas indifférente aux regards posés sur elle tandis qu'elle marchait vers sa destination. Elle sentait frémir en elle un étrange sentiment d'anticipation... ou plutôt, une anxiété familière. *La vie est trop belle. Attends-toi au pire.*

Bien sûr, l'échange qu'elle avait eu avec le père de Joe n'avait pas aidé...

Arrête, bon sang ! Arrête !

Dans à peine un peu plus de quinze jours, elle serait mariée !

Être aimée lui avait donné le sentiment de s'être épanouie. Au point qu'elle parvenait à ignorer, la plupart du temps, la petite voix qui lui soufflait : *N'espère pas trop.*

Blossom ne se trouvait pas belle, pourtant elle pensait que sa sœur Bliss l'était – Bliss, sa jumelle si semblable à elle.

Si Bliss était belle, c'était peut-être parce qu'elle avait toujours irradié cette énergie si particulière toute nouvelle pour Blossom. Et aussi parce que Bliss était douée pour se maquiller, se coiffer, s'habiller.

Blossom, elle, préférait aller au plus simple. Avant qu'elle commence à sortir avec Joseph Blackwell, se maquiller était pour elle une perte de temps. Elle ne bouclait presque jamais ses longs cheveux bruns, ni ne les relevait en chignon. Et depuis son bal de fin d'année en terminale, elle avait une aversion totale pour les jolies toilettes.

Dès que Joe l'avait invitée à sortir avec lui, Bliss s'était arrogé le droit de tout gérer à sa place. Comme elle l'avait souligné, on n'allait pas à un rendez-vous avec un milliardaire en jean et avec un coup de soleil sur le nez.

Blossom aurait dû apprécier d'avoir une coach qui l'aidait à se présenter sous son meilleur jour et lui permettait de disposer de sa vaste garde-robe. Pourtant, elle n'appréciait qu'à moitié les efforts de sa sœur.

En ce moment, Blossom portait une courte jupe noire dont les plis virevoltaient autour de ses cuisses, de minces bottines à talon qui lui conféraient cinq centimètres de plus, et un haut rose pastel laissant deviner par transparence un caraco en dentelle rouge.

« Ultra-sexy », avait déclaré Bliss avec satisfaction, avant d'achever son œuvre, emprisonnant l'abondante chevelure de sa jumelle avec une pince, accentuant l'éclat de ses yeux bruns avec une ombre à paupières...

Ses pommettes avaient pris du relief, et ses joues semblaient plus creuses, au contraire. Quant à sa bouche parée d'une légère touche de brillant à lèvres, Bliss avait décrété qu'elle *appelait le baiser*.

— Pff ! Qui a besoin de ça pour un déjeuner ? avait demandé Blossom.

— Un déjeuner avec Joe Blackwell, avait précisé Bliss.

Malheureusement, ce rappel avait ranimé la voix que Blossom tentait de réduire au silence. Cette voix qui lui demandait si Joe avait craqué pour *elle* ou pour la création de Bliss.

C'était là un chemin qu'elle avait déjà emprunté, n'est-ce pas ? Elle avait feint d'être ce qu'elle n'était pas. Avec un résultat catastrophique.

Il faut dire que la création de Bliss suscitait l'attention. C'était un peu surprenant, car Blossom n'avait jamais attiré l'attention des hommes. Pourtant, elle sentait que des regards se posaient sur elle, la suivaient. Un ouvrier en bâtiment, peu soucieux du politiquement correct, émit un sifflement admiratif.

Blossom s'arrêta devant Essence, le nouveau restaurant à la mode de Vancouver, toujours pris d'assaut. Des optimistes s'alignaient jusqu'à l'angle de la rue et même au-delà. Ces clients pleins d'espoir n'étaient pas fiancés avec Joseph Blackwell, eux ! Quand Joe avait suggéré un déjeuner dans ce restaurant, Blossom avait souligné qu'elle avait à peine le temps de faire une pause.

Elle avait un mariage à organiser. Un mariage dont le compte à rebours avait commencé. Il ne restait que seize jours. Bien sûr, Blossom avait toujours une noce en vue. Trois ans auparavant, elle avait lancé avec sa jumelle leur agence d'organisation de mariages, Blossom & Bliss. Elles aimaient à dire en plaisantant que leurs drôles de prénoms, dont leur mère, une artiste follement excentrique, les avait affublées, leur valaient enfin quelque chose de positif.

Elles avaient investi dans l'affaire tout leur argent, tout leur cœur et tout leur courage. Plusieurs fois, elles avaient cru qu'elles couleraient, que leur rêve allait s'effondrer, puis elles avaient été engagées par Harold Lee, magnat de l'immobilier, pour organiser le mariage de sa fille. La noce extravagante, avec Cendrillon pour thème, avait attiré sur leur entreprise l'attention des milieux huppés, et elles satisfaisaient maintenant les requêtes d'une clientèle de rêve.

Et c'était grâce au mariage Lee que Blossom avait rencontré Joe Blackwell, grand ami et témoin du marié. Personne n'aurait pu être plus surpris qu'elle quand, au terme de la soirée, c'était elle – et non Bliss, qui attirait tous les regards – que Joe avait invitée à danser.

Normalement, Blossom aurait refusé, pour ne pas manquer de professionnalisme. Mais, ce soir-là, lorsque Joe Blackwell lui avait tendu la main, Blossom l'avait saisie, incapable de résister à sa chanson préférée. Elle n'avait jamais oublié ces quelques minutes passées dans les bras de Joe. Aujourd'hui encore, des mois plus tard, elle restait incapable de lui résister, et se languissait de ses caresses, de son regard, de son sourire sexy.

Joe s'était esclaffé quand elle avait mentionné la file d'attente à Essence. Le propriétaire était un de ses vieux copains de fac. Ils n'auraient pas à faire la queue.

Oui, Joe faisait partie de ce *monde-là*. Et elle aussi, maintenant, pensa-t-elle avec un léger frisson. Un frisson équivoque, qui exprimait à la fois le bonheur et la nervosité. Car Joe appartenait à un milieu où elle tentait encore de trouver sa place.

De nouveau, elle se remémora sa « confrontation » avec James, le père de Joe. Les Blackwell étaient fort connus à Vancouver et richissimes – une *vieille fortune*, comme on disait. Moins d'une semaine auparavant, Blossom et Joe avaient dîné chez les parents de ce dernier, James et Celia, qui vivaient à British Properties, un élégant quartier résidentiel de l'ouest de Vancouver. James et Celia avaient toujours *semblé* apprécier Blossom.

Or, ce jour-là, James lui avait reproché à demi-mot d'avoir manipulé son fils pour se faire épouser. Certes, l'accusation était subtile et habilement formulée, mais Blossom avait bien saisi le message, et en avait été profondément meurtrie.

Blossom refoula ces souvenirs tandis qu'elle dépassait la file d'attente, ignorant les regards courroucés, et pénétrait dans le restaurant.

L'hôtesse, à la réception, était intimidante. Comme elle haussait les sourcils, comme si elle avait affaire à une cliente capricieuse, Blossom eut l'impression d'être une usurpatrice, et toutes les fragilités qu'elle croyait enterrées depuis longtemps remontèrent à la surface...

L'espace d'un éclair, elle redevint la jeune fille qui avait rendez-vous avec la star de l'équipe de football du lycée pour le bal de fin d'année, et dont la mère était toute fière d'avoir déniché une robe signée Jacob Minstrel dans une boutique de seconde main. Pour une fois, elle était une princesse de conte de fées... jusqu'à ce que tout s'écroule.

Blossom frissonna pour chasser ces mauvais souvenirs maintenant. Puis elle prit une profonde inspiration et répondit le plus poliment du monde à l'hôtesse.

— Je suis Blossom DuPont. J'ai rendez-vous avec Joseph Blackwell.

Elle ne résista pas à l'envie d'ajouter :

— Mon fiancé.

Le léger rictus de dédain que l'hôtesse avait eu à l'énoncé de son nom s'effaça comme par magie. Blossom capta un éclair d'envie dans son regard, qui semblait dire : Pourquoi vous ?

Elle s'était elle-même posé cent fois la question au cours des derniers mois de son idylle avec Joe.

— Je vais vous condui...

— Inutile, merci, je le vois ! coupa Blossom.

Elle marqua un temps d'arrêt avant de s'engager dans la salle. Oh ! comme elle comprenait la jalousie de cette femme ! En voyant Joe, elle avait toujours la même sensation – un élan de désir assorti d'un délicieux battement de cœur. Une sensation que le compte à rebours rendait plus intense encore car dans seize jours, ce beau milliardaire raffiné serait son mari !

Blossom admirait Joe. Loin de se reposer sur les lauriers familiaux, il avait réussi par son travail acharné et son intelligence, créant l'une des entreprises de design de logiciels les plus réputées du monde.

Il portait sa réussite avec naturel, en homme qui n'avait jamais envisagé d'autre situation, dans la vie, que la position éminente qu'il avait acquise. Et chez lui, l'élégance et le bon goût étaient innés.

Joe portait aujourd'hui un jean et un veston gris anthracite, une chemise en lin blanc déboutonnée au col. Il paraissait tout droit sorti de *Trends*, un magazine masculin qui affichait toujours en couverture un top model hyper-sexy. Il en avait tous les atouts : virilité absolue, beauté sidérante, assurance totale…

L'éclairage subtil du restaurant jouait sur sa chevelure châtain clair à la coupe impeccable et ponctuée de mèches blondes. La lumière adoucie mettait en valeur son beau nez droit, ses pommettes bien sculptées, la légère fente de son menton plein de caractère, l'ensemble de ses traits à peine ombrés d'un léger chaume de barbe.

Il examinait le menu, mais il leva soudain les yeux. Un sourire incurva ses lèvres sensuelles, révélant de belles dents blanches et régulières. Blossom en fut toute chamboulée, comme toujours. *Son* fiancé. Dans seize jours, elle serait Mme Blackwell.

Elle savoura le regard qu'il posait sur elle, grave et appréciateur. Les iris de Joe étaient d'un vert profond, et c'était ce qu'elle avait tout d'abord adoré chez lui – l'éclat intense de ses yeux chaque fois qu'il l'enveloppait du regard.

Il se leva à son approche, la saisit par les épaules et l'embrassa sur les joues.

— Tu es superbe, dit-il de sa voix profonde, si familière, si sensuelle.

Et son regard s'attarda sur sa bouche *qui appelait le baiser*.

Quand il craqua et l'embrassa, Blossom se sentit fondre, et c'est presque à contrecœur qu'elle se glissa sur la chaise lorsqu'il interrompit leur baiser.

— Pardon, dit-il. Je ne peux pas te résister.

— Merci, balbutia-t-elle. Tu es irrésistible, toi aussi. L'hôtesse l'a remarqué, d'ailleurs…

Il jeta un coup d'œil vers la réception, haussa une épaule, puis la contempla comme si elle était pour lui la seule femme au monde. Joe était si *parfait* !

— Alors, comment est ta journée ? demanda-t-il.

— Surchargée !

— Je savais que tu serais débordée, alors j'ai étudié le menu pour voir ce qui pourrait te convenir. J'ai pensé au feuilleté aux poires et au brie. Cela te tente ?

Dans quel monde l'un des hommes les plus riches de Vancouver essayait-il de deviner ce qu'elle aimerait à déjeuner ?

De nouveau, pourtant, un nuage assombrit son ciel bleu et ensoleillé. *Attention. Il y a de l'orage dans l'air.*

— C'est parfait. Je pendrai la même chose que toi, dit-elle, d'un ton qu'elle espérait enjoué, alors qu'elle se sentait en réalité confusément mal à l'aise.

Il sourit. Mais, sur le qui-vive, Blossom crut voir passer une ombre sur son visage. Joe était-il fatigué ? Elle l'était aussi. Mais bientôt, elle ne regretterait certes pas le mal qu'elle s'était donné.

— Tu te rends compte ? On est dans la dernière ligne droite, lança-t-elle gaiement.

De nouveau, elle perçut quelque chose de forcé dans sa propre voix, délibérément joyeuse.

Joe leva son verre d'eau, comme pour porter un toast.

— J'ai hâte, dit-il.

Tenaillée par une intuition persistante, elle eut l'impression qu'il avait laissé sa phrase inachevée. Qu'il pensait : *J'ai hâte que ce soit fini.*

À ce stade, songea-t-elle, tout le monde – et surtout le futur marié – était las des inévitables « détails » d'organisation d'un mariage, surtout lorsqu'il s'agissait d'un mariage aussi somptueux que le leur.

— Tu te rends compte, dit-il, dans dix-sept jours nous serons sur Big Island !

Blossom savait que l'île pour laquelle ils s'envoleraient le lendemain de leurs noces – sur le jet privé de la compagnie de Joe – s'appelait Hawaï. Mais on la surnommait Big Island – la Grande Île – pour la distinguer de l'archipel qui formait l'État du même nom.

— Nous serons M. et Mme Blackwell, reprit Joe. En lune de miel.

De nouveau, elle perçut une note pensive, presque lasse dans son intonation, comme s'il souhaitait faire l'impasse sur la noce pour passer à la partie agréable de leur rendez-vous.

La lune de miel promettait d'être merveilleuse, pourtant. Des amis des Blackwell avaient offert l'usage de leur propriété hawaïenne aux futurs jeunes mariés. Mais Blossom devait rester concentrée sur la tâche en cours. Pour le moment, l'étape *agréable*, à ses yeux, c'était le mariage, la maîtrise du planning conçu pour qu'elle et Joe savourent avec leurs invités une journée vraiment extraordinaire.

— À propos de mariage, dit-elle en sortant un carton de son sac, on devrait modifier un élément du menu. Le dessert.

Elle marqua une pause, puis reprit :

— Regarde... J'ai rayé le choix initial et indiqué l'autre. J'ai pu intervenir avant l'impression, heureusement, et avant que le traiteur ait scellé l'affaire.

Elle glissa le carton sur la table. Joe y jeta un coup d'œil, le reposa, passa une main sur son visage. Il était bel et bien fatigué. Mais l'intuition de Blossom s'obstinait à lui souffler qu'il y avait anguille sous roche. Quelque chose n'allait pas, pensa-t-elle, troublée.

— Est-ce que tout va bien ? demanda-t-elle.

— Oui, bien sûr...

Il avait hésité, pourtant, et elle insista :

— Quelque chose cloche dans le menu ?

Il y jeta encore un coup d'œil, et dit après un temps :

— Oh ! je me demandais seulement à quoi ressemblerait un autre genre de mariage.

Blossom se figea tout à fait, comme si elle était changée en statue. Tandis qu'elle regardait son fiancé, son sixième sens s'exprima : *Voici le moment que tu anticipais...*

Un moment qu'elle redoutait depuis sa dernière rencontre avec le père de Joe.

Prudente, elle se força à boire un peu d'eau, puis observa :

— À seize jours de la cérémonie, tu te demandes à quoi ressemblerait un autre genre de mariage ?

On aurait pu croire qu'il n'était pas loin de se demander à quoi ressemblerait un autre genre de mariée, non ?

Joe, mal à l'aise, haussa une épaule. Il la regarda, puis détourna les yeux.

— Oublie que j'ai dit ça.

Comme si c'était possible !

— Ça veut dire quoi, exactement, un autre genre de mariage ?

Elle avait tenté de maîtriser sa voix, mais une pointe de colère s'était glissée dans son intonation.

Les mariages, c'était son domaine. Les mariages parfaits. Et le sien serait plus que parfait. Tout était en place. Un lieu de rêve. Le meilleur traiteur de Vancouver. Un orchestre pour danser la nuit entière. La plus sublime des robes... Elle serait princesse. Et cette fois, aux douze coups de minuit, elle ne serait pas renvoyée à son arrière-cuisine !

Joe planta son regard dans le sien.

— Tu te souviens de notre randonnée en camping ?

— En camping ? balbutia-t-elle.

— On aurait pu faire quelque chose comme ça.

D'abord, Blossom ne comprit réellement pas. Mais son cœur battait fort, très fort sous l'effet de la peur, comme si quelque animal féroce tapi quelque part la guettait pour la dévorer – tel l'ours dont elle s'était inquiétée lors de cette équipée sous la tente qu'il se rappelait avec tant de plaisir !

— Je ne te suis pas, dit-elle, tout en faisant tourner avec nervosité sa belle bague de fiançailles en diamant.

— Je veux dire, un truc moins guindé.

— Tu souhaites autre chose pour le mariage ?

— Ce serait trop tard, tu crois ? Rien que nous et nos familles, quelques amis..., suggéra Joe, un peu trop enthousiaste à l'idée d'échanger son mariage *à elle* contre un week-end camping.

Blossom le dévisagea. L'homme qu'elle aimait plus que tout

au monde venait de se métamorphoser sous ses yeux en parfait inconnu.

Des centaines d'heures d'organisation. Des milliers de dollars déjà dépensés en robes et fleurs, acomptes divers, location des lieux de réception, traiteur, orchestre...

— Mais... le mariage doit avoir lieu dans seize jours, dit-elle d'une voix suraiguë.

— Je sais. Désolé.

Désolé ? Quel piètre mot !

— Tu n'aimes pas le concept de ce mariage ? Il est un peu tard pour s'en soucier !

— Je réfléchissais à voix haute, c'est tout, dit Joe, avec une douceur exaspérante.

— Mais tu ne comprends donc rien ? Ce n'est pas seulement un mariage. C'est... moi !

2

— Oui ! dit Blossom, désespérément. C'est tout à fait moi…

De nouveau, Blossom fut ramenée quelques années en arrière, lorsqu'elle était encore la jeune fille timide qui, dans le séjour de Ryan Paulson, attendait qu'un photographe professionnel les immortalise avant le bal de fin d'année. Celle qui tentait de ne pas paraître ébahie par la splendeur de la demeure.

Et aussi celle qui tentait d'ignorer que la mère et la sœur de Ryan l'avaient fixée avant de s'éclipser, la laissant en proie à un mauvais pressentiment.

C'est alors qu'elle avait vu la photo qui trônait sur le manteau de l'immense cheminée. Celle du bal de l'année précédente, où la sœur de Ryan arborait la même robe qu'elle en ce moment…

Soudain prise d'un malaise, Blossom avait voulu se réfugier dans la salle de bains. Elle avait entendu au passage, derrière une porte, la mère et la sœur de Ryan, dans tous leurs états parce qu'on verrait sur les clichés fièrement exposés la même robe sur deux filles différentes. « Sur elle, cette robe paraît vulgaire », avait dit la sœur de Ryan.

À présent, Blossom dévisageait Joe, et il se confondait pour elle avec Ryan Paulson. Ou plutôt, elle avait l'impression d'être redevenue l'ancienne Blossom, la jeune fille *vulgaire* qui se prenait pour une princesse.

Joe posa sur elle un regard qui ne vacillait pas.

— Pour moi, tu ne te résumes pas au choix entre une crème brûlée flambée devant les convives ou un *chiffon cake* au citron avec sauce aux myrtilles !

Elle ressentit une colère sourde en voyant que Joe – l'homme de ses rêves – ne comprenait rien. Sa propre colère la choqua. Jamais encore, elle n'avait été furieuse contre lui !

— Tu dévalorises mon travail, dit-elle en se contenant. Il ne s'agit pas de crème brûlée ni de *chiffon cake*. Tout réside dans les détails, et j'excelle dans ce domaine. Ce sont les détails qui transforment un événement ordinaire en quelque chose d'exceptionnel. Tu sais comment je suis, dans mon job.

— Encore le boulot..., soupira-t-il.

Comme si elle avait réduit au boulot tout ce qui concernait leur mariage ! Comment Joe ne voyait-il pas que leur noce devait être la plus belle de toutes celles qu'elle avait organisées ? Un témoignage absolu de son amour pour lui ?

— À seize jours de l'échéance, tu décides que notre mariage te déplaît en tout ?

C'était l'ouverture à saisir pour Joe, l'occasion de dire qu'il adorait le concept. Mais il ne pipa mot.

— On pourrait peut-être décaler la date, lâcha-t-elle.

Elle attendait bien sûr qu'il se récrie, et avec vigueur. Mais il resta songeur. Elle crut que son cœur allait éclater. *Ne pleure pas*, s'intima-t-elle.

— Ou annuler...

Était-ce bien elle qui avait prononcé ces mots ? Lancé ce défi de manière si cavalière ?

Elle crut capter une lueur de soulagement dans les beaux yeux de Joe.

Il ne voulait *pas* l'épouser !

Soudain, il lui sembla que tout se figeait, sauf le battement effréné de son cœur. Une seule pensée se cristallisa dans son esprit : qui voulait d'un fiancé réticent ?

Elle sentit une rage sourde l'envahir. Elle devait au moins

préserver sa fierté. Comme autrefois, lorsqu'elle avait continué à longer le couloir au lieu d'entrer dans la salle de bains et était sortie par une porte dérobée pour rentrer chez elle à pied. En escarpins.

— Dans ce cas, considère que le mariage est annulé, dit-elle d'une voix qui ne tremblait pas.

Joe la dévisagea, abasourdi.

— Écoute, ce n'est pas ce que j…

— En fait, coupa-t-elle, enlevant sa bague de fiançailles et la déposant devant lui, tu peux même considérer que *notre* couple n'existe plus.

Étrangement, Blossom sentit faiblir l'angoisse qui la tourmentait depuis des jours. Le pire s'était bel et bien produit. Le « suspense » était terminé. N'avait-elle pas toujours su qu'il n'arrivait rien de bon aux filles comme elle ?

N'avait-elle pas toujours su qu'elle avait défié le destin en pensant qu'elle pouvait faire partie du monde de Joe ?

Une part d'elle-même, pourtant, pria pour que Joe lui rende la bague, se lève pour la prendre dans ses bras, l'implore, lui dise qu'elle ne pouvait pas penser ce qu'elle disait.

Elle avait aussi espéré, jadis, que Ryan viendrait la chercher, téléphonerait, ne resterait pas indifférent. En vain. Et, comme Ryan, Joe la décevait.

Médusé, il fixait la bague.

— Serait-ce une rupture ? demanda-t-il

« Non, cria une part d'elle-même, bien sûr que non ! Je ne romps pas avec toi, j'en suis incapable. Tu es l'autre moitié de mon cœur. Tu es le prince que j'attendais depuis toujours. »

Mais ce fut la part d'elle-même qui reculait devant l'espoir, et savait qu'elle n'avait rien d'une princesse, qui répondit :

— Oui, c'est une rupture. Tout est fini entre nous.

Elle cédait à une impulsion ridicule ! Pourtant, il lui semblait impossible de faire marche arrière. Par peur de retirer ses propos, de fondre en larmes, de se jeter sur Joe en le suppliant de l'aimer, elle ramassa ses affaires, flanquant dans son sac le carton du menu après l'avoir froissé dans son poing, et se hâta de quitter le restaurant. La tête haute.

Elle espérait à demi qu'il se lancerait à sa poursuite. Mais il n'en fit rien.

Dans la rue, elle dépassa une nouvelle fois l'ouvrier en bâtiment, qui ne lui prêta pas la moindre attention cette fois. Parce que c'était l'amour d'un homme, et non sa tenue, qui l'avait rendue belle. Or cet amour était perdu.

Blossom DuPont était redevenue invisible.

Il faisait nuit noire. Mais lorsque Joe effleura le clavier numérique de l'entrée, il s'éclaira, et la faible lueur lui révéla la provenance du parfum qui lui chatouillait les narines. Un hibiscus, près de la porte, croulait sous les fleurs.

Il perçut le déclic d'ouverture du portail ancien, sculpté dans un bois de manguier au grain marqué, qu'on avait récemment équipé d'un clavier dernier cri. Sous les doigts de Joe, le lourd battant pivota vers l'intérieur, sans bruit.

La senteur des frangipaniers, plus odorants encore que l'hibiscus, l'assaillit dès l'entrée. La lune surgit derrière les nuages, filtra à travers les portes-fenêtres à la française, et des ombres dansantes se projetèrent dans l'espace ainsi révélé.

Bambou tissé, hauts plafonds aux poutres apparentes... L'endroit avait le charme suranné des vieilles demeures du Hawaï ancien. D'immenses ventilateurs en bois et cuivre, aux lames effilées en forme de feuille, silencieux, rafraîchissaient le lieu ponctué d'œuvres d'art et de sculptures locales d'une valeur sans doute inestimable.

Sous le clair de lune, le parquet en bois d'acacia koa – un arbre qui ne poussait nulle part ailleurs – prenait un éclat argenté.

Hale Alana.

Une décennie durant, Joe avait séjourné chaque année dans

cette belle propriété des plus vieux amis de ses parents, Dave et Becky Windstorm. Depuis que son père et sa mère y avaient fêté leurs noces d'argent. Encore adolescent, il avait tout de même perçu le caractère enchanteur des lieux, où l'on avait coutume de célébrer l'amour inaltérable qui unissait ses parents. Il avait dix-neuf ans alors. Depuis, l'atmosphère mystique de Big Island l'avait tenu dans son envoûtement.

Pendant que les Windstorm visitaient la Patagonie, Dave était tombé malade. Joe avait reçu un mot de Becky, lui annonçant qu'ils ne pourraient pas être présents à son mariage. Il n'avait pas eu le cœur d'ajouter à leurs tourments en révélant qu'il était annulé. Ses parents les mettraient au courant le moment venu.

En vérité, il y avait deux nouvelles à annoncer aux Windstorm : un mariage annulé, et un diagnostic dévastateur.

Son père et sa mère fêteraient-ils leurs noces de rubis ? se demanda Joe, le cœur serré.

« Ils pensent qu'il s'agit d'une forme rare de démence », avait dit sa mère, à peine une heure avant son rendez-vous avec Blossom chez Essence, lors de cette horrible, cette effroyable journée, voici un peu plus d'une quinzaine.

Ils pensent... Joe se raccrochait à ces mots. « Ils » se trompaient forcément ! Son père, un homme si brillant, qui avait toujours été son premier soutien, qui l'avait encouragé à croire qu'il pouvait tout accomplir, ne pouvait pas être atteint de démence !

Il y avait aussi l'autre interrogation, présente en arrière-fond comme un murmure, dès l'instant où Joe avait appris la nouvelle : était-ce héréditaire ?

Lorsque Blossom avait suggéré de reporter leur mariage, il avait ressenti du soulagement. Il avait besoin de temps pour savoir à quoi s'en tenir.

Si c'était héréditaire, qu'en serait-il des enfants ? De *leurs* futurs enfants ? On ne soumettait pas délibérément une personne aimée à un avenir affreux !

Son père. Blossom. La famille qu'ils voulaient fonder... Autant de pertes intolérables pour Joe. Était-ce pour cette raison qu'il était venu à Hawaï ?

Ils avaient choisi de passer leur lune de miel à Hawaï parce que Blossom n'avait jamais séjourné dans un pays tropical. Joe avait été si impatient de l'initier aux beautés de l'archipel ! Surtout l'île de Hawaï, terre d'extraordinaires contrastes. En un même jour, le Kilauea pouvait déverser des coulées de lave et la neige tomber sur le Mauna Kea, le volcan endormi. Certains paysages étaient couverts d'une dense végétation luxuriante où venaient à éclore des fleurs incroyables, tandis que d'autres avaient à perte de vue la nudité des anciennes coulées de lave. L'océan enchantait avec les danses des dauphins, le surgissement au-dessus des eaux des baleines, les royaumes secrets des récifs de corail.

Hale Alana étant disponible, avait-il pensé qu'il trouverait dans cette puissante et belle île où *ohana*, la « famille », était sacrée, quelque chose qui conforterait sa foi dans le pouvoir infini de l'amour ?

Cette foi avait été mise à l'épreuve au cours des semaines écoulées. S'il avait espéré trouver ici la clarté d'esprit, il sentait déjà, en dépit du calme de ce refuge, qu'il s'était fourvoyé. Sans Blossom à ses côtés, Hawaï lui semblait aussi vide qu'une caverne béante. Comme sa vie.

Il ne trouverait pas ici ce qu'il cherchait. Nulle part ailleurs, à vrai dire. Il passerait la nuit à Hale Alana puis rentrerait chez lui. Le travail avait été sa planche de salut au cours des deux dernières semaines. Le travail, et les heures passées avec Lance, son meilleur ami, qui aurait dû être son garçon d'honneur.

Joe se demanda quelle folie l'avait poussé à troquer son job, et les conversations quelque peu alcoolisées mais étrangement apaisantes avec Vance au sujet des femmes, contre cette fugue en solitaire...

La lune fut de nouveau masquée par les nuages, et la pièce plongée dans les ténèbres qui s'accordaient si bien avec la désolation de son âme.

Un mouvement capté du coin de l'œil le fit tressaillir. Il réalisa, trop tard, qu'il n'était pas seul.

Une silhouette, mettant sans doute à profit le retour de l'obscurité, surgit de derrière un haut buffet dans le coin de la pièce proche de la porte. *Un intrus !* La silhouette, casquette de base-ball rabattue, bondit sur lui, brandissant un objet.

Juste avant la collision, Joe réalisa avec soulagement la minceur de son assaillant. C'était un adolescent ! Avant qu'il puisse lui saisir le poignet pour le forcer à lâcher son arme de fortune, son agresseur parvint à lancer le vase, qui manqua de peu le crâne de Joe, puis se fracassa au sol.

Joe serra encore plus fort le poignet si mince de son assaillant, qui émit un cri de douleur et de détresse. *Une femme ?*

L'adolescente tenta, avec le désespoir d'un animal pris au piège, d'échapper à son emprise. Heureusement, il avait beaucoup plus de force qu'elle. Mais en comprenant qu'elle échouait à se délivrer, elle pivota et, avec un cri de guerrière, menton baissé, visage dissimulé par l'obscurité et la casquette, elle le heurta avec une force inattendue.

L'élan les fit chuter tous deux au sol, et son dos heurta le parquet jonché de verre brisé. Comme l'intruse s'abattait sur lui de tout son poids, les éclats de verre pénétrèrent dans sa chair.

Étrangement, malgré la douleur et le choc, il lut l'inscription sur la casquette à visière : True North. Une marque canadienne. Quelles étaient les probabilités pour qu'un Canadien se fasse agresser à Hawaï par une personne qui portait une casquette canadienne ?

Un très bref instant, son attaquante resta immobile, flasque, et il la crut vaincue. Mais sans doute avait-elle seulement rassemblé ses forces, car elle se déchaîna soudain avec l'énergie désespérée d'une créature sauvage aux abois. Elle tenta de se libérer, chercha à lui griffer le visage avec sa main libre.

— Lâchez-moi !

S'il lui avait maintenant emprisonné les deux poignets, il

contenait toujours sa réaction, même s'il devinait que son dos transpercé d'éclats de verre était en sang.

Soudain, la senteur des cheveux de l'intruse domina le parfum des frangipaniers, si présent dans la pièce. Et au même instant, avec un curieux temps de retard, il reconnut la voix de l'intruse, et le déclic se fit.

Non. Impossible !

C'est elle qui occupait ses pensées au moment de l'agression. Parce qu'ils auraient dû franchir cette porte ensemble. M. et Mme Blackwell... L'aurait-il portée dans ses bras pour franchir le seuil ?

De nouveau, la fragrance de son agresseuse lui chatouilla les narines. Une seule personne de sa connaissance portait ce parfum de lavande et de verveine des Indes, exotique et inhabituel. Il lâcha un poignet de l'inconnue, souleva la visière de la casquette...

Ils se dévisagèrent, en état de choc.

— Blossom !

— Joe !

— Mais... qu'est-ce que tu fais ici ? grommela-t-il.

— Et toi ? rétorqua-t-elle.

3

— Je profite de la maison des amis de *ma* famille, dit Joe, appuyant sur le possessif.

Il distinguait à peine les traits de Blossom dans l'obscurité, mais il aurait juré qu'elle était plus pâle que de coutume. Il palpa le mur derrière lui, trouva l'interrupteur et alluma.

Blossom était pâle, en effet. Ses yeux sombres semblaient immenses, des cernes les soulignaient. Peut-être les remarquait-on parce qu'elle n'était pas maquillée. Elle avait maigri, non ?

— Comment as-tu pu ne pas me reconnaître ? demanda-t-elle.

Quelle question ! Il ne lui serait certes jamais venu à l'esprit que Blossom se rendrait de son côté, seule, sur le lieu prévu pour leur lune de miel – désormais caduque.

De plus, il ne l'aurait jamais reconnue dans la tenue qu'elle portait. Il avait toujours apprécié le style vestimentaire de Blossom. Elle y déployait un talent non conformiste qui lui donnait envie de la contempler indéfiniment. Et il n'était pas le seul à réagir ainsi !

Mais aujourd'hui, sa tenue était hideuse, il n'y avait pas d'autre mot. Un pantalon baggy vert caca d'oie. Un T-shirt noir informe et une casquette trop grande qui lui tombait sur les oreilles. Forcément, il l'avait prise pour une ado !

Pourtant, il la trouvait toujours jolie – très jolie, d'une façon nouvelle et différente, telle une enfant perdue qui avait besoin d'un chevalier en armure.

Joe était très conscient du caractère dangereux de telles pensées envers une femme qui lui avait brisé le cœur. Et de la nécessité de combattre ces sentiments comme si sa vie en dépendait.

— Et toi, comment as-tu pu ne pas me reconnaître ? répliqua-t-il.

— Je ne t'attendais pas !

— Pareil !

— Je t'ai pris pour un intrus.

En dépit de son attitude bravache, il voyait qu'elle était secouée, et il dut combattre son désir de l'attirer dans ses bras, de lui caresser les cheveux... Il adorait ses cheveux. C'était la première chose qu'il avait remarquée chez elle.

— Je t'ai prise pour une intruse, moi aussi, répéta-t-il. Dans le noir, tu avais tout d'un jeune voyou qui m'attaquait.

— Un voyou ? C'est à ça que je ressemble quand je n'essaie pas de faire impression.

Y avait-il là un message sous-jacent ? Avait-elle essayé de l'impressionner ? Durant toute leur liaison ?

Si tel avait été son but, elle l'avait largement atteint. Mais là, elle n'essayait pas du tout de le séduire, et il ressentait pourtant ce qu'il avait éprouvé quand ils avaient dansé pour la première fois, tant de mois auparavant.

— J'aurais pu te tuer ! dit Blossom, vaguement contrite.

Cette inquiétude à retardement n'était pas une déclaration d'amour, pensa Joe. Quand on aimait un homme, on n'annulait pas le mariage prévu avec lui sous le plus léger des prétextes.

— Me tuer avec un vase ? Tu veux rire ! Il n'y avait pas le moindre risque.

— Tu aurais pu me tuer, toi. Accidentellement.

Son désir de vengeance était de l'histoire ancienne, mais s'il l'avouait, fût-ce par plaisanterie, elle aurait une idée de la colère et de l'exaspération qu'il avait ressenties, et de l'état de dévastation dans lequel l'avait plongé son coup d'arrêt brutal à leur relation. Or il était hors de question qu'il lui donne un tel pouvoir sur lui !

— Tuer, c'est plutôt exagéré, mais j'aurais pu te faire très mal, dit-il. À quoi pensais-tu, bon sang ?

— Je n'ai pas vraiment réfléchi. Je venais d'arriver quand j'ai entendu du bruit à la porte.

— Ça aurait pu être le régisseur du domaine !

— Non, je lui ai parlé la semaine dernière. Il m'avait dit que nous serions tout à fait seuls. Tout le personnel avait congé pour que nous…

Elle s'interrompit, empourprée, et il imagina sans peine les « occupations » qu'ils auraient pu avoir, seuls ici, pendant leur lune de miel.

Tandis qu'il sentait monter en lui une excitation familière, elle tenta de dissimuler sa gêne en s'en prenant à lui.

— D'ailleurs, l'administrateur ne se faufilerait pas ici dans le noir, comme un cambrioleur !

Un cambrioleur ? Sa lune de miel – non, ce n'était pas sa lune de miel – prenait décidément de plus en plus mauvaise tournure.

— C'est plutôt toi qui te faufilais dans le noir ! répliqua-t-il sans indulgence.

Il voulait la mettre en garde. Afin qu'elle puisse se protéger dans la vie qu'elle avait choisi de mener. Sans lui. Ce n'était plus son rôle de veiller sur elle et pourtant, il ne put pas se contenir.

— Pourquoi rester dans le noir ? Et si tu me prenais pour un intrus, pourquoi ne t'es-tu pas cachée dans un placard ? Et n'as-tu pas appelé les services d'urgence ?

— Comment saurais-je que les numéros d'urgence à Hawaï sont les mêmes que chez nous ? Et comment le sais-tu, toi ?

— J'ai déjà séjourné ici.

Elle haussa les sourcils.

— Et lors de tes visites passées, tu as dû appeler les services d'urgence ?

— Non, jamais.

Joe considéra Blossom d'un air rembruni. Ils sortaient ensemble depuis deux mois seulement lorsqu'il avait su qu'elle était la femme de sa vie. La magie de leur première nuit ne s'était jamais dissipée. Jamais il ne s'était senti aussi vivant qu'avec elle.

Il l'avait demandée en mariage. Ensuite, leurs fiançailles avaient duré neuf mois. Pas une fois, au cours de cette relation de près d'un an, il ne l'avait vue ainsi. Mal accoutrée. Sarcastique. Belliqueuse.

Que fallait-il pour qu'une femme en vienne à annuler un mariage ? Avait-elle eu l'impression d'étouffer, avec lui ? Elle s'était sentie obligée, semblait-il, de soigner ses tenues pour l'impressionner. Il était horrifié à l'idée qu'elle ait pu vouloir changer ce qu'elle était à cause de lui. Apparemment, ils ne se connaissaient pas si bien que ça.

— Je me réjouis que ce ne soit pas notre lune de miel. Sinon, elle commencerait bien mal !

Avait-elle tressailli ? Non, elle croisait les bras.

— Moi aussi ! lança-t-elle.

— Eh bien... Je suis enchanté de cette rencontre inattendue, mais...

— Tu as rendez-vous, c'est ça ?

— Euh, j'ai mal aux fesses, dit-il, en passant une main sur son derrière avec une grimace. Je suis presque sûr que j'ai des échardes.

— Tu es blessé ?

Il la dévisagea. Fini le sarcasme. Elle semblait bouleversée. Confondre l'amour et la pitié était une tentation facile...

— Ce n'est sans doute qu'une égratignure.

— Non... Tu saignes. Beaucoup. Ta main est couverte de sang.

Il baissa les yeux. Sa main n'était pas *couverte* de sang au sens strict, mais s'il le faisait observer, elle l'accuserait comme toujours de jouer sur les mots !

Soudain, elle avait bondi derrière lui et inspectait le bas de son dos.

— Il y a pas mal de sang, dit-elle. Je me demande s'il y a beaucoup d'échardes...

— Hé, bas les pattes !

Il n'y avait qu'à lui qu'il arrivait des choses pareilles. Des éclats de verre dans le derrière au lieu d'une lune de miel enchanteresse...

Son ex-fiancée cherchant à lui mettre les fesses à l'air pour d'indésirables raisons...

— Ne fais pas l'enfant ! dit Blossom.

Il préférait, et de loin, l'ancienne Blossom – celle qui le trouvait toujours si parfait.

Sans prévenir, elle tira sur l'élastique de son short, et il sentit la fraîcheur de l'air sur sa peau. Repoussant les mains de Blossom, il remonta son short.

— Laisse-moi voir...

— Non, dit-il, les mâchoires serrées.

— J'ai pu jeter un coup d'œil, et ce n'est pas beau à voir, tu sais.

Son derrière n'était pas beau à voir ? Ce n'était pas exactement ce qu'un homme avait envie d'entendre pendant sa lune de miel. Et même si ce n'était pas sa lune de miel, le commentaire n'en était pas plus agréable pour autant !

— Il faut que tu me laisses voir ça ! insista Blossom.

— Non.

— Pour des soins de première urgence !

— Tu n'administreras pas de soins de première urgence à mon postérieur ! dit-il avec brusquerie.

— Arrête ! Ce n'est pas comme si je ne l'avais jamais vu. Et tu auras du mal à te soigner toi-même. À moins que tu ne veuilles aller à l'hôpital ?

— Ce n'est qu'une égratignure.

— Ce n'en est pas une, crois-moi. Il y a plusieurs blessures. Comment vas-tu retirer des éclats de verre de tes fesses ?

En se levant, ce matin-là, Joe avait été à mille lieues d'anticiper que son ex lui poserait une telle question. Il n'aimait pas les surprises, et voulait toujours tout contrôler. Il n'était pas étonnant qu'il se soit senti si malheureux ces derniers temps ! Non seulement il avait perdu Blossom... mais son univers avait cessé d'être prévisible.

— Je vais te soigner, dit Blossom, apaisante. Ensuite, tu

pourras partir, même si ton retour à la maison risque de ne pas être très confortable.

Retour à la maison ? Alors que, quelques secondes plus tôt, Joe était presque résolu à ne passer que la nuit sur place, maintenant, rien n'aurait pu le déloger. Pas même une charge de dynamite !

— Je reste, dit-il, résistant virilement à la tentation de se masser les fesses dans l'espoir d'apaiser sa douleur. C'est toi qui vas devoir partir.

— Eh bien, je ne peux pas...

Il haussa les sourcils.

— Contrairement à certains, je vis dans la réalité, moi ! Je n'ai pas accès à un jet privé. Je ne voyage pas à volonté d'un bout du globe à l'autre !

Il aurait aimé nier être venu dans le jet de sa compagnie, mais Blossom savait qu'il avait été réservé pour leur lune de miel à Hawaï. Son vol aurait été si différent, s'ils l'avaient pris ensemble ! Leur lune de miel aurait peut-être commencé à vingt mille pieds au-dessus des mers...

— J'ai voyagé en classe économique, dit-elle.

— J'ignore ce que ça signifie.

— Sans blague !

— Je veux dire que... j'ignore dans quelles conditions tu peux accéder à un vol de retour, précisa-t-il.

— Dans le monde réel, on ne peut pas modifier un aller-retour sans payer de pénalité. En général plus élevée que le prix originel du billet. Lequel n'était pas bon marché, en l'occurrence, vu la réservation de dernière minute. Donc, je reste !

— Pour une lune de miel en solo ? dit-il, incrédule.

— Parce que tu passes une lune de miel ici, toi ? répliqua-t-elle. Moi, je n'appellerais pas ça comme ça, après l'annulation du mariage. Soit dit en passant, annuler un mariage exige autant de boulot que de l'organiser. Je suis éreintée et je mérite bien un peu de repos.

Avait-elle de la rancœur envers *lui* ?

— On dirait que c'est moi qui suis responsable, à t'entendre. Ce n'est pas le souvenir que j'en ai, dit-il d'une voix tendue. Absolument pas.

— Tu n'as émis aucune objection, il me semble !

Joe, au comble de la stupéfaction, songea une fois de plus qu'ils avaient été en couple pendant onze mois. Pendant cette période, pas une fois, une seule, ils n'avaient élevé la voix l'un envers l'autre. Cette femme au regard belliqueux, au ton sec, était pour lui une parfaite étrangère !

— Très bien, dit-il avec autant de dignité qu'il put, et parce que la douleur devenait vraiment aiguë. Tu peux me soigner.

— Je n'avais pas prévu de jouer les infirmières au paradis ! observa Blossom alors qu'elle et Joe cherchaient une trousse de premiers secours.

Car elle était au paradis, elle en était sûre. Même si la nuit tombait lorsque le taxi l'avait emmenée au domaine, Hale Alana avait triomphé sur l'épuisement du voyage.

C'était en partie pour cela qu'elle n'avait pas allumé après avoir franchi le seuil, se laissant pénétrer par l'atmosphère des lieux. Odorants, silencieux, calmes, et empreints d'une *sensualité* magnifique. Elle le ressentait encore en ce moment, tandis qu'ils traversaient la maison. L'air environnant était suave comme un baiser.

Ou alors, ses sens étaient en éveil parce que Joe était tout près d'elle...

Elle avait aussi conscience d'être très mal habillée. Elle n'avait emporté aucune des incroyables tenues choisies avec Bliss pour la lune de miel, supportant à peine leur vue. C'était trop douloureux. Bon, elle avait tout de même glissé dans sa valise un ou deux bikinis...

Elle était donc arrivée à Hawaï dans ses vêtements chiffonnés, sa chevelure en désordre dissimulée sous une casquette. La mine choquée de Joe lorsqu'il avait découvert sa tenue ne lui avait pas échappé. C'était la première fois, réalisa-t-elle, qu'il la voyait telle qu'elle était, et non vêtue comme Bliss estimait qu'elle devait l'être pour lui.

Joe, bien sûr, était superbe. Pas de tenue de voyage, pour lui. Il semblait, comme toujours, tout droit sorti d'un magazine de mode masculin. Dès la descente de son jet, il arborait une tenue « chic tropicale décontractée » : short kaki et chemise marine impeccables. Le short révélait ses longues jambes musclées, la chemise moulait son torse et ses biceps d'athlète. Ses cheveux étaient à peine ébouriffés par le voyage et sa barbe semblait plus drue que d'habitude, mais cela lui allait bien.

Soudain, elle fut prise de l'envie de poser la main sur son torse familier pour sentir sous ses doigts les battements de son cœur viril. Subrepticement, elle l'examina, guettant sur son visage des signes de chagrin. En vain, hélas...

Ils trouvèrent enfin la trousse de premiers secours dans un placard blanc orné d'une croix rouge, près de la piscine. Les parents Blackwell aussi avaient une piscine. Et un jardin. Mais rien d'aussi spectaculaire !

Le bassin arrondi, sculpté dans la roche volcanique noire, était superbe. Sous l'eau, des lumières lui donnaient la couleur du saphir. Un jacuzzi avait été aménagé au-dessus du bassin principal. La vapeur qui s'en élevait ajoutait à l'atmosphère mystérieuse des lieux, et lui remémorait qu'elle se trouvait sur une île volcanique.

Une cascade se déversait entre les bassins, entourés d'hibiscus de toutes les couleurs au parfum divin.

— Bon, finissons-en ! dit Joe d'un ton sec.

Il se mit à plat ventre sur la grande table ronde, ses mains agrippant les rebords, et Blossom, arrachée à sa contemplation, abaissa son short.

La situation était si différente de celle qu'elle avait envisagée jadis pour sa première soirée de lune de miel qu'elle laissa échapper un rire.

Mais après tout, elle avait le sens de l'absurde, et avait appris à s'attendre toujours à l'inattendu !

4

— Ça te fait rire ? demanda Joe d'un ton qui ne promettait rien de bon.

Avait-elle jamais perçu de la menace dans sa voix, auparavant ?

— Pas du tout !

— On dirait pourtant le contraire. J'ai l'impression que tu railles ma position ridicule.

Elle eut un rire nerveux.

— Arrête !

— Je ne peux pas !

— Tu ne peux pas ou tu ne *veux* pas ?

— Tu as toujours eu un adorable derrière, laissa-t-elle échapper.

— Blossom, ce n'est pas le moment !

Il y avait, dans la voix de Joe, une note rauque qui la fit frissonner. Pourquoi fallait-il qu'il soit si sexy ?

Malgré l'incongruité de la situation, l'atmosphère était sensuelle, et son trouble si vif qu'elle en fut presque honteuse.

— Ce sont des blessures superficielles, apparemment, dit-elle en essayant de garder son sérieux.

— Je ne veux pas savoir de quoi ça a l'air. Fais ce qu'il faut, c'est tout !

La voix de Joe était mordante. Peut-être était-il lui aussi plus troublé qu'il ne le souhaitait ?

Elle dénicha une pince dans la trousse d'urgence et, avec

précaution, retira une des échardes de verre incrustée dans la chair. Elle n'aurait pas dû savourer le léger cri qu'il laissa échapper.

— Aïe ! Ça fait mal !

— Imagine qu'on est en camping, et que tu as atterri dans un buisson de ronces.

— J'ignorais que tu n'avais pas apprécié notre rando sous la tente, répliqua-t-il, surpris.

— Si, certaines choses m'ont plu, dit-elle prudemment.

Partager un sac de couchage double avec Joe, pour commencer. Se blottir contre lui sous une couverture, près d'un feu de bois, et admirer le ciel qui se remplissait peu à peu d'étoiles...

— Mais ?

— D'autres choses m'ont fait peur, avoua-t-elle - réalisant qu'elle n'était pas aussi franche avec lui, d'habitude.

— Lesquelles ?

— Sortir de la tente au milieu de la nuit pour faire pipi alors qu'il pouvait y avoir des ours dans les parages. Ou un meurtrier armé d'une hache caché entre les arbres. Le lieu était très isolé, tu te souviens ?

Il y eut un long silence.

— Pourquoi ne m'as-tu pas dit que tu avais peur ?

Parce qu'elle voulait l'impressionner, voilà pourquoi ! Parce qu'elle avait envie d'aimer les mêmes choses que Joe. Ce qui était vraiment pathétique, avec le recul !

— Je croyais que tu aurais une mauvaise opinion de moi.

— Oh... Merci pour la confiance.

— Ah, tu vois ? Tu as une mauvaise opinion de moi.

— Pas du tout !

— Mais si ! Tu penses que j'exagère. Tu veux une femme qui n'a peur de rien.

— Tu n'as aucune idée de ce que je veux, répliqua Joe. Et surgir des ténèbres pour assommer un intrus avec un vase, ce n'est pas précisément un manque de courage.

Elle resta silencieuse.

— Je t'ai toujours trouvée audacieuse, reprit-il. De ta façon de t'habiller à ton penchant pour l'exploration et la nouveauté.

Ce n'était sans doute pas le moment de confesser à Joe que c'est Bliss qui avait choisi ses vêtements. Et que son goût des choses nouvelles avait surtout obéi au désir de lui plaire.

— Attention, ça va faire mal, le prévint-elle.

Elle ne se réjouissait *pas* de le faire souffrir. Elle ne cherchait *pas* à lui faire payer ses paroles cruelles. Elle n'était *pas* en colère parce qu'il avait cru à l'illusion créée par Bliss...

— Ah, parce que avant, ça ne faisait pas mal ?

— Là, ce sera pire. L'écharde est plus grande. Et incrustée plus profondément.

— Aaaaïe !

— Sois courageux. Ceux qui vivent au grand air sont habitués à ce genre de choses.

— Qu'est-ce que tu en sais ? Toi qui as peur de la nature sauvage ?

— Tu connais cette émission de téléréalité où on lâche des gens dans un coin reculé du globe ? *That's Wild* ? La saison dernière, un bout de branche pointu s'est enfoncé dans le pied d'une candidate. Ça oui, c'est une vraie blessure !

Comme elle l'espérait, son bavardage sembla le détourner un instant de la douleur.

— Épargne-moi les détails ! dit-il avec un gémissement.

Il ajouta après un temps :

— Nous n'avons pas vu cette émission ensemble.

Nous... Il n'y avait plus de *nous*. Et il n'y en aurait jamais plus, songea Blossom avec amertume, parce qu'elle n'avait pas le courage d'affronter les dangers de l'amour.

Il leur était arrivé de regarder la télévision ensemble, en effet, se souvint-elle. Pas très souvent. Puis, très vite, son temps avait été accaparé par l'organisation du mariage.

C'est après la rupture que Blossom avait regardé cette série. Et même envisagé d'y poser sa candidature. Puisqu'elle n'avait plus aucune raison de vivre, après avoir jeté aux orties sa chance de bonheur...

Pour une vétille, disait Bliss, si furieuse qu'elle lui adressait à peine la parole. Bliss considérait Joe comme la huitième merveille du monde, et enrageait de voir leur entreprise, Blossom & Bliss, se débattre financièrement après l'annulation tardive du mariage de sa jumelle, dont elle était aussi l'organisatrice...

« Il faut que tu dises à Joe qu'on doit une énorme somme d'argent ! » avait plaidé Bliss. En effet, les parents de Joe avaient offert de payer la noce, mais Blossom, par orgueil, ne pouvait pas se résoudre à leur téléphoner. Elle aurait eu l'impression de mendier.

Alors, elle avait vidé son compte personnel, et demandé un prêt. Elle n'aurait pas dû venir à Hawaï, mais elle avait terriblement besoin de faire baisser la pression qui s'accumulait soudain dans sa vie. En dehors du billet d'avion, ce séjour serait « tous frais payés ».

— Oui, en effet, j'ai vu l'émission toute seule, dit-elle à Joe.

— Curieux choix, pour quelqu'un qui n'aime pas trop le contact avec la nature.

— Il y a des tas de choses que tu ignores à mon sujet.

— Apparemment.

— Par exemple, Bliss, maman et moi avons vécu dans une voiture pendant trois mois.

Pourquoi lâchait-elle *ça* maintenant – un pan de sa vie secrète – alors que cela n'était jamais venu dans les conversations quand ils étaient en couple ?

Joe se figea.

— Quoi ?

— Rien...

— Blossom...

— C'est bientôt fini !

Elle appliqua l'antiseptique avec un peu trop de vigueur. Rien de tel qu'une petite douleur pour mettre fin à une conversation gênante… Puis elle pansa les blessures avec du sparadrap et de la gaze, si bien que les fesses de Joe cessèrent tout à fait d'être sexy.

— Voilà ! fit-elle avec satisfaction, avant de lui donner une légère claque sur les fesses, comme un joueur de foot l'aurait fait à un coéquipier.

Puis elle remonta le short et recula pour laisser Joe se redresser.

Il pivota vers elle. Ses yeux verts étaient vraiment magnifiques !

— Merci pour tes bons soins…

Blossom s'avisa soudain que ses vêtements de voyage étaient étouffants, dans cet environnement tropical. Elle se persuada que son désir de plonger toute nue dans la piscine n'avait rien à voir avec Joe, ses yeux superbes, ni avec son récent contact avec une partie d'ordinaire cachée de son anatomie.

— La journée a été longue, balbutia-t-elle.

Et sa vie était un beau gâchis ! songea-t-elle, amère. Et la présence inattendue de Joe dans le lieu où elle avait espéré se ressourcer, faire son deuil et aller de l'avant, n'arrangeait rien.

Rien de tout cela ne semblait réalisable maintenant qu'il était là.

Joe avait suggéré qu'elle rentre chez elle, mais elle éprouvait le sentiment bizarre – ou peut-être familier – de ne plus savoir où elle habitait.

— Je ne sais que faire, avoua-t-elle. Qu'on soit tous les deux ici, c'est très gênant.

Il eut une étrange expression. *Empathie ?* Elle ne l'avait peut-être pas détourné de sa confession aussi bien qu'elle l'avait cru.

— Je m'interroge, dit-il avec lenteur. On pourrait s'arranger pour que ça fonctionne. Nous venons de passer l'épreuve de la gêne, il me semble. Je ne vois pas ce qui pourrait être pire.

— C'était pire pour toi que pour moi.

— C'est sûr.

Et soudain, ils éclatèrent de rire en chœur. Puis ils réalisèrent que c'était agréable et familier, et aussi un peu déroutant, vu les circonstances.

— On pourrait rester tous les deux, dit Joe. La maison est vaste. Je suis sûr qu'on peut éviter de se croiser.

Fiancés hier, ils s'évitaient aujourd'hui. Cherchait-il à dire qu'elle pouvait rester par pitié pour elle ? Parce qu'il lui était reconnaissant de l'avoir soigné ? Ou tout simplement parce que c'était un chic type ?

Quoi qu'il en soit, c'était à mille lieues de l'amour fou.

— Je vais balayer les débris de verre, puis j'irai me coucher, dit-elle.

Il était 2 heures du matin à Vancouver, pensa-t-elle. Une heure où les gens pouvaient devenir très vulnérables. Bavards. Enclins à confier toutes sortes de choses stupides, comme par exemple qu'ils avaient déjà vécu dans une voiture.

Mais pourquoi lui avait-elle lâché ça ?

Ça aurait pu être pire, songea-t-elle. Elle aurait pu lui dire qu'elle l'aimait, qu'il lui manquait terriblement…

— Je me charge du vase, dit Joe.

Même si elle était épuisée, et plus que déroutée par sa présence, elle demanda :

— Tu crois qu'il vaut cher ?

— C'est un Ming.

— Pitié, dis-moi que tu plaisantes !

— Très bien, je plaisante.

Elle n'aurait su dire si c'était le cas ou non, mais les relations de Joe ne meublaient pas leurs demeures avec des objets de pacotille.

— Mais…

— Bon sang, Blossom, tu ne vas quand même pas t'évanouir à cause d'un vase ? Va donc te coucher et n'y pense plus, dit-il d'un ton bourru. Je m'en occupe.

Elle ne le laisserait pas remplacer le vase, bien sûr. Mais cela se réglerait plus tard, car il avait raison : elle tenait à peine sur ses jambes.

— Où puis-je m'installer ? demanda-t-elle.

— Dans n'importe quelle chambre du rez-de-chaussée. C'est

sûrement fermé, à l'étage. C'est le sanctuaire privé de Becky et Dave lorsqu'ils séjournent ici. Ils ont plusieurs maisons dans le monde, tu sais…

Elle s'installa dans une chambre somptueuse et ouvrit les fenêtres pour accueillir les bruits de la nuit, l'odeur des hibiscus. Elle se brossa les dents, se mit en pyjama, puis se glissa entre les draps frais.

Elle croyait qu'elle ne parviendrait pas à trouver le sommeil, dans ce lieu inconnu, et avec la présence imprévue et perturbante de l'homme qui avait failli être son mari. De plus, le ventilateur au plafond émettait un cliquetis et, au loin, elle entendait le fracas des vagues. Pourtant, elle s'endormit dès qu'elle eut posé la tête sur l'oreiller.

5

Un concert de chants d'oiseaux réveilla Blossom. La lumière projetait l'ombre des feuilles de palmier sur le mur de la chambre, la brise délicieuse faisait onduler les rideaux, et au loin, elle entendit le bruit des vagues... Tout cela, ajouté à l'alléchante odeur de café chaud, créait une ambiance très exotique.

Blossom éprouva un curieux sentiment de bien-être, et c'était bien la première fois depuis son désastreux déjeuner de rupture. Cela devait être dû à la magie de Hawaï, pensa-t-elle, et non au fait que les bruits provenant de la cuisine signalaient la présence de Joe. L'homme qui avait failli devenir son mari.

Elle n'aurait pas dû avoir envie de le voir et pourtant, elle avait hâte de le retrouver. Elle considéra son pyjama à carreaux confortable, que Bliss aurait trouvé « moche ». Elle ne gagnerait rien à se changer, car tout ce qu'elle avait entassé dans son sac de voyage était typique de la garde-robe d'une femme qui a renoncé à l'amour.

Cependant, tandis qu'elle considérait les options qui s'offraient à elle, elle entendit s'ouvrir puis se refermer la porte d'entrée. Elle se leva et alla regarder par la fenêtre, où elle vit Joe s'engager dans l'allée. Il partait !

Il portait un short et une chemise blanche à manches courtes. Ses lunettes de soleil lui donnaient l'allure d'une star et il portait un sac en bandoulière. Allait-il vraiment l'abandonner ici ?

La veille, elle lui avait avoué qu'elle n'était pas la femme hardie qu'elle avait pu paraître au cours de leur liaison. Qu'elle avait peur de tout, en fait. Ce qu'elle n'avait pas confessé, c'était ce dont elle avait le plus peur : l'amour...

Le cœur battant, elle examina le sac de Joe et s'aperçut qu'une serviette et un tube de lotion solaire en dépassaient. Il ne s'absentait pas pour toujours !

Non, il partait pour la journée, se remémora-t-elle, fidèle à sa promesse de tout faire pour l'éviter. Il monta dans une voiture décapotable, puis démarra.

Elle le regarda disparaître, avant de porter son attention sur les environs, si beaux qu'elle en oublia presque sa déception d'avoir été abandonnée par Joe.

Le spectacle était réellement splendide. Construite à flanc de colline, la propriété donnait sur l'océan. Au loin, un véliplanchiste dansait sur les eaux turquoise, jaillissant puis disparaissant sur les vagues bordées d'écume. Au-delà de la déferlante, des bateaux ondulaient doucement.

Blossom gagna la vaste pièce à vivre et la traversa pour pénétrer dans la cuisine ultramoderne, et luxueusement meublée. À la lumière du jour, l'espace était encore plus invitant que la veille au soir.

Un grand vase d'oiseaux de paradis qu'elle n'avait pas remarqué la veille ornait l'îlot. Il y avait aussi une bouteille de champagne et, à côté, une corbeille ornée d'un ruban débordait de fruits exotiques : ananas, papayes, mangues, avocats, fruits de la passion, bananes...

Il contenait une enveloppe blanche adressée à M. et Mme Blackwell. Pensive, elle la prit et en effleura la calligraphie du bout des doigts.

Le régisseur du domaine lui avait téléphoné quelques jours plus tôt.

— Mademoiselle DuPont ! La Maison de l'Éveil est prête pour vous.

— La Maison de l'Éveil ?

Kalani avait eu un léger rire.

— C'est la traduction de *Hale Alana*. Le personnel a pris congé pour vous assurer une intimité totale.

Blossom s'était sentie rougir. Pensait-il que les gens allaient et venaient tout nus pendant leur lune de miel ?

— Le réfrigérateur est plein, et le chef a mis des plats préparés dans le congélateur. Le personnel s'est donné beaucoup de mal pour que cette lune de miel soit parfaite.

Blossom avait été sur le point de révéler que la lune de miel n'aurait pas lieu. Mais les mots étaient restés coincés dans sa gorge.

Il n'y aurait personne à Hale Alana. Si elle y allait, nul n'en saurait rien. Elle serait tranquille et pourrait panser ses blessures.

Jamais Blossom n'avait affronté une épreuve tout à fait seule. Soudain pourtant, elle avait agi comme sa jumelle : elle avait cédé à une impulsion. Peut-être même avait-elle pensé qu'il serait dommage que le personnel du domaine se soit donné tant de mal pour rien.

Cependant, elle n'avait pas envisagé qu'un *cadeau* l'attendrait ici. Qui devait ouvrir cette missive, d'ailleurs ? Elle ou Joe ? Devaient-ils l'ouvrir, d'ailleurs ? Mais oui, bien sûr ! Et il faudrait probablement répondre, mais Blossom n'avait vraiment pas envie de penser à ça en ce moment !

Joe avait fait du café Kona, l'arabica originaire de Big Island, et avait rangé les grains fraîchement moulus près de la machine à café. Blossom se versa une tasse, et un soupir de plaisir lui échappa alors qu'elle avalait une première gorgée du délicieux breuvage, parmi les plus rares du monde.

Il y avait près de la machine un petit mot, et elle reconnut d'emblée l'écriture pleine de caractère de Joe.

> *On peut explorer Big Island sa vie durant et pourtant ne pas la connaître entièrement. Mais il y a trois choses incontournables, à voir à tout prix : Hapuna Beach (attention, fortes vagues),*

le volcan (en éruption actuellement) et le Jardin botanique tropical.

Blossom comprenait les deux premiers choix. Joe adorait le surf, et il était aussi ardent qu'un volcan. Mais un jardin ?

Il lui avait laissé une carte, avec les lieux signalés, et elle y jeta un coup d'œil. Elle ne s'était pas doutée que l'île était aussi vaste ! Le volcan était à plusieurs heures de route. Tout comme le jardin, puisqu'elle se trouvait, à en juger par la carte, sur la Kohala Coast. L'attraction la plus proche était la plage, qu'elle pourrait gagner à pied si elle en avait l'énergie.

Ce qui n'était pas le cas.

Vu le prix des courses en taxi, elle ne ferait guère d'explorations. D'ailleurs, pour elle, les meilleures vacances consistaient à paresser près de la piscine. C'était Joe qui l'avait entraînée hors de sa zone de confort pendant leur liaison.

Si elle oubliait qu'elle et Joe se trouvaient tous les deux dans le lieu prévu pour leur lune de miel, pouvait-elle concevoir un meilleur endroit pour redécouvrir qui elle était réellement ? Blossom était enchantée à l'idée de rester ici pendant tout son séjour.

Elle aperçut un plat de muffins et de fromages à côté de la grande corbeille de fruits. Joe avait découpé un ananas, et l'odeur qui lui vint aux narines était aussi divine que celle du café. Elle prit une tranche et mordit dedans. Jamais elle n'avait rien goûté d'aussi exquis !

— Je vais passer une journée de rêve, se dit-elle.

Joe se gara devant Hale Alana. Il était parti dans sa voiture de location dès le matin, soulagé que Blossom ne soit pas encore levée. Il était venu ici pour fuir le déluge de sentiments dont elle était seule responsable. Hélas, elle était là, et le déluge, pire que jamais.

Il avait donc passé sa journée à explorer des endroits hors des sentiers battus, s'échinant à profiter de Hawaï avec une détermination rageuse. Mais la pensée qu'il aurait été censé faire tout cela avec *elle* le poursuivait avec obstination.

S'il devait noter sur dix sa satisfaction jusqu'ici, il lui aurait attribué un. Et encore !

Tout ça à cause de Blossom.

Heureusement, il n'y avait pas trace d'un autre véhicule sur l'aire de stationnement ombragée de palmiers, devant la maison. Joe supposa qu'elle avait vu son mot et décidé de partir en balade. Si peu charitable que ce fût, il espéra qu'elle avait eu comme lui une journée décevante.

Mais faisait-elle au moins preuve de prudence ?

Lors de ses séjours ici, il avait profité de la longue expérience de Dave et Becky dans l'archipel. Cependant, pour les novices, les lieux pouvaient se révéler dangereux.

Il y avait la lave, responsable chaque année de milliers de coupures, fractures ou foulures de cheville parmi les non-initiés. Quant à l'océan, il pouvait prendre un débutant par surprise. Sur certaines plages de Kohala Coast, la péninsule nord-est de Big Island, les hautes vagues étaient impressionnantes et d'une incroyable puissance.

Joe s'avisa qu'il aurait dû, ce matin-là, ne pas partir avant d'avoir communiqué à Blossom ces informations de sécurité.

Il espéra qu'elle avait opté pour une journée à la plage, à Hapuna, qu'il lui avait recommandée. C'était la plus proche de Hale Alana, et elle était surveillée.

Mais il y avait aussi beaucoup de plages isolées où l'on pouvait se retrouver en fâcheuse posture avant même de s'en rendre compte, emporté par un contre-courant.

De plus, les vagues n'étaient pas le seul danger, sur une plage. Une femme seule. Quelque peu vulnérable, peut-être, après la récente annulation de son mariage. Avec ces grands yeux bruns, cette superbe chevelure cascadant dans son dos et son air d'innocence blessée, Blossom pouvait devenir *pour de bon* la proie d'un type louche.

Joe réalisa qu'il n'arrivait pas à se départir de son inquiétude. On ne cessait pas de tenir à quelqu'un comme on ouvre ou referme un robinet. Comment pouvait-il partager le même toit qu'elle, l'envoyer seule en exploration, puis ne pas se faire de souci ?

Or, il était venu ici pour fuir les pensées qui se rattachaient à Blossom !

Il va falloir que tu quittes Hawaï, et le plus tôt sera le mieux.

C'était sa première pensée apaisante depuis son arrivée.

Descendant de son véhicule, il entra dans Hale Alana avec des résolutions précises : passer un maillot de bain, prendre une bière et nager un moment. De la piscine, il passerait un appel au pilote du jet, puis il se mettrait en route.

S'il faisait l'impasse sur la baignade, il serait parti avant le retour de Blossom, songea-t-il alors. Mais l'attrait de la piscine était trop fort. D'ailleurs, il devait prendre des arrangements avec le pilote, et il était encore tôt dans l'après-midi. Si elle s'était rendue au Parc national des volcans de Hawaï, elle n'était pas près de rentrer.

Il alla se changer, passa une serviette autour de son cou et prit une bière. Il remarqua que le mur arrière était grand ouvert sur la piscine. Étrange. Même si Hale Alana était un havre de paix et de sécurité, Blossom s'était aperçue la veille, en croyant à une intrusion, que le domaine n'était pas coupé du reste du monde. Elle réalisait qu'il fallait verrouiller en sortant, tout de même ?

Si elle n'était même pas capable de ça, comment aurait-elle pris les précautions nécessaires en explorant l'île ? pensa-t-il en franchissant les portes ouvertes et en s'engageant sur la terrasse.

Blossom était là, et sa première réaction en la voyant fut le soulagement. Elle était saine et sauve ! Elle avait su éviter les dangers de Big Island !

Allongée à plat ventre, sur un transat de l'autre côté de la piscine, elle semblait totalement détendue. Au-dessus de la culotte minuscule de son bikini, son dos était nu – les bretelles du soutien-gorge étaient dénouées pour qu'elle n'ait pas de marques de bronzage, sa chevelure ramenée par-dessus son épaule.

Quand était-elle rentrée ? Sans doute pendant qu'il se changeait, même s'il n'avait pas entendu de moteur. Curieux, il gagna la porte d'entrée et jeta un coup d'œil à l'extérieur : pas d'autre voiture que la sienne.

Il s'intima de changer ses plans, de faire l'impasse sur la baignade. Mais elle l'attirait comme un aimant happe le métal, et il retourna vers la piscine, incapable de résister au désir de la contempler à son insu…

Elle semblait profondément endormie. Il enveloppa du regard la rondeur de ses épaules, la mince courbe de son dos, sa chevelure de soie rabattue sur le côté, ses fesses moulées par le bikini, ses jambes fuselées…

Quelques semaines plus tôt, elle était à lui. Il était libre de la caresser, d'explorer son corps. Leur entente sensuelle avait toujours été merveilleuse. Qui aurait pu croire que tout cela finirait par la sensation de vide et la nostalgie qu'il éprouvait depuis qu'elle avait posé devant lui sa bague de fiançailles ?

Cette alchimie sexuelle, si puissante et électrisante, avait peut-être oblitéré tout le reste, s'avisa-t-il soudain. À commencer par une bonne communication.

Pars !

Oui, il devait s'en aller avant de tomber encore plus bas, mais une autre voix se faisait entendre en lui. Pourquoi leur idylle avait-elle mal tourné ? Était-ce réparable ? Y avait-il de l'espoir ?

Une fois encore, il contempla la délicatesse de sa peau. Qui l'aurait laissée s'exposer ainsi à un coup de soleil ?

Il avala une gorgée de bière revigorante et avança sur la terrasse.

— Ohé ! lança-t-il, peu désireux d'être traité de voyeur – même s'il venait d'en avoir le comportement.

Blossom se réveilla en sursaut et, quand elle le vit, laissa échapper un petit cri de surprise avant de se couvrir. Avec son livre, qui l'obligea à se pencher pour le saisir, révélant la plus belle partie de son anatomie.

Était-il content de tenir sa vengeance après avoir subi l'inspection de Blossom, la veille ? Eh bien, oui, pardi !

Elle parut se rendre compte que le livre ne couvrait pratiquement rien. Le maintenant en place d'une main, elle attrapa à tâtons, non loin d'elle, son drap de bain. Et s'en enveloppa en le foudroyant du regard. Maudite soit-elle, puisqu'elle était si belle quand elle rougissait !

6

Faisant mine de n'être pas le moins du monde troublé par ses jolies rondeurs, il traversa la terrasse et prit place sur le bain de soleil proche d'elle.

— Tu as passé une bonne journée ? demanda-t-il.

— Excellente, dit-elle en ajustant son drap de bain avec raideur. Et toi ?

— Excellente aussi.

— Tant mieux. Je suis contente pour toi.

Était-il possible qu'il ait cette conversation contrainte, horrible, avec une femme qu'il avait connue si intimement ?

— Et ton... euh, tes blessures ? s'enquit-elle d'un ton guindé.

— Je suis assis, non ?

Fallait-il vraiment que les moindres paroles échangées entre eux aient ce ton un brin agressif ? Il détestait ça ! Et il savait d'où ça venait.

— Il faut qu'on aborde le sujet qui fâche. Allons-nous parler de ce qui est arrivé ? demanda-t-il avec calme.

— Ce qui est arrivé... à ta paire de fesses ?

— Non, à notre mariage. À nous.

Blossom se figea. Joe remarqua qu'elle évitait de le regarder. Elle fixait la piscine comme si de ses profondeurs bleues allait surgir la clé des secrets de l'univers.

— Cette conversation ne colle pas avec la résolution de rester à l'écart l'un de l'autre, dit-elle enfin.

— Il faut qu'on en parle, Blossom.

— *Il faut qu'on en parle...* Moi qui croyais que c'était la réplique redoutée par tous les hommes...

— J'ai toujours aimé discuter avec toi.

— Sauf de crème brûlée, répliqua-t-elle.

— Je veux comprendre ce qu'il s'est passé.

Et voilà qu'il se laissait happer dans la spirale infernale ! Pourquoi n'était-il pas parti ?

— Je crois que ça portait sur tout autre chose qu'un stupide choix de dessert.

Il n'aurait pas dû prononcer le mot « stupide », car il la vit tressaillir. Puis elle eut de nouveau l'air lointain.

— Si tu tenais tant que ça à comprendre, tu aurais pu téléphoner. N'importe quand au cours des deux dernières semaines. Et ne va pas en conclure que j'étais vissée au téléphone dans l'attente de ton appel !

Elle avait dit ça sur le ton de la défensive. Comme si elle avait bel et bien attendu. Joe examina Blossom de près.

— Ah bon, j'étais censé te téléphoner ? fit-il avec un étonnement réel. C'est toi qui m'as réexpédié ma bague, je te rappelle !

Un fait qu'il avait disséqué jusqu'à l'écœurement avec Lance, lequel lui avait confié que Bliss, la jumelle de Blossom, lui avait elle aussi lancé quelque chose, un jour.

Ils avaient décidé entre eux que la propension à jeter des objets courait de toute évidence dans la famille DuPont, et que Joe l'avait échappé belle. Tout comme Lance avec Bliss, avait confié ce dernier. Même s'ils n'étaient pas encore sortis ensemble...

— Je ne t'ai pas *réexpédié* la bague, dit Blossom.

— Tu joues sur les mots, dit-il, ridiculement satisfait de ce retour de boomerang.

Elle resta longuement silencieuse, puis reprit la parole.

— Tu semblais manquer d'ardeur à mon égard, dit-elle. Aucune femme, même si elle a vécu un temps dans une voiture, n'a envie d'un marié réticent.

Manquer d'ardeur ? Un marié réticent, lui ? Pouvait-elle vraiment croire une chose pareille ?

— Tu ne m'avais jamais dit que tu avais vécu dans une voiture, observa-t-il – notant qu'elle mentionnait le fait pour la deuxième fois en vingt-quatre heures.

— Ce n'est pas le genre d'information qu'une organisatrice de mariages de prestige a envie de voir se répandre.

— Tu penses que je l'aurais fait circuler ? répondit-il, blessé.

— Tu ne l'aurais rapporté à personne ? Tu n'aurais pas eu honte de moi ?

— Je ne t'avais jamais entendue déformer les choses comme ça, observa Joe.

Puis, plus doucement, il ajouta :

— Blossom, je ne manque pas d'ardeur à ton égard.

— J'ai eu l'impression inverse, pourtant.

— Ce jour-là, chez Essence, je réfléchissais à voix haute sur le mariage. Je ne m'attendais pas à une déflagration pareille en partageant mes pensées avec toi.

— Pas *le* mariage, mais *notre* mariage, auquel je consacrais tout mon cœur et toute mon âme.

— Je le sais bien, dit-il, sincèrement contrit.

— Alors, comment as-tu pu vouloir changer nos plans ? De façon aussi radicale ?

Joe eut un lourd soupir, porta le regard vers la piscine.

— Le mariage me donnait l'impression...

— Oui ? Quelle impression ?

— Eh bien... il me semblait que la perspective de ce mariage t'avait changée, dit Joe.

Il y avait la Blossom dont il était tombé amoureux – authentique, directe, drôle – et la *wedding planner* intraitable. Au début, Joe avait considéré avec indulgence son enthousiasme débordant. Il était si heureux d'en être l'origine ! Puis l'organisation de leur mariage avait tourné à l'obsession, au perfectionnisme maniaque.

Comme si le choix entre une crème brûlée et du cheese-cake pouvait provoquer un séisme dévastateur.

Il en était en partie responsable, songea-t-il. Il s'était donné pour mission de faire la cour à Blossom, et il avait eu de grandes joies en la voyant émerveillée par les expériences qu'il l'invitait à partager.

Ils avaient vu en concert le célèbre rockeur EJ, bénéficié de places VIP pour la Coupe du monde de football, foulé le tapis rouge des Oscars, dîné dans des restaurants étoilés, improvisé des escapades à New York et à Paris.

Alors, pourquoi se remémorait-il cette randonnée en camping avec tant de nostalgie ?

Parce qu'elle se détachait du reste par sa simplicité. Pour conquérir Blossom, il l'avait bombardée de tous les cadeaux que permettait la fortune. Mais après sa demande en mariage, tout était devenu plus compliqué. En spectateur mi-fasciné mi-horrifié, il avait vu Blossom s'investir toujours plus dans la future cérémonie et de moins en moins dans leur relation.

Rien de tout cela, cependant, ne l'avait conduit à vouloir remettre leurs noces en question. Pour quelque obscure raison, il n'était pas du tout disposé à le révéler à Blossom.

Parce que la confiance, entre eux, était devenue un élément si fragile ?

Il était difficile de garder les idées claires alors qu'un Joe à demi nu se trouvait sur le transat tout proche, pensait Blossom. Il était tout simplement magnifique – large d'épaules, avec de longues jambes, un torse bien découplé, une taille mince – et Blossom se rappela tout à coup ce qu'elle ressentait, en le caressant, *avant*...

Dire qu'à présent elle dissimulait sa propre nudité avec un drap de bain !

S'ils avaient été en lune de miel, cela aurait pu être si joyeux !

Pour une grande part, leur relation avait été une fête sensuelle à l'état pur.

Mais elle ne pouvait pas s'abandonner à ces idées-là. Elle avait déjà bien assez de mal à rester lucide, alors que Joe venait pourtant de lui tenir des propos blessants !

« Il me semblait que la perspective de ce mariage t'avait changée. »

Bliss lui avait dit pratiquement la même chose. Blossom se remémora le jour où elle était sortie en trombe du restaurant Essence. Elle était revenue sans trop savoir comment à l'agence qui lui avait fait l'effet d'un refuge. Leur immeuble étroit, d'un étage, était engoncé entre deux bâtiments bien plus hauts, dans une petite rue du centre-ville de Vancouver. Autrefois délabré, mais à fort potentiel, il avait été réhabilité par leurs soins.

Il sortait maintenant de l'ordinaire, grâce à leur mère qui avait peint à l'extérieur l'une de ses célèbres fresques murales : un cerisier en fleur avec des oiseaux sur ses branches. Avec l'agence au rez-de-chaussée et leur confortable appartement à l'étage, les lieux avaient tout d'un havre de paix.

Dès qu'elle en avait franchi la porte, Blossom avait embrassé les lieux du regard : le subtil motif de nuages roses sur les murs, les grandes photos en noir et blanc de mariées le jour de leurs noces.

Grâce à Blossom & Bliss, les rêves devenaient réalité.

Ceux des autres. Mais pas les siens, apparemment.

Bliss avait levé les yeux et s'était rembrunie en voyant Blossom verrouiller la porte et s'adosser au battant. Son mécontentement avait vite cédé la place à l'inquiétude. Elle s'était levée pour rejoindre sa sœur, et Blossom avait remarqué que Bliss était, comme toujours, ravissante.

Au moment où leur chat, Bartholomew, était venu se frotter contre ses jambes, Blossom avait craqué, laissant échapper un sanglot. Bliss l'avait enlacée affectueusement.

— Allons, dis-moi ce qui ne va pas.

— Le mariage est annulé ! avait lâché Blossom, dans un sanglot.

— Quoi ? *Ton* mariage ? s'était écriée Bliss en s'écartant d'elle.

— C'est moi qui l'ai voulu.

— *Toi ?*

Apparemment, selon Bliss, Joe aurait pu annuler le mariage, mais pas Blossom. C'était un peu insultant, mais sa jumelle n'en avait pas semblé consciente !

— Oui, moi.

— Mais pourquoi ? avait gémi Bliss.

— Tout lui déplaisait dans ce mariage, tout à coup. Il voulait partir en camping, à la place.

Sa jumelle avait marqué un silence prolongé.

— Tu as annulé le mariage pour ça ? avait-elle dit enfin. C'est juste une réaction masculine typique, Blossom. Quel mec ne préférerait pas partir en camping plutôt que d'aller à un mariage ?

Bliss, qui avait beaucoup de succès auprès des hommes, connaissait sans doute mieux qu'elle les comportements masculins.

— Il s'agit de *son* mariage, avait corrigé Blossom. Avec moi ! Il a des doutes. Je l'ai bien vu.

Sa sœur avait reculé d'un pas pour l'examiner, en se tapotant la joue avec un faux ongle. En général, Blossom ne les aimait pas plus que les faux cils. Mais bien entendu, sur Bliss, c'était ultra-sexy.

— Mais c'est *toi* qui as annulé ?

— Parce qu'il avait des doutes !

— C'est peut-être toi qui en as.

Bliss avait sorti son mobile de la poche arrière de son pantalon et l'avait brandi sous le nez de Blossom.

— Tu lui téléphones tout de suite. Arrange ça avant que ça devienne irréparable.

— Non, avait décrété Blossom, soudain poussée à résister à cette jumelle qui régentait sa vie. Je ne l'appellerai pas. Je ne veux pas me marier avec lui.

— Tu as perdu la tête !

Blossom en avait eu conscience. Mais elle avait cherché à rationaliser.

— Ce n'était pas seulement sur le mariage qu'il avait des doutes. C'était aussi sur tout le reste.

Bliss ne partageait pas du tout son indignation, comme elle aurait pu s'y attendre.

— Tu ne vas pas te mettre de son côté, Bliss ! avait-elle lancé.

— Faut-il prendre parti ?

— Oui !

— Blossom, nous sommes du métier et nous avons assisté à ce genre de choses des centaines de fois. Lui as-tu demandé pourquoi il ressentait ça, tout à coup ? Pourquoi il n'était plus partant pour un grand mariage ?

— Non, avait répondu Blossom. Et arrête de me regarder comme si c'était moi, le problème !

Devant le silence de sa sœur, elle avait soufflé :

— Tu penses que c'est moi le problème ?

Il ne suffisait donc pas que son mariage de rêve lui ait été enlevé ? Maintenant, sa sœur, l'autre moitié d'elle-même, qui la connaissait au point de pouvoir finir chacune de ses phrases – tout comme elle pouvait finir les siennes – ne comprenait rien ?

— Non, avait répondu Bliss avec un soupçon d'hésitation. C'est juste ce mariage... Il t'a changée.

— Comment ça ? avait demandé Blossom.

— Les mariages que nous avons organisés nous ont toujours remplies de joie. J'ignore pourquoi, mais le tien semble te tirer vers le bas.

— Il y a une différence entre être future mariée et organisatrice, tu ne crois pas ?

Bliss s'était mordillé la lèvre, en silence.

— Tu trouves que je suis trop... maniaque ?

— Non, bien sûr que non. Mais j'ai toujours considéré que c'est ta sensibilité qui faisait le succès de notre agence. Tu as presque un sixième sens pour deviner les espoirs et les rêves des gens. Pourtant, tu n'as même pas demandé à Joe pourquoi il avait brusquement des réserves.

— Il est trop tard pour qu'il change d'avis !

— C'est pourtant ce que tu as fait, non ?

Blossom avait été sidérée que Bliss juge la situation avec si peu de cœur.

— Tu es dans l'urgence permanente. L'obsession. Le désir panique que tout soit parfait, avait ajouté cette dernière.

— Avant que ça s'écroule, comme tout ce qui m'est arrivé de bon ! avait geint Blossom.

— C'est peut-être pour le mieux, tu sais.

— On croirait entendre maman.

— Peut-être..., avait dit Bliss.

— Blossom, redescends sur terre !

Ramenée au présent, Blossom tressaillit. Joe la regardait avec une bienveillance apitoyée. Elle ne voulait surtout pas de sa compassion !

— Le mariage me changeait peut-être, dit-elle, mais ce n'est plus un souci : on est passés à autre chose, non ?

— Soit, dit-il. Déclarons la trêve. Je veux que tu profites de ton séjour.

Blossom détestait qu'il s'obstine à rester si convenable. Que ferait-il si elle laissait tomber son drap de bain ?

— J'en ai bien l'intention, répliqua-t-elle, butée. Et je n'ai pas besoin de toi pour ça !

7

Le regard que Joe lui adressa était d'un calme exaspérant.

— Très bien, dit-il, tu n'as peut-être pas besoin de moi... mais sache que Big Island n'a pas beaucoup de défauts, à ceci près qu'on ne peut se rendre nulle part sans voiture. Il n'y a pas de bon réseau de transports en commun sur cette île. Les taxis et le covoiturage ne sont pas légion, ni très fiables.

— Le taxi, ça coûte cher. J'en ai pris un pour venir de l'aéroport.

— Tu devrais louer un véhicule.

— Oh ! je préfère paresser ici. C'est tout à fait l'idée que je me fais des vacances idéales. Bains de soleil, de bons bouquins, une piscine...

— Tu ne vas pas explorer l'île ?

— Peut-être plus tard.

Il la dévisagea.

— Autant louer une chambre d'hôtel à Vancouver, si tu veux seulement paresser à la piscine avec un bouquin.

— Il n'y a pas de soleil à Vancouver.

Joe plissa les yeux, et Blossom sut que les choses commençaient à s'enclencher dans son esprit.

— Écoute, dit-il, il n'est pas possible de venir à Hawaï pour ne rien faire !

— Je ferai peut-être un circuit touristique en autocar, dit Blossom.

Même ça, ce n'était pas dans ses moyens mais jusqu'ici, il ne semblait pas avoir compris qu'elle était sans ressources. Une faiblesse qu'il n'avait pas à connaître. Elle avait tout de même sa fierté !

— Un circuit touristique en autocar ? répéta-t-il avec lenteur, comme si elle s'était exprimée dans une langue inconnue.

— Il n'y a rien de mal à ça !

— Je n'ai pas dit qu'il y en avait. Et épargne-moi un nouveau laïus sur la vraie vie.

— Eh bien, tu es épargné, rétorqua-t-elle sèchement.

— Tu devrais au moins profiter de l'océan. Faire un peu de plongée.

Elle objecta :

— Il y a des requins.

— N'oublie pas les types louches qui se faufilent dans le noir.

— Je ne risque pas de l'oublier ! Mais à vrai dire, ton plus grand danger actuel...

Il était évidemment encouru par son pauvre cœur, lorsqu'elle était si près de Joe.

— ... c'est de prendre un coup de soleil. Tu as mis de la crème solaire, au moins ?

Dieu merci, il n'avait pas idée du vrai grand danger. Mais Joe ne s'était-il pas révélé d'un rare aveuglement sur ce point ?

— Pas de souci, dit-elle. J'en ai mis partout où je pouvais. Et il y a de l'ombre.

— Beaucoup de gens gâchent leurs vacances parce qu'ils ne mesurent pas l'intensité des rayons, ici, même à l'ombre. Laisse-moi voir ton dos.

— Non.

— Tu as bien vu mes fesses !

— Dans un but médical seulement !

Toujours cramponnée à son drap de bain, elle se retourna pour lui présenter son dos. Elle perçut le mouvement de Joe, qui se penchait pour saisir son tube de crème solaire. Puis elle sentit ses mains sur sa peau. Elles étaient chaudes et fermes tandis qu'il appliquait la crème sans hâte, avec des mouvements réguliers...

Le faisait-il exprès ? se demanda-t-elle, cherchant soudain son souffle.

— On en est à combien, pour le mariage ? demanda Joe.

Ainsi, il avait compris pourquoi elle comptait sou à sou. Elle avait échoué à lui dissimuler sa faiblesse. Au bout de onze mois, il la connaissait.

Du moins, sur certains points. S'il la massait ainsi avec le lait solaire, c'était pour la distraire afin d'amener avec décontraction la question des finances. Comme s'il avait déjà compris qu'une telle discussion avec une femme qui avait connu la pauvreté s'annonçait délicate.

— Cela a coûté beaucoup d'argent, dit-elle. Un max !

— Mes parents voulaient assumer les frais, nous faire ce cadeau.

— Je n'accepterai pas de cadeau pour un mariage qui n'a pas eu lieu.

— Vu les circonstances, je pense qu'ils voudront quand même payer.

— Je me passe de leur pitié !

— Ce n'est pas comme ça qu'il faut voir les choses, Blossom.

— Ne me dicte pas ce que je dois penser !

— Tu es bien susceptible !

Pile ce qu'une femme avait envie d'entendre de la part d'un homme qui l'avait aimée et faisait en ce moment pénétrer du lait solaire sur son dos avec une sensualité diabolique.

— C'est moi qui paierai, alors, dit Joe, si tu ne veux pas que mes parents s'en chargent.

L'espace d'un éclair, elle éprouva un soulagement intense. Puis elle fut traversée par la plus affreuse des pensées.

Et si elle n'avait pas seulement aimé Joe pour lui-même, mais aussi pour sa fortune ? Pour son pouvoir de faire disparaître les problèmes, de voyager où il voulait, d'acheter ce que bon lui semblait, d'agir à sa guise, grâce à l'argent ?

S'ils s'étaient mariés, elle n'aurait plus jamais eu à se soucier d'argent. La petite fille, en elle, celle qui avait si peur de manquer, s'était enfin sentie en sécurité, avec Joe.

Celui-ci avait vu juste, tout comme Bliss. La perspective du mariage l'avait changée. Ses fiançailles avec Joe l'avaient changée.

Et pas en bien !

Blossom s'écarta de Joe, rajusta sa serviette et se rallongea sur son bain de soleil, avant de reprendre son livre et de faire mine de lire. Il n'était jamais trop tard pour se ressaisir, non ?

— Laisse tomber cette histoire, dit-elle d'un ton faussement nonchalant. J'assumerai les dépenses, un point c'est tout.

— Une conversation avec toi revient à s'engager sur un champ de mines, on dirait.

— En tout cas, ce n'est plus ton affaire, répliqua-t-elle.

— En effet.

— Si tu tiens tant que ça à te rendre utile…

— Certainement pas !

— … tu n'as qu'à t'occuper de l'enveloppe adressée à M. et Mme Blackwell qui se trouve sur le plan de travail. Elle est plutôt épaisse. Un cadeau de mariage à retourner, certainement. Tu peux bien faire ça, puisque je me suis chargée de tout le reste.

— Avec plaisir…, ironisa Joe.

Il se leva, abandonna sur son transat sa serviette et son mobile, puis il se dirigea vers le bassin.

Blossom ne voulait surtout pas admirer son dos superbe ! Mais elle n'était pas aussi forte qu'elle l'avait cru. Car elle le regarda, et son désir resurgit, douloureux, lancinant.

En fait, elle ne savait plus très bien où elle en était. Ce séjour à Hawaï était censé lui permettre de faire le point. Impossible, avec Joe dans les parages. Devait-elle rentrer à Vancouver ?

Avant qu'il ait refait surface, elle rattacha le haut de son bikini, ramassa son livre et s'éloigna.

À l'abri de sa chambre, elle fit une recherche sur les vols au départ de Kailua-Kona. Le plus proche avait lieu dans une semaine.

De toute façon, elle n'était ici que pour dix jours. Neuf, maintenant. Autant accepter la situation et en tirer le meilleur parti.

Furieux, Joe plongea dans la piscine. Depuis quand Blossom était-elle devenue si déraisonnable ?

Une part de sa colère était dirigée contre lui-même et s'il avait pensé que le bain le calmerait, ce fut peine perdue. Il était tout autant sur les nerfs en sortant de la piscine que lorsqu'il y était entré.

Blossom avait disparu, Dieu merci. Il avait du mal à rester lucide quand elle était là, surtout à demi dévêtue ! Il avait eu la mauvaise idée de la toucher, en plus !

Ils ne pouvaient plus partager le même espace, fût-il aussi vaste que Hale Alana. Il ramassa son mobile et rentra dans la cuisine. Un bref appel au pilote, et il serait prêt au départ.

Il prit une banane dans la corbeille de fruits et aperçut alors l'enveloppe dont Blossom avait parlé. Il ne fit que deux bouchées du délicieux fruit, puis ouvrit la missive.

Elle contenait une carte double, qu'il mit de côté. Qui avait envie de lire des vœux de bonheur pour un mariage inexistant, pour une vie à deux qui n'aurait pas lieu ?

Des cartons glissés avec la carte s'échappèrent sur le plan de travail. Il ne put s'empêcher d'y jeter un œil en voulant les remettre dans l'enveloppe. Tickets d'entrée pour le Parc national des volcans, le Jardin botanique tropical de Hawaï dans la ville de Hilo, le Hulihe'e Palace de Kona. Une séance de plongée privée pour nager avec les raies manta.

Comment les utiliser au mieux ? Il réalisa qu'il s'était protégé contre les douloureux tracas impliqués par l'annulation du mariage en chargeant sa secrétaire d'avertir ses invités. Et avait noyé son mal-être dans l'alcool, avec Lance.

Il s'avisa qu'il avait dû être difficile pour Blossom de tout annuler. Il n'était pas surprenant qu'elle soit à cran. Épuisée.

Eh bien, il y avait une chose qu'elle ne ferait pas, en plus d'avoir assumé toutes les démarches provoquées par l'annulation : payer la facture.

— Blossom et Bliss, répondit une voix à l'autre bout du fil, lorsqu'il eut appelé un numéro sur son mobile.

La voix était à la fois semblable à celle de Blossom, et si différente ! Il s'en étonnait toujours.

— Salut, Bliss. C'est Joe.

Silence.

Elle allait prendre le parti de sa sœur, c'était certain.

— Ne raccroche pas, dit-il.

— Joe ! Je n'allais pas raccrocher ! Je suis agréablement surprise. Et heureuse de t'entendre.

— Écoute, j'ai eu une discussion avec Blossom...

— Est-ce qu'elle est revenue à la raison ?

— Dans quel sens ? s'enquit-il prudemment.

— A-t-elle compris qu'elle a jeté aux orties la meilleure chose qui lui soit jamais arrivée ?

Si agréable que ce fût, il fut quand même surpris que Bliss soit de son côté.

Parce qu'elle et Blossom étaient extrêmement proches, bien sûr. D'une certaine façon, il avait cru que les jumelles se soutiendraient, comme lui et Lance. Mais si Bliss prenait son parti, qui alors prenait le parti de Blossom ? Si déraisonnable que fût son ex-fiancée, elle avait besoin de sa sœur, en ce moment. Non ?

— Elle n'a rien réalisé de tel, dit-il.

— J'ai essayé de la raisonner, mais elle fait la sourde oreille. Elle est quand même partie à Hawaï, tu sais. Comment se fait-il que tu aies eu une discussion avec elle ?

— Euh, je suis tombé sur elle par hasard.

— Tombé sur elle par hasard ? Mais elle est à Hawaï !

— Il se trouve que... euh... je suis à Hawaï, moi aussi.

— Vous êtes *ensemble* à Hawaï ? souffla Bliss.

— Non, pas vraiment. Pas ensemble. Je veux dire, c'est accidentel. Nous sommes au même endroit, mais...

— Elle ne voit donc pas que c'est le destin ? coupa Bliss.

— Apparemment pas.

— Elle débloque !

Joe constata que ça le mettait mal à l'aise de discuter de Blossom avec sa jumelle. Il se sentait coupable. Comme si c'était lui qui avait trahi Blossom, et non l'inverse.

— Je t'appelais parce que Blossom a plus ou moins laissé entendre que les préparatifs du mariage avaient eu des conséquences... difficiles à gérer.

— Tu ne crois pas si bien dire ! soupira Bliss.

— Je tiens à payer le tout.

— Le Ciel en soit loué !

Il y avait au moins quelqu'un qui appréciait sa proposition, pensa-t-il. Bliss semblait si raisonnable, à côté de sa sœur. Quel dommage de savoir qu'elle aimait jeter des objets, elle aussi !

— Ce n'est pas précisément comme ça que Blossom voit les choses, reconnut-il, mais je vais te donner le numéro de mon assistante et tu pourras lui communiquer les infos. Je veux payer ce qui reste dû et rembourser ce que votre agence a investi.

Joe était enfin dans son élément : résoudre les problèmes financiers, traiter des affaires. Après ses retrouvailles inattendues avec Blossom qui l'avaient tant déstabilisé, c'était bon de reprendre les rênes.

— Je ne te remercierai jamais assez, dit Bliss. Je me demandais comment on allait s'en tirer. Elle attend l'octroi d'un prêt, mais...

Un prêt ? pensa Joe. Blossom était entêtée au point de se ruiner pour faire bonne figure ?

— Ne dis rien à Blossom, surtout, souligna-t-il.

— Ce sera notre secret, dit joyeusement Bliss, qui poursuivit d'un ton assombri : Mais ce n'est pas bon pour votre relation...

— Il n'y a plus de relation, dit Joe. Elle finira par découvrir que j'ai payé. Mais avec un peu de chance, je serai hors de portée quand ça aura lieu.

— Joe ?

— Oui ?

— Blossom est susceptible de saboter les choses quand elles ne vont que trop bien. Elle croit qu'il ne peut rien lui arriver de bon, dit avec douceur Bliss. Elle a peur d'espérer.

Joe se pénétra de ces paroles.

— En tout cas, encore merci, Joe. Tu es un chic type.

Restons-en là, pensa Joe. Mais il n'en fit rien et ajouta :

— Tu sais qui est aussi un chic type ?

— Non, dit Bliss d'un ton léger. Qui ça ?

— Lance.

Pourquoi avait-il sorti ça ? Lance serait le dernier à approuver ! N'avaient-ils pas décidé entre eux que les jumelles DuPont étaient à fuir ?

Il réalisa soudain pourquoi il s'était aventuré en terrain miné pour défendre son ami auprès de celle qui l'avait éconduit. Contrairement à Blossom, et même si tout indiquait que c'était une conviction idiote, Joe Blackwell persistait à croire qu'il fallait donner une chance à l'amour.

Cela ne valait pas pour lui, naturellement.

Mais pour les autres, si.

8

En ce qui le concernait, il s'était rendu compte que l'espoir était le sentiment le plus dangereux de tous. Pourtant...

Appelle le pilote !

Mais il ne le fit pas, préférant méditer la révélation de Bliss. Blossom ne croyait pas qu'il puisse lui arriver quelque chose de bon. Elle *sabotait* tout quand la vie allait pour le mieux.

De nouveau, la carte abandonnée sur le plan de travail attira son attention. C'était la reproduction d'un tableau : les silhouettes d'un homme et d'une femme assis côte à côte sur une plage, perdus dans la contemplation des vagues au soleil couchant.

Une carte parfaite pour des mariés en lune de miel.

Mais elle rappelait aussi à Joe la fois où Blossom et lui étaient partis en camping. Il ouvrit la carte avec réticence.

Elle contenait un message calligraphié, signé par Kalani et tout le personnel de Hale Alana. Joe le lut, puis le relut encore, lentement.

Blossom ne voulait plus l'épouser – cette femme qu'il avait aimée, qui s'était métamorphosée en étrangère. Mais il avait soudain le sentiment que ce n'était pas vraiment parce qu'il avait suggéré un autre genre de mariage. Cela se rattachait plutôt au passé qu'elle avait évoqué, et auquel Bliss venait de faire allusion.

Alors, même s'il avait ses propres doutes et scrupules au sujet du mariage à cause de l'état de santé de son père, devait-il rentrer à Vancouver ? Le message de la carte l'invitait à voir les choses d'un autre œil, à devenir meilleur.

Bliss était persuadée que c'était le destin qui les avait réunis à Hawaï. Joe n'était pas sûr d'y croire, mais il n'était pas certain non plus qu'on pouvait en rire. Et s'il retardait son départ d'un jour ? Juste pour s'assurer que Blossom ne se terrerait pas ici pendant son séjour sans rien voir de cette île magnifique ?

Le Parc national des volcans et le Jardin tropical seraient de belles excursions d'une journée. Ils pouvaient, en route, faire halte à Punalu'u Beach, la plus célèbre des plages de sable noir de l'île. Il y avait presque toujours des tortues vertes dans cette crique qui enchanterait Blossom. Il voulait lui montrer, avec de petits bonheurs, que la vie pouvait encore lui apporter de belles choses.

Il remisa la bouteille de champagne dans le réfrigérateur. Ils n'étaient pas prêts à fêter la trêve – si elle y consentait. D'ailleurs, le champagne tiède, c'était imbuvable.

Joe prit les billets et la carte. Tel un guerrier montant au front, il traversa le couloir et s'arrêta devant la chambre que Blossom avait choisie. Puis, après avoir pris une grande inspiration, il frappa.

— Oui ?

Blossom, qui avait déjà enfilé son pyjama, retapa l'oreiller derrière son dos, remonta les draps et les coinça sous ses aisselles, prit son livre et feignit d'être absorbée par sa lecture.

En réalité, elle n'en avait pas retenu un seul mot depuis que Joe était arrivé à la piscine.

Quand il ouvrit la porte et entra, Blossom le regarda en fronçant les sourcils. Sa chambre, qui lui avait paru très spacieuse, avait soudain rapetissé comme s'il en absorbait tout l'air et tout l'espace.

Il était torse nu, et encore mouillé après son bain.

— J'ai ouvert l'enveloppe, dit-il.

— Quelle enveloppe ? balbutia-t-elle.

— Celle dont tu voulais que je m'occupe, et que tu as laissée sur le comptoir.

Oh… La lettre libellée au nom de « M. et Mme Blackwell »… S'ils étaient mari et femme, ils seraient dans ce lit ensemble, en ce moment. Elle serait libre d'explorer, de caresser, de savourer ce superbe corps masculin…

Blossom éprouvait un désir si fort qu'elle en avait le vertige.

— Elle contenait des billets gratuits, dit Joe, inconscient de l'effet qu'il produisait sur elle.

— Des billets gratuits ?

— Oui. Pour les visites touristiques.

Il s'approcha et laissa tomber les billets sur ses genoux. Elle les passa en revue en essayant de ne pas trahir ses pensées, troublées par la présence de Joe, si proche qu'il projetait son ombre sur elle. Elle pourrait peut-être visiter Hawaï, après tout ?

— Ça ne vient pas de Becky et Dave, les amis de mes parents, dit-il, c'est de la part du personnel. Certains sont datés et non remboursables.

— Oh…

— Nous devons les utiliser.

— *Nous ?* répondit-elle d'une petite voix aiguë. Nous comme dans *toi et moi* ?

Elle avait cru qu'il lui offrait ces billets, à elle, la pauvresse qui n'avait pas les moyens de visiter Hawaï. Il n'y avait pas de « nous » dans l'affaire !

Joe, sans y être invité, s'assit au bord du lit. Sa senteur l'enveloppa, chaude et virile, et avec elle les souvenirs de la première nuit qu'ils avaient passée ensemble. La tendresse de Joe. Sa propre reddition…

Elle se mit en garde contre la tentation, et observa Joe avec prudence. Il ne semblait pas assailli par les souvenirs, lui !

— Je suis sûr que Becky et Dave paient bien le personnel, mais les salaires de ceux qui travaillent ici restent probablement modestes. Pourtant, ils ont dépensé leur argent pour nous. Chacun de ces cadeaux est destiné à renforcer le plaisir de notre séjour sur leur terre, dans ces îles. Ces gens que nous ne connaissons pas nous souhaitent la bienvenue. Tu ne voudrais pas mettre Mme Pélé en colère en refusant un tel don.

— Qui est Mme Pélé ? demanda Blossom, un peu distraite de son trouble sensuel.

— La déesse des volcans. Une antique croyance veut qu'elle ait créé les îles hawaïennes. J'aimerais aller à Kilauea demain, pour voir son feu, dit Joe.

Il ajouta d'une voix plus basse :

— Avec toi.

— Je...

— Avant que tu dises non, je veux te lire la carte.

Blossom fut stupéfaite qu'il n'ait pas deviné : elle était incapable de lui opposer un refus, en ce moment.

— *Aloha*, lut Joe, d'une voix que la douceur rendait encore plus sensuelle. En hawaïen, cela signifie à la fois bonjour et au revoir. Mais c'est aussi beaucoup plus. Pour le peuple hawaïen, *aloha* invite les êtres à coordonner le cœur et l'esprit, à revenir à la connaissance de soi afin d'avoir de bons sentiments envers les autres. *Aloha* signifie qu'on traite ses compagnons de route, durant le voyage qu'est la vie, avec respect et affection...

La beauté de ses propos, et la façon dont il les expliquait l'attendrirent tant qu'elle en eut les larmes aux yeux.

— Je dirais que c'est ce que le personnel a voulu faire pour nous : préparer ces lieux pour notre confort et nous offrir ces cadeaux. *Aloha* sait que les hommes ont besoin les uns des autres pour exister.

Blossom coula un regard furtif vers le superbe torse nu de Joe, qui ne semblait pas conscient de son excitation croissante.

— *Aloha* transmet aussi le pouvoir d'entendre ce qui n'est pas dit, de voir ce qui n'est pas vu, et de connaître ce qui se dérobe à nous...

— Ça fait beaucoup pour un seul mot, dit-elle d'une voix rauque.

— N'est-ce pas ? Pour finir, *aloha* signifie aussi qu'il n'y a ni attente ni contrainte d'aucune sorte entre les êtres...

Blossom resta silencieuse. Ces mots l'émouvaient profondément et elle sentit se fissurer la carapace dont elle avait enveloppé son cœur.

— Je ne peux pas refuser un tel cadeau, dit Joe. Me suis-tu ?

Si Joe lui avait demandé en cet instant de sauter à l'élastique du haut de Navajo Bridge, Blossom l'aurait suivi, de son plein gré. Elle déglutit avec difficulté.

Le regard de Joe croisa le sien.

— Si de parfaits étrangers peuvent nous offrir le cadeau d'*aloha*, nous pouvons peut-être en faire autant l'un pour l'autre.

— Peut-être, oui, approuva doucement Blossom quand elle réussit à parler. Mais tout semble compliqué entre nous.

Le fait qu'il soit assis au bord de son lit en était la preuve !

— Et si nous prenions les choses au jour le jour pour voir ce qui arrivera ? À la fin de notre séjour ici, nous aurons peut-être une idée plus claire de ce qui doit être réglé et de ce qui viendra ensuite.

Joe lui offrait de vivre à deux ce séjour à Hawaï – les neuf jours qu'elle avait encore à passer ici. C'était un sursis inespéré, alors qu'elle avait cru être privée de lui pendant toute son existence ! Elle ne se sentait pas la force de refuser.

— *Aloha*, Blossom, dit doucement Joe.

— *Aloha*, Joe, répondit-elle, consciente que cela signifiait à la fois bonjour et adieu.

Et tant d'autres choses encore. L'espace d'un instant, elle s'inclina vers lui, et on aurait dit que...

Joe se leva d'un bond comme s'il avait senti son intention. Elle lui lança un regard amer. Avant, jamais il n'aurait fait ce geste, au contraire : il aurait poussé son avantage.

Elle eut du mal à s'endormir quand il se fut retiré. Était-ce leur deuxième chance ? Ou bien, sur cette île célèbre pour ses éruptions volcaniques, jouaient-ils littéralement avec le feu ?

Elle réalisa que, quoi qu'il advienne, elle devait s'efforcer de réparer l'erreur qu'elle avait commise.

Le lendemain matin, elle fut levée avant Joe. Elle mit en route le café et, tandis que son alléchante odeur envahissait la cuisine, elle jeta un coup d'œil dans les placards pour voir de quoi ils disposaient. La demeure, comme on pouvait s'y attendre, était très bien approvisionnée. Une personne pouvait y vivre confortablement pendant plusieurs mois.

Joe arriva dans la cuisine, terriblement sexy, les cheveux encore humides après sa douche.

Il n'avait jamais passé la nuit chez elle, car elle partageait avec Bliss l'appartement au-dessus de leur agence. Mais elle était souvent restée dans le très chic appartement en terrasse de Joe, sur le front de mer, à Vancouver. Quand elle en avait la nostalgie, ce n'était pas aux vastes baies vitrées, au superbe mobilier, aux tapis, aux œuvres d'art ou à son atmosphère de luxe et de réussite financière qu'elle pensait.

C'était à leurs ébats sensuels bien sûr, mais aussi à cette réalité plus quotidienne, ordinaire : un homme le matin, ses cheveux fraîchement lavés, son after-shave, le regard qu'il portait sur elle, le soupir de plaisir tout simple qu'il exhalait après la première gorgée de café...

Ce matin, Joe était vêtu d'un short gris et d'une chemise marine ornée de discrets motifs de feuilles de palmier grises. Une tenue estivale classique mais qui, sur lui, avait une allure folle. Pour sa part, elle ne disposait que d'une garde-robe très limitée, car elle avait voulu éviter de payer un supplément pour des bagages en soute.

Elle portait un T-shirt et un short tout simples, et sans rien de sexy. Joe avait dû être déçu quand il avait coulé un regard vers elle.

— Tu es très matinale, commenta-t-il.

— Comment veux-tu dormir, avec le bruit que font tous ces maudits oiseaux ! lança-t-elle avec un sourire.

— Ce sont des martins, précisa Joe.

— Eh bien, je n'arrive pas à décider si je les adore ou si je les déteste.

— Moi non plus ! dit-il en lui rendant son sourire encore plus marqué. Qu'est-ce que tu fais ?

— Je prépare un pique-nique.

— Ah bon ? Mais… pourquoi ?

— J'ai eu une idée. Je pense qu'on ne devrait pas dépenser d'argent, ici. Enfin, pas nous, mais toi. Tu ne devrais rien dépenser.

— Pourquoi ?

— À titre d'expérience. Pour voir l'effet que ça fait. Je paierai pour nos dépenses quotidiennes. Chacun son tour, d'accord ?

— Cela ne me dérange pas d'assumer ce genre de dépenses.

Elle avait fait cette proposition sans savoir si sa carte de crédit serait encore acceptée. Mais ils avaient les billets et réservations offerts, et elle avait trouvé sans difficulté dans le réfrigérateur de quoi préparer des en-cas. Son enfance lui avait certes appris à faire avec peu !

Elle avait *besoin* de savoir : qu'en était-il d'elle et Joe si l'argent n'était plus aussi abondant ? La vie quotidienne aussi luxueuse ? Le fait de ne jamais avoir à se soucier de quoi que ce soit ?

— Bon, d'accord, dit Joe, l'air songeur. Moi aussi, j'ai réfléchi.

Son regard viril se posa sur la bouche de Blossom.

— Il me semble, dit-il d'une voix rauque, qu'il serait bon d'établir certaines limites. Par exemple, éviter les applications de crème solaire et les soins infirmiers…

Elle comprit aussitôt. Ils devaient éviter tout contact qui leur rappellerait leur intimité passée. Rien qu'en voyant le sourire de Joe, ce matin, en humant sa senteur, elle avait été saisie d'un désir difficile à refouler. La veille, elle avait failli céder à l'envie de goûter à ses lèvres pleines, si sensuelles…

Il se méprit sur son silence et crut devoir la convaincre.

— Tu ne crois pas que… notre attirance physique a tout faussé ?

Blossom n'était pas sûre que ce mot soit bien choisi pour décrire ce qu'elle ressentait. En fait, les caresses de Joe lui avaient toujours procuré une grande joie, et l'envie de se tourner vers un avenir radieux…

Peut-être la suggestion de Joe – si contrariante qu'elle soit – était-elle avisée, puisqu'ils n'avaient pas la même vision des choses. Cela limiterait les complications.

Mais cette interdiction ne fit qu'attiser en elle un désir torride. Elle comprit Èet la pomme, l'attrait du fruit défendu. Elle n'allait pas le laisser paraître, cependant !

— D'accord, dit-elle avec désinvolture. Ni jeux d'argent, ni jeux de mains !

Ils se mirent à rire de bon cœur, comme s'il n'y avait jamais eu la moindre anicroche entre eux.

Une heure plus tard, l'atmosphère était toujours aussi légère. Ils avaient emporté une glacière pleine de nourriture et des sacs de plage, et roulaient sur la grande route dans le 4x4 de Joe. Exception faite du panorama visible depuis Hale Alana, c'était la première fois que Blossom découvrait Hawaï depuis son arrivée, à la nuit tombée.

Curieuse, elle dévorait du regard les paysages nouveaux et exotiques qui s'offraient à elle. La route longeait l'océan d'un côté, et de l'autre, les montagnes se dressaient, spectaculaires, dans le lointain.

— Ici, lui dit Joe, en ce qui concerne les directions, il y a le côté *mauka* de la route, c'est-à-dire celui de la montagne, et le côté *makai*, celui de l'océan.

Ces deux versants stupéfiaient Blossom. Avant d'arriver, elle n'avait eu en tête que la végétation tropicale luxuriante des films et des séries télévisées qui se déroulaient à Hawaï.

Du côté *makai*, son regard captait des vues ravissantes, des oasis où les frondaisons des palmiers dansaient sur fond de ciel bleu, de baies couleur turquoise. Du côté *mauka*, des montagnes escarpées, spectaculaires, aux allures de jungle verdoyante.

Mais entre mer et montagne, le paysage proche était d'une nudité stupéfiante.

— La lave a tout envahi, dit-elle, impressionnée. C'est comme si on roulait dans d'immenses champs de charbon.

— Ce sont les anciennes coulées de lave, en fait. Ce sont les éruptions volcaniques qui ont créé ces îles. Hawaï est la plus jeune de l'archipel, la lave ne s'y est pas encore décomposée. Il peut s'écouler des milliers d'années avant qu'elle devienne cette terre si fertile. À cause des éruptions fréquentes, Big Island grandit un peu plus tous les ans. C'est l'œuvre de la déesse Pélé.

Blossom avait toujours apprécié, chez Joe, sa curiosité et son goût des expériences insolites. Loin de rester superficiel, il aimait approfondir les choses. Curieux et cultivé, il jouait un peu les guides touristiques, en ce moment. Elle se rappela qu'elle s'était toujours sentie à l'aise avec lui et commença à se détendre.

— Tu veux qu'on s'arrête pour jeter un coup d'œil ? proposa-t-il.

— Oh ! oui !

Il se gara dès qu'il le put, et Blossom descendit de voiture pour marcher sur la lave. La surface noire, sur laquelle elle passa la main, gardait la chaleur du soleil.

— Il y a deux types de lave, lui expliqua Joe. Celle-ci s'appelle *pāhoehoe*, elle est lisse et ressemble parfois à un amas de cordes géantes. L'autre type s'appelle *'a'ā*. Les habitants disent par plaisanterie que c'est le bruit qu'on entend quand on marche dessus. Elle est très découpée et parfois extrêmement dangereuse, car elle peut entailler la chair et même transpercer les semelles des chaussures.

Ils ne tardèrent pas à remonter en voiture et à rouler de nouveau, savourant la fraîcheur de l'air.

— Je n'avais jamais voyagé dans un véhicule décapotable, avoua Blossom. C'est grisant.

— Et moi qui m'apprêtais à rabattre le toit pour nous protéger du soleil !

— Oh ! non, s'il te plaît !

— Où est ta casquette de base-ball ?

— Je n'ai pas pensé à l'emporter.

Joe lui tendit la sienne.

— On en achètera une autre.

De nouveau, une sensation de manque envahit Blossom. Joe était toujours chevaleresque, avec naturel. Mais elle ne s'appesantirait pas sur ce qu'ils avaient vécu ensemble. Elle voulait profiter de chaque instant comme s'il n'y avait pas de lendemain.

Elle coiffa la casquette de Joe.

— D'accord, on en achètera une autre. C'est moi qui paierai !

Il eut un sourire indulgent.

— Si tu y tiens...

Blossom profita pleinement du trajet. Elle avait l'impression de se laisser envahir par la chaleur et le vent, les couleurs et les bruits... Ils dépassèrent l'aéroport international de Kona, où elle avait atterri. Joe lui indiqua qu'ils passeraient par le village de Kealakekua, dans la journée.

— J'espère qu'on fera de la plongée dans Kealakekua Bay, dit-il.

Blossom savoura l'aisance avec laquelle il prononçait les mots hawaïens, qui avaient dans sa bouche une couleur si sensuelle. Quelques minutes plus tard, ils pénétraient dans les faubourgs de Kailua-Kona.

— Un centre commercial ? dit-elle. Je suis un peu déçue.

— Eh oui, il y en a même à Hawaï, dit en riant Joe. Je veillerai à ce que tu visites le centre-ville. C'est le cœur historique, et il est vraiment ravissant.

— Oh ! regarde ! s'écria soudain Blossom. L'endroit idéal pour acheter un chapeau sans se ruiner. Là ! Sur la gauche après le feu ! Wally Wiggles !

— Quoi ?

— Wally Wiggles ! Le nom du magicien d'un film. C'est comme

ça qu'on a rebaptisé cette chaîne de supermarchés, Bliss et moi. On y trouve littéralement de tout pour pas cher.

— De tout ? On devrait voir si on peut acheter des tubas, alors. Tu crois qu'ils auront ça ?

— Oui, j'en suis sûre.

Ils se garèrent sur un parking, et Joe rabattit le toit du véhicule par sécurité. Puis ils descendirent.

Un instant, côte à côte, ils contemplèrent le paysage. Le supermarché était perché en hauteur, sur les pentes des plantations de café environnant Kailua-Kona, visible en contrebas. Flèches d'églises, palmiers, hôtels, et le bleu infini de l'océan ponctué de kayakistes, de bateaux de plaisance, composaient le panorama.

Blossom soupira.

— C'est beau !

— Spectaculaire, approuva Joe.

Elle se retourna vers le magasin, jetant un coup d'œil vers Joe, qui l'observait avec un mélange de curiosité et de circonspection.

— Tu es déjà entré dans un de ces magasins ? demanda-t-elle.

— Je crois, oui.

Blossom trouva sa réponse très révélatrice. Joe n'était pas sûr. Il ne savait même pas qu'ils avaient un grand rayon de sport...

C'était là une de leurs grandes différences. Dans le monde de Joe, le shopping était synonyme de boutiques chics et de sites web exclusifs. Et il chargeait probablement son assistante de faire des achats.

Dans son monde à elle, on vivait avec peu, on dénichait des affaires, on se débrouillait...

Elle ne lui avait jamais parlé de cet aspect de sa vie, *avant*. Bizarrement, peut-être parce qu'elle était délivrée de la nécessité oppressante d'être la parfaite épouse d'un milliardaire, il lui sembla que ce serait amusant.

— Notre budget sera strict, dit-elle. Cinquante dollars.

— Cinquante dollars ! dit Joe, effaré. Qu'est-ce qu'on a avec ça ? Une paire de chaussettes ?

Ils ne vivaient vraiment pas dans le même monde, en effet !

— Tu risques d'avoir des surprises...

9

En réalité, Joe était déjà stupéfait. Pas par Wally Wiggles, mais par le visage rayonnant de Blossom tandis qu'elle savourait cette matinée sur la grande île de l'archipel de Hawaï.

Il se remémora ce qu'il avait tout de suite adoré, chez elle, en dehors de leur alchimie sensuelle : sa capacité d'émerveillement.

Il avait bien fait de rester. D'embrasser l'esprit d'*aloha*, de vouloir devenir meilleur.

Il la regarda qui s'arrêtait devant un portant de vêtements, sous la lumière crue du magasin. Il y avait là des robes bain de soleil très colorées, avec des bustiers à smocks, de fines bretelles et d'amples jupes. Elles coûtaient dix dollars pièce, et elle hésitait !

— Celle-ci, dit-il en sortant une robe blanche parsemée de fleurs d'hibiscus rose vif. Et celle-là aussi !

Elle était jaune, ornée de fleurs de frangipanier blanches.

— C'est presque tout notre budget, dit Blossom – mais elle serrait les robes contre elle.

— Augmentons-le, suggéra Joe. On monte à soixante-quinze dollars ?

Blossom examina la proposition d'un air sérieux.

— Bon, d'accord, dit-elle enfin, mais à une condition : j'ai le droit de choisir quelque chose pour toi.

Joe n'aurait pas accepté si vite s'il avait su ce qu'elle dénicherait sur le portant des soldes ! Un short à cinq dollars, noir, imprimé de flamants roses. Cela les fit rire, donc la dépense en valait la peine – même si sa dignité virile devait en souffrir un peu.

Elle alla dans la cabine d'essayage et en ressortit avec la robe aux hibiscus. Sur elle, elle avait l'air d'une toilette haute couture ! Blossom virevolta, la robe épousant joliment son buste et dansant autour de ses jambes fuselées. Il en eut la bouche sèche.

— Elle est trop courte ? demanda-t-elle d'un air pensif.

— Euh… non, elle est tout à fait comme il faut.

— Ça ne fait pas vulgaire ?

— Vulgaire ? Blossom, même avec un sac-poubelle tu ne serais pas vulgaire.

Pourquoi le regardait-elle comme s'il venait de lui décrocher la lune ?

— Tu crois que je pourrais la garder sur moi ?

Il aurait voulu dire que le temps allait fraîchir, que la fine robe en coton n'était pas un choix raisonnable. Mais à quoi cela les avait-il menés d'être raisonnables ?

— Oui, bien sûr, dit-il. En laissant l'étiquette dessus, ils la scanneront à la caisse.

— Et si j'oublie ? Je n'ai pas envie d'être arrêtée pour vol à l'étalage.

— Si on t'arrête, dit-il d'un ton taquin, je devrai trouver de l'argent pour payer ta caution !

Tout à coup, ils éclatèrent de rire, pour la deuxième fois de la journée. Il s'avéra que ce n'était qu'un début car ensuite, ils tombèrent sur le rayon des chapeaux…

Blossom prit une capeline à très larges bords, la coiffa puis s'avança vers lui, une main sur la hanche, avant de lui adresser un clin d'œil.

— Qu'en dis-tu ? Est-ce que j'aurais le rôle de Faye Dunaway dans un remake de *Chinatown* ?

— Plutôt dans *Bonnie and Clyde*, puisque tu voles une robe.

— J'oublie de la payer, nuance !

Joe se surprit à rire de nouveau. Encouragée dans son grain

de folie, elle dénicha pour lui un fédora. Mais au lieu de le lui donner, elle se hissa sur la pointe des pieds et le lui mit sur la tête. Pendant un bref instant, ses seins effleurèrent son torse.

Il semblait mesquin de lui rappeler les règles qu'ils s'étaient fixées pour un contact aussi ténu, mais il en ressentit le besoin.

Et c'était justement le problème, se rappela-t-il : le moindre contact avec elle le chamboulait. Pour dissimuler son trouble, il se tourna vers le miroir.

— J'ai l'air d'une star de cinéma, non ?

— Laquelle ?

— À toi de deviner, dit-il en plissant les yeux. Attends que je trouve une citation de l'acteur en question.

Il en dénicha une sur son mobile, regarda Blossom en plissant les yeux.

— « Le problème avec le monde, c'est qu'il a toujours un verre de retard », fit-il d'une voix grave. Qui suis-je ?

Elle le regarda d'un air pensif.

— Mister Bean ?

— Tu exagères ! Mais je t'accorde une dernière chance. Si tu ne devines pas, notre budget sera augmenté de vingt-cinq dollars.

— Humphrey Bogart ! s'écria-t-elle entre deux rires.

— Tu le savais dès le début !

Blossom s'esclaffa, devant les regards indulgents des autres clients.

— À moi, maintenant !

Blossom se pencha comme pour retenir sa jupe et, les yeux mi-clos, fit une charmante petite moue. Même s'il n'y avait pas de chapeau dans cette célèbre scène tournée sur une bouche d'aération du métro, il sut tout de suite de qui il s'agissait, bien sûr.

— C'est quelqu'un d'extrêmement glamour, lui dit-elle comme s'il avait besoin d'un indice, avant de continuer d'une voix rauque : « Une fille sage connaît ses limites… une fille intelligente sait qu'elle n'en a pas. »

— Euh… Mayim Bialik ?

— C'est qui ? demanda Blossom, contrariée.

— La petite amie de Sheldon Cooper dans *The Big Bang Theory*. Une fille très intelligente dans la vraie vie. Très calée en neurosciences.

— Tu as intérêt à deviner juste, cette fois, sinon je diminue notre budget de vingt-cinq dollars !

Joe se mit à fredonner avec douceur :

— *Happy birthday, Mister President...*

Et de nouveau, ils éclatèrent de rire.

Lorsque Blossom eut enfin choisi un chapeau de paille à cinq dollars, ils avaient essayé tous les couvre-chefs du rayon, imité un très grand nombre de célébrités, et avaient mal aux côtes à force de rire.

Dans un autre rayon, Blossom repéra des écrans solaires et soumit à l'inspection de Joe un flacon aérosol.

— Je peux l'appliquer moi-même, en accord avec la règle que nous avons établie.

En la voyant si resplendissante dans sa robe, le visage rayonnant, Joe se félicita d'avoir suggéré cette règle.

Ils gagnèrent le département sports, et il se dirigea vers le rayon plongée. Il examinait un tuba lorsque Blossom le rejoignit, regarda le prix et poussa un cri indigné. Elle en brandit un qui coûtait moitié moins cher.

— Tu trouves qu'il y a une différence avec ça ?

— On en a toujours pour son argent, tu sais.

— Un masque et un tube pour respirer, ce n'est quand même pas sorcier.

— Ce qu'on appelle un tuba, non ? suggéra-t-il, pince-sans-rire.

— C'est celui que j'ai choisi !

Il l'examina. Il était rose vif.

— C'est un tuba pour enfants ?

— Oui ! J'ai une petite tête. Je suis sûre qu'il m'ira. Si je le prends, et toi celui que je t'ai choisi, nous économiserons cinq dollars sur notre budget.

Joe céda avec bonne humeur, et remit en rayon le tuba le plus cher, avant d'attraper une planche de bodyboard.

— Alors, on prend ça, avec les cinq dollars qui restent ?

Puis il se frappa le front.

— Non, c'est inutile ! Nous avons des planches à Hale Alana. Je m'en suis déjà servi. Elles sont remisées dans le garage.

Blossom était ravie. À la caisse, ils découvrirent qu'ils avaient dépassé de six dollars leur budget. Joe se demanda si Blossom allait restituer quelque chose, et espéra que ce ne serait pas la deuxième robe. Il avait hâte de voir son allure quand elle la mettrait.

En fait, Blossom garda tout, sans faire de commentaire.

— Je meurs de faim ! dit-elle alors qu'ils quittaient le magasin.

Il lorgna avec envie l'enseigne d'une chaîne de hamburgers à l'avant de Wally Wiggles.

— Je parie qu'on y déjeune pour moins de dix dollars.

— J'ai apporté de quoi manger ! objecta Blossom. Regarde, il y a une table de pique-nique, là-bas.

Il dénicha son nouveau short parmi leurs achats, et l'enfila à l'abri de la portière de la jeep. Il n'avait certes pas anticipé qu'il se livrerait à une telle démonstration. Pourtant, en rompant avec ses habitudes, il se sentait curieusement vivant.

Ou bien il se racontait des histoires. S'il se sentait vivant, c'est parce qu'il était avec Blossom. Ce qui lui fut confirmé par le sourire qu'elle eut en voyant le short.

— C'est de mauvais goût, fit-il mine de maugréer.

— Je ne trouve pas. Tu es très... mignon, acheva-t-elle en rougissant. Et moi, tu trouves que ma robe est de mauvais goût ?

— Pas du tout !

Il ne précisa pas qu'elle était terriblement sexy.

Il souleva la glacière et suivit Blossom jusqu'à la table de pique-nique. Ils s'y installèrent, à la lisière du parking de Wally Wiggles. Elle lui tendit un sandwich, qu'il déballa.

— Qu'est-ce que c'est ? demanda-t-il, écartant le pain pour regarder à l'intérieur.

— Du beurre de cacahouète.

Il dut grimacer sans s'en rendre compte, car elle lui lança :

— Oh ! ne sois donc pas si snob !

— Je n'aime pas le beurre de cacahouète. Je vais me chercher un hamburger. Et ne me dis pas qu'un hamburger, c'est snob !

Peu après, il était de retour avec son hamburger et des frites. Blossom le fusilla du regard.

— Mmm, je n'ai jamais rien mangé d'aussi bon, dit-il. Tiens, goûte...

Elle se pencha pour mordre dans le sandwich et, en voyant ses lèvres se poser à l'endroit précis où il avait mis les siennes, il se demanda comment un geste aussi simple pouvait paraître si intime, si sexy.

Elle essaya, sans grand succès, de faire comme si ça ne lui avait pas plu.

— Tu veux que j'aille t'en chercher un ?

— Non ! C'est contraire aux règles.

— Oui, mais ce n'est pas ruineux.

— Si on commence comme ça, en un rien de temps, on va se retrouver dans tous les restaurants étoilés de Hawaï ! Et si je commençais à enfreindre *ta* règle, hein ?

— Super ! J'ai hâte !

— En fait, tu as transgressé ma règle une fois, donc, j'ai le droit d'en faire autant.

Elle regarda sa bouche avec tant de gourmandise qu'il faillit s'étrangler sur son hamburger.

— Bon, dit-il d'une voix rauque. Vas-y, comme ça ce sera fait.

10

Blossom adressa à Joe un sourire suave.

— Pas question. J'enfreindrai ta règle sans crier gare. N'importe quand. N'importe où.

Joe sentit un frisson délicieux courir le long de sa colonne vertébrale.

— Tiens, dit-il d'une voix enrouée, prends les frites.

— Pas besoin. J'aime vraiment le beurre de cacahouète.

Après une hésitation, Blossom reprit :

— Quand nous étions petites, il nous arrivait de manquer. Mais s'il y avait un pot de beurre de cacahouète, j'avais l'impression que tout irait bien.

Joe resta un instant songeur.

— Je me demande pourquoi j'entends parler de ça seulement maintenant. De ta vie d'avant...

— J'ai acheté ma robe de bal de fin d'année dans un dépôt-vente. Une sacrée trouvaille. Signée Jacob Minstrel.

Il sentit, à son intonation, que c'était important pour elle.

— Et ?

— Il s'est avéré que c'était la sœur de mon cavalier qui l'avait déposée à la boutique. Sa mère et elle m'ont trouvée vulgaire avec.

C'était donc ça, l'origine de son inquiétude sur la robe bain de soleil ! Joe fut surpris d'éprouver un élan de fureur.

— Elles t'ont dit ça ?

— Je les ai entendues à leur insu.

— Tu sais ce que cela signifie réellement ?

— Non.

— Qu'elle t'allait mieux qu'à sa première propriétaire. Beaucoup mieux, même, je parie. Tu étais Cendrillon, et elle, la vilaine belle-sœur !

— C'est curieux que tu l'exprimes de cette manière, lui dit-elle avec un sourire.

— Curieux ?

— Moi et mes rêves de princesse… Blossom & Bliss, c'est réellement une affaire de contes de fées, tu sais.

Il médita ses paroles, son intonation, qui semblaient impliquer que les rêves se réalisaient pour les autres, mais pas pour elle.

— Pourquoi ne m'as-tu jamais parlé de ces choses, avant ?

Elle haussa une épaule. Il s'aperçut que sa peau avait rougi. Elle avait besoin de mettre de la lotion solaire.

— Les gens qui parlent de leur enfance difficile, ou qui prétendent avoir grandi dans la pauvreté, je n'aime pas ça. Tout le monde a une histoire à faire pleurer, on dirait.

— Pas moi, fit Joe.

Puis il pensa : *Plus maintenant.* Car tout à coup, il avait à affronter des défis qu'il n'avait jamais connus. Des fiançailles rompues. Un père malade.

— Oui, dit Blossom, une note de nostalgie dans la voix. Tu sais ce qui m'a vraiment manqué en grandissant ? Un père. Je ne sais même pas qui il est.

Une fois encore, Joe pensa qu'il aurait dû être au courant. Lors des rares occasions où Blossom avait évoqué son enfance, elle l'avait dépeinte comme une amusante aventure avec une mère follement excentrique.

Quelle tristesse que d'ignorer qui est son père ! Il songea à son propre père, aux nombreuses fois où il avait eu *besoin* de ses conseils avisés, de son soutien pendant ses années tumultueuses de jeunesse.

Quand il s'était absorbé dans les affaires, son père était resté présent dans sa vie, mais son rôle avait été moindre. Et Joe avait pensé qu'il aurait toujours le temps, plus tard – quand des petits-enfants seraient là –, pour cultiver leur relation, pour les parties de pêche ou de base-ball, les vacances en famille.

Or, il n'aurait pas d'enfants, du moins dans un avenir proche, et la possibilité de cultiver la relation avec son père était très entamée.

Trois vendeurs du magasin, un homme et deux femmes, vinrent s'installer à la table, coupant court à leur conversation. Blossom se déplaça à l'extrémité de la table et Joe fit de même après lui avoir désigné la petite pancarte qu'il venait d'apercevoir : « Réservé au personnel ».

— Je suis désolée, dit Blossom, on ne voulait pas vous priver de votre coin détente.

Une des femmes dit en riant :

— Oh ! il y a de la place ! Vous venez d'où ?

Quand Blossom dit « du Canada », ils frissonnèrent tous.

Joe remarqua que Blossom redevenait ce qu'elle était lorsqu'il l'avait connue : une femme facile d'accès, qui s'intéressait aux autres. Quelques minutes plus tard, elle savait déjà les prénoms et l'âge de tous les enfants de leurs compagnons de table !

C'était pour ça, pensa-t-il, que Blossom DuPont rencontrait un succès phénoménal sur le marché hautement compétitif de l'organisation des mariages à Vancouver.

C'est pour ça aussi, et pour tout le reste, que tu es tombé amoureux.

Elle partagea avec les employés l'ananas et les cookies qu'elle avait emballés pour leur déjeuner. Ils leur offrirent du *poké* – un poisson cru mariné, en dés, typique de la cuisine hawaïenne.

Tout le monde rit de voir la mimique de Blossom quand elle y goûta.

La conversation roula ensuite sur les meilleurs endroits de l'île pour faire de la plongée. Un des jeunes gens désigna, en contrebas, le centre-ville.

— Un des meilleurs endroits se trouve juste ici, dans Kailua

Bay. La petite plage devant le King Kamehameha Hotel est un super endroit pour débuter. Il y a beaucoup de poissons à voir.

— Est-ce qu'il y a des requins ? s'enquit Blossom.

— Il y en a, mais il est rarissime qu'ils s'attaquent aux baigneurs. Dans cet endroit-là, d'ailleurs, c'est impossible. L'eau n'est pas profonde, et une digue a été construite à l'entrée de la baie. Aucun gros poisson ne la franchit, que je sache.

Après le départ de leurs nouveaux amis, Blossom rassembla leurs affaires et regarda avec envie du côté de la baie.

— On change nos plans ? suggéra-t-elle.

Joe la considéra avec surprise. Blossom n'était pas très spontanée – elle aimait que tout soit sous contrôle et, en toute honnêteté, lui aussi avait cette tendance. Leur aversion commune pour l'inattendu lui avait paru une bonne chose, au départ. S'ils réussissaient, c'était grâce à leur capacité à être très structurés. Mais il s'avisait soudain que cela pouvait aussi confiner à la rigidité. Depuis quand étaient-ils devenus si prévisibles et avaient-ils cessé de s'amuser ensemble ?

C'était vraiment une sorte de miracle qu'ils aient décidé, chacun de son côté, de venir à Hawaï.

— Qu'est-ce que tu proposes ? demanda-t-il.

— J'ai chaud. J'adorerais faire trempette.

— Vive la spontanéité ! fit-il.

— Et l'absence de requins !

Joe se demanda cependant à quel moment, quand on s'éloignait du parcours établi, on se retrouvait en territoire inconnu. Dans la zone de danger.

Il coula un regard vers Blossom, qui remontait la bretelle de sa nouvelle robe. Il réalisa qu'il anticipait le moment où elle enfreindrait la règle qu'il avait édictée.

Qui cherchait-il à duper ? Ils étaient déjà dans la zone de danger !

Il avait décidé de devenir un homme meilleur. Déjà, ce n'était plus qu'un mirage.

Tandis qu'ils descendaient en voiture dans le village de Kailua, Blossom repensa à leur conversation. Elle avait raconté l'histoire de la robe pour le bal de fin d'année. Et au lieu d'avoir piètre opinion d'elle, Joe avait pensé du mal des autres protagonistes ! C'était si adorable !

— Il y a beaucoup de circulation, observa-t-elle.

— J'ai l'habitude, avec Vancouver. Tu sais, ici, c'était autrefois un village de pêcheurs, et la résidence d'été de la famille royale haïtienne. Cette route, Ali'i Drive, bien qu'elle ait été améliorée, n'était pas conçue pour tout ce trafic.

Une petite voiture surgit d'un parking comme une flèche, et les aurait heurtés si Joe n'était pas si vigilant. Avec calme, il passa le bras par la portière et, pouce et petit doigt levés, les autres doigts repliés, fit pivoter son poignet en direction du conducteur.

— Qu'est-ce que ça veut dire ? lui demanda Blossom.

— C'est le *shaka*. Un signe courant dans l'archipel, tu verras. Il signifie quelque chose comme « on est tous amis, relax, tout va bien ».

— Rien à voir avec le doigt d'honneur auquel on a droit à Vancouver en cas d'incident !

— Le *shaka* fait partie de l'esprit d'*aloha* dont je t'ai parlé. Tu remarqueras qu'il n'y a que les touristes qui s'énervent dans les embouteillages. Mais la magie de l'île finit toujours par opérer sur eux. Ah, super, une place se libère !

Tandis que Joe manœuvrait pour faire un créneau, Blossom pensa de nouveau que s'il lui manquait, ce n'était pas pour les voyages, le train de vie fastueux, les soirées VIP. Mais pour les petites choses. Sa présence le matin juste après la douche. Son calme au volant. Son assurance innée, comme s'il était certain que tout se déroulerait selon son désir.

Elle ne sut pas où porter le regard quand ils descendirent de voiture sur Ali'i Drive, au milieu de la foule d'habitants et de touristes – une rivière mouvante et colorée pleine d'énergie.

— Ça, c’est Mokuaikaua Church, lui dit Joe, désignant une bâtisse aux pierres noircies par les ans.

Plus que l’église chrétienne, la plus ancienne de Hawaï, construite en 1820, ce fut le bâtiment situé de l’autre côté de la rue, croulant sous le feuillage d’un arbre immense, qui capta l’attention de Blossom.

— C’est un banian, lui apprit Joe. Et Hulihe’e Palace.

L’édifice ne ressemblait pas à l’image que Blossom se faisait d’un palais. C’était un grand bâtiment couleur crème, avec des volets verts. Un groupe de gens, assis en cercle sur la pelouse luxuriante à l’ombre du banian, jouaient du ukulélé. La musique parvenait jusqu’à la rue.

— Nous avons des tickets de visite, dit Joe. Ça te tente ?

Blossom faillit éclater de rire, car la journée ne cessait d’échapper à leurs plans. On aurait dit que Hawaï les portait là où elle voulait. Et elle adorait ça !

— Bien sûr, dit-elle. Après, on visitera l’église.

Deux heures s’étaient écoulées quand ils gagnèrent la plage après la visite du centre-ville. Blossom avait le sentiment de s’être enrichie grâce à son nouveau savoir sur la culture et l’histoire de l’archipel.

Ayant emprunté un trottoir le long d’une promenade bordée d’une digue, ils évitèrent de justesse une vague qui inonda un touriste surpris.

— Baptisé par la mer ! commenta gaiement un passant.

Ils passèrent sous un banian encore plus grand que celui du palais, et Blossom s’arrêta pour le contempler.

— Il me fait penser à un éléphant, dit-elle tandis que les voitures roulaient sous les épaisses branches sinueuses qui formaient une voûte sur Ali’i Drive.

— Il y en a un encore plus énorme à Maui, dit Joe. La canopée s’étend sur près d’un hectare. Tout un quartier.

— C'est fou !

Cette magnifique découverte l'aurait-elle été autant si Joe n'avait pas été là, près d'elle ? Blossom en doutait.

— Tu entends ? dit-il soudain. Nous avons trouvé la maison des martins.

Il leva les bras vers les branches et claqua bruyamment des mains. Les oiseaux se turent d'un seul coup. Elle rit.

— Tu ne pourrais pas faire ça le matin, s'il te plaît ?

Les martins recommencèrent leurs chants.

— Comme tu le constates, l'effet ne dure pas.

Joe se retourna à l'instant même où un garçon en skate-board fonçait dans leur direction. La saisissant par l'épaule, il écarta vivement Blossom de sa trajectoire.

Le garçon leur adressa un *shaka* nonchalant par-dessus son épaule, et Blossom, levant les yeux vers Joe, frissonna en voyant son expression. Un guerrier protecteur. S'il y avait une chose qui lui manquait, depuis leur rupture, c'était le sentiment d'être protégée.

— Ça compte pour une infraction à la règle, dit-il, la relâchant.

— Ah non ! C'est toi qui l'as provoquée.

— Un peu de gratitude, tout de même. Je t'ai sauvé la vie !

Son exagération blagueuse la fit sourire. Il sourit aussi.

— Tu as vraiment sauvé une vie, un jour, dit-elle.

— Hein ? Mais non. Où vas-tu chercher ça ?

— Si ? Nous étions ensemble, ce jour-là.

— La fois où nous sommes allés au spectacle à Broadway, au Queen Elizabeth Theatre ? Le soir où tu as hérité de Bartholomew ? dit-il aussitôt, en souriant toujours.

Blossom fut étrangement émue qu'il en ait gardé le souvenir, comme si cela avait compté pour lui.

— Le soir où tu as sauvé Bartholomew, souligna-t-elle. Nous marchions près d'une bouche d'aération. Et j'ai entendu ce drôle de bruit.

— Je n'en reviens toujours pas que tu l'aies entendu. Pauvre minou !

Il pleuvait à torrents, l'eau coulait par la grille. Quand ils avaient jeté un coup d'œil au travers, un minuscule chat roux, trempé et tremblant, les avait regardés d'un air implorant. Sans trop savoir comment, avec une force presque surhumaine, Joe avait réussi à déplacer la grille, et s'était agenouillé pour plonger le bras dans la canalisation et sauver le petit animal.

Un désastre pour ses vêtements de luxe, mais ça lui était égal.

Ils n'étaient pas allés au spectacle. Joe avait niché le chaton mouillé sous son manteau, contre son cœur, et ils étaient retournés en courant à l'appartement de Blossom et Bliss pour sécher le petit chat et lui donner du lait chaud. Il s'était roulé en boule contre le torse de Joe puis s'était endormi en ronronnant.

C'était la première fois, cette nuit-là, que Joe l'avait embrassée. Embrassée pour de bon.

Il souriait, tendrement, avec chaleur, en se remémorant le même souvenir qu'elle. Incapable de résister à l'impulsion, elle fit un pas vers lui, noua les bras autour de son cou. Et, sous le banian, elle l'embrassa à pleine bouche.

Il lui était égal que ce soit une erreur.

Il lui était égal que ça complique les choses.

Le bruit du trafic, la foule se fendant pour les éviter, le ressac sur la rive, tout s'effaça. Il n'y avait plus qu'eux au monde. Elle savoura le goût familier de ses lèvres, sa senteur, le contact de leurs corps. Pour la première fois depuis qu'elle lui avait rendu la bague, le vide qui était en elle se comblait…

Elle s'écarta de lui, ravie par l'air étourdi de Joe.

— Merci de m'avoir sauvé la vie, dit-elle d'un ton joyeux. Et celle de Bartholomew. Voilà, j'ai enfreint la règle !

— Je t'aurais crue plus subtile, répliqua-t-il. Tu sais quoi ? Ça vaut bien de dépenser encore un peu d'argent.

— Ah non !

— On vend du granité hawaïen, là-bas. Il n'est pas permis de venir à Hawaï et de ne pas goûter ça.

— Bon, d'accord, mais c'est moi qui paie ! dit-elle, en espérant que sa carte de crédit passerait.

Pourquoi s'obstinait-elle ? S'il payait, selon les règles de leur jeu, elle aurait le droit de le toucher de nouveau.

Trop dangereux.

Pourtant, quand il la prit par la main et l'entraîna de l'autre côté de la rue, jusqu'au stand de glaces, elle n'essaya pas de se dégager. D'une certaine façon, c'était aussi agréable que le baiser. Et si naturel ! C'était comme si elle arrivait enfin au port. Pour la première fois depuis leur rupture, elle avait le sentiment que *peut-être*, tout irait bien.

Cette sensation ne fit que s'intensifier quand ils s'assirent sur un banc, côte à côte, sous le banian, pour déguster leur gourmandise.

— Un délice, décida Blossom. L'idéal quand il fait si chaud.

— J'ai cru que tu ne te déciderais jamais à choisir, gronda Joe, avec bonne humeur.

— Il y avait soixante-dix parfums !

— Tout ça pour finir par choisir fraise. Non mais franchement !

— « Lave de volcan », ce n'est pas un parfum !

— Il faut croire que si. Et c'est délicieux.

Elle le regarda goûter sa glace noir et orange. Soudain, des ondes de chaleur torrides la parcoururent, telles des coulées de lave !

Quand ils se débarrassèrent des emballages vides, Joe fourra les mains dans les poches de son short, et rétablit une certaine distance entre eux en adoptant de nouveau le rôle de guide touristique.

— Le parcours de natation du triathlon Ironman commence juste là-bas, lui dit-il en désignant une étroite bande de sable sur la gauche de la jetée de Kona. Les bateaux de croisière y jettent l'ancre...

Quelques instants plus tard, Blossom se glissait dans une cabine d'habillage. Elle était sûre que le minuscule bikini noir que Bliss l'avait encouragée à acheter pour sa lune de miel ferait comprendre à Joe que la règle du « pas touche » était ingérable. Cependant, elle n'osa pas sortir ainsi de la cabine et s'enveloppa dans un drap de bain.

Joe l'attendait, et ils gagnèrent la bande de sable. Il ne lui offrit pas sa main, même lorsqu'ils descendirent les marches dépourvues de rambardes menant à la plage. Il préférait éviter de jouer avec le feu, apparemment.

Mais Blossom était toute à ses sensations : le soleil sur son visage, la brise qui lui effleurait les cheveux... Était-il possible que cette île si belle attise aussi son désir ?

11

— L'essence même de Hawaï, murmura Blossom.

Elle embrassa du regard les pirogues à balancier alignées au-dessus du croissant de sable blanc ponctué d'ombrelles, la petite hutte où l'on louait des kayaks et des planches. Ce n'était qu'une toile de fond pour la structure érigée sur la roche, à l'entrée de la petite baie abritée où ils se trouvaient.

— C'est une reproduction d'Ahu'ena Heiau, le temple personnel du roi Kamehameha, lui apprit Joe. Il a vécu ses derniers jours dans cette baie. C'est un des hauts lieux historiques de Hawaï.

Blossom fut émerveillée de penser qu'elle allait s'essayer à la plongée à l'ombre d'un lieu si ancien, et sacré.

Ils étalèrent leurs draps de bain sur le sable, puis Joe s'assit et l'invita à faire de même. Il enleva sa chemise.

— Laisse-moi te protéger le dos, dit-il en prenant le spray de lotion solaire.

Blossom regretta d'avoir opté pour la version en aérosol, car il put pulvériser la lotion en évitant le moindre contact. Puis il en fit autant pour lui-même, pliant le bras par-dessus son épaule.

Le geste fit jouer les muscles de ses bras, révélant son torse. Indifférent à l'émoi de toutes les femmes dans les parages, il sortit les tubas de leurs emballages avec une vigueur toute virile.

Il tendit le masque de plongée rose à Blossom.

— Tiens, mets-le. Tu vas devoir tirer sur la sangle. Il est étroit.

Elle fit ce qu'il demandait, et le masque se mit en place. Il s'approcha pour l'ajuster.

— Il est trop serré, lui dit-il. Voilà ce qu'on gagne, quand on achète un truc pour enfants !

Que n'aurait-elle donné pour avoir droit à une deuxième infraction à la règle, en ce moment ! La senteur de Joe, l'odeur chaude de ses cheveux dont le soleil accentuait la blondeur, la proximité de son corps viril, tout l'envoûtait. Elle mourait d'envie de poser la main sur son cœur, de redécouvrir la douceur de sa peau...

Non. Il fallait résister à ce genre de tentation. Mais elle avait commis la folie de l'embrasser, et elle risquait de le payer cher !

Joe, lui, semblait tout à fait inconscient de son tumulte intérieur.

— Il faut écarter tous ces cheveux, sinon le masque n'adhérera pas comme il faut. Et cet embout va dans ta bouche. Voilà, c'est bon !

Elle le regarda à travers son masque, tandis qu'il mettait le sien. Il était hilarant ! On aurait dit un insecte de dessin animé. Elle devait avoir la même allure. Mais, si elle était sûre d'être moins sexy, sur Joe cela n'avait pas cet effet !

Pour faire bonne mesure, Blossom laissa tomber le drap de bain qui la protégeait encore.

En dépit du masque, elle vit s'obscurcir les yeux verts de Joe, et elle sut qu'il était troublé.

Après lui avoir fait signe de le suivre, il mordit l'embout du tuba et s'engagea dans l'eau, en se retournant de temps en temps vers elle pour l'inciter à avancer.

Malgré tout ce qu'il s'était passé entre eux, le cœur défaillant, elle se sentit prête à le suivre, n'importe où. Si l'eau avait été infestée de requins, elle l'aurait suivi avec confiance, sûre qu'il saurait leur éviter le danger.

Le contact de l'eau tiède était divinement sensuel, pensa-t-elle.

— Voilà, c'est ça, entre tout à fait dans l'eau, l'encouragea-t-il. Oui, parfait. Et maintenant, tu dois t'allonger à plat, comme une étoile de mer. L'eau est salée, alors tu flotteras très bien. Puis tu baisses le visage, tu ramènes les bras contre toi, et te contentes de battre des jambes.

Il fit la démonstration. Après avoir hésité, répugnant à plonger le visage dans l'eau, elle résolut de s'abandonner tout à fait à ses directives. Étendue à plat ventre, elle se retrouva en train de flotter comme une plume. Le masque lui permettait de voir sous l'eau, le tuba de respirer.

Des profondeurs aux reflets turquoise s'offraient à elle avec une étonnante clarté. Le soleil filtrait au travers. Et soudain, elle aperçut son premier poisson !

Elle n'avait jamais rien vu de tel. De la taille de son poing, il avait la forme d'une boîte, bleu marine en bas, noire en haut, dont la surface était ponctuée de points blancs. La partie noire était striée de jaune vif.

Si elle n'avait pas tenu dans sa bouche l'embout du tuba, elle aurait poussé un cri ravi et étonné en découvrant ce monde insoupçonnable, juste sous la surface paisible de l'océan.

Elle s'aperçut que Joe était tout près, présence rassurante. Ils s'engagèrent plus profondément, épaule contre épaule, sa peau virile effleurant parfois la sienne, absorbés par cette incroyable expérience. Parfois, il lui donnait un petit coup de coude pour lui signaler quelque chose, et quelquefois, c'était elle qui l'alertait.

Les poissons composaient un éventail de couleurs surprenant. Bleu clair et turquoise, pourpre, rose. Certains avaient des rayures, d'autres des pois ou encore des bandes fluorescentes. Il y en avait de tout petits, et des très grands.

Ils firent plusieurs fois le tour de la petite baie, mais pour finir, Blossom dut céder à l'agréable fatigue qui lui alourdissait les membres, et à la sensation de froid qui commençait à la pénétrer.

La chaleur du soleil était incroyable quand ils s'allongèrent sur leurs draps de bain, l'un près de l'autre. Ils décrivirent les poissons qu'ils avaient vus. Poissons-perroquets. Poissons-coffres zinga. Plusieurs variétés de chirurgiens bleus. Des porte-enseignes cornus. Poissons-papillons...

Joe tenta de lui apprendre le nom du baliste écharpe, emblème de l'État de Hawaï : *humuhumunukuapua'a*. Mais ça s'achevait toujours par des éclats de rire.

Pour finir, feignant l'exaspération, il s'allongea sur son drap de plage, et ferma les yeux. Blossom caressa du regard la belle courbe de son dos, ses longues jambes puissantes.

Une seule chose lui avait donné la sensation d'être délicieusement et pleinement vivante, en dehors de cette randonnée sous l'eau, comprit-elle.

Faire l'amour avec Joe.

Ils refirent plusieurs plongées jusqu'à ce que l'après-midi soit très avancé.

— Dînons ici, proposa Joe. Il y a plein de restaurants en bord de mer d'où on peut regarder le coucher de soleil.

Pourquoi jouait-il avec le feu ? Se comportait-il comme s'ils étaient en lune de miel ?

Sans les avantages, à cause de ta règle stupide...

Mais en réalité, il aimait tout simplement être avec Blossom, savourer son émerveillement. C'était comme une remise de peine, après la solitude affreuse à laquelle il s'était vu condamné le jour où elle lui avait rendu la bague.

Maintenant, bien sûr, ils allaient devoir se conformer à la règle de Blossom : pas de dépenses. Elle allait ramener ça sur le tapis, c'était clair.

— Il reste un sandwich ! dit-elle.

— Adieu la journée parfaite, grommela-t-il. Je pourrai au moins avoir un short sec à mettre ?

— Si c'est moi qui le choisis.

Et ainsi, quelques minutes plus tard, ils étaient assis sur la jetée, avec ce qui restait dans la glacière pour dîner. Elle avait remis sa jolie robe bain de soleil, il portait un short bleu vif outrageusement décoré de poissons bariolés.

La journée parut encore plus parfaite quand ils partagèrent le sandwich. Ils mordirent dedans tour à tour, jusqu'à ce qu'il ne reste rien. Et le beurre de cacahouète, un des aliments que Joe aimait le moins, lui parut délicieux.

— Oh ! regarde !

Le temps semblait s'arrêter lorsque le soleil se couchait à Hawaï. En une sorte de cérémonie, chacun marquait une pause, regardant disparaître à l'horizon ennuagé l'immense orbe de feu. Le ciel vira au rose et à l'orange et, brièvement, les nuages se bordèrent d'or étincelant. Un instant, le soleil parut flotter, puis s'abîma dans l'océan. En quelques minutes, le monde se trouva plongé dans les ténèbres.

Les flammes des torches tiki commencèrent à jaillir alentour, et ils emballèrent les restes de leur pique-nique, qu'ils remisèrent dans la voiture.

Puis ils flânèrent dans le centre-ville. Insensiblement, leurs mains se rencontrèrent, et Joe n'en apprécia que plus la musique et les rires qui se déversaient des bars et restaurants du front de mer, le chant des vagues couronnées d'écume sous la lune, du côté *makai* de la route.

L'air suave et chaud, salin, intensifiait l'enchantement.

Enfin, presque à regret, ils revinrent vers le 4x4.

Tandis qu'ils roulaient sur la grand-route vers Hale Alana, Joe songea que rien ne s'était déroulé comme il l'avait planifié. Ils n'étaient pas allés sur la plage de Black Sands, ni au volcan, ni aux jardins de Hilo.

Malgré la règle qu'il avait établie, ils s'étaient embrassés. Et tenus par la main.

Malgré la règle de Blossom, ils avaient dépassé le budget.

On aurait dit que l'archipel se raillait de ses efforts, de *leurs* efforts pour garder le contrôle.

De retour à Hale Alana, il se contraignit à un « bonne nuit » prudent, en se gardant de toucher Blossom.

S'il posait la main sur elle, leurs deux mondes s'embraseraient, fusionneraient, et il prendrait ces lèvres qui l'avaient tant provoqué cet après-midi. Une fois qu'il aurait cédé à la tentation, leur serait-il possible de respirer de nouveau ?

Improbable. Il se rappela sa mission : découvrir ce qu'ils partageaient, au-delà de leur alchimie sensuelle. Protéger Blossom.

Le lendemain, il la trouva assise près de la piscine, les cheveux emmêlés par le sommeil, occupée à boire du café. Elle lui avait emprunté un T-shirt, semblait-il. Elle était vraiment sexy comme ça, et il se rappela avec un coup au cœur à quel point c'était merveilleux de se réveiller auprès d'elle.

— Tu es bien matinale ! observa-t-il en la rejoignant.

— C'est la faute des martins, fit-elle. C'est quoi, notre programme, aujourd'hui ?

C'était une occasion de repartir du bon pied, songea-t-il. La veille, ils avaient dévié de leur cap, mais il pouvait rectifier le tir aujourd'hui. Il ne voulait pas que Blossom manque les plus belles choses à voir parce qu'il se laissait distraire par elle. Il devait restaurer sa discipline !

— J'ai pensé qu'on pourrait faire le circuit prévu hier. Black Sands Beach, le Parc national des volcans, les jardins de Hilo.

— Ce serait génial, dit-elle.

— Je consulte la météo, pour savoir comment on doit s'habiller.

Il espéra en secret qu'il ferait un froid de canard sur le volcan et qu'il pleuvrait à verse à Hilo, pour éviter d'avoir sous les yeux quelque chose d'encore plus tentateur que le T-shirt : la petite robe à dix dollars de la veille.

Il fronça les sourcils en regardant son écran.

— Mauvais temps ? dit Blossom, déçue.

— Non, encore une journée paradisiaque. Mais la météo marine, en revanche… On attend demain de très fortes houles sur les côtes ouest et nord. Pour ce qui est du bodyboard à Hapuna, c'est aujourd'hui qu'il faudrait le faire.

— On n'a qu'à remettre le circuit à demain, dit Blossom.

En Joe, quelque chose céda. Après tout, une vie qui échappait à tout contrôle n'était peut-être pas aussi mauvaise qu'il le supposait.

12

— Je remplis une glacière ? demanda Blossom.

Elle s'était préparée et changée, et portait la nouvelle robe bain de soleil dont le jaune éclatant captait son regard viril. Caressée par le soleil hawaïen, la peau de Blossom dorait de jour en jour, et il eut soudain envie d'en goûter la douceur...

— La plage est assez loin du parking à Hapuna, répondit-il. Et nous avons les planches à transporter.

Comme elle posait le doigt sur sa bouche pulpeuse, il pensa une fois de plus à l'embrasser !

Pendant leurs fiançailles, il ne lui avait jamais vu ce petit geste dubitatif. Parce qu'elle avait toujours été d'accord avec lui ! Il s'aperçut avec surprise que ce changement ne lui déplaisait pas.

— Il y a une buvette super bien, là-bas, dit-il.

Elle ne sembla pas convaincue.

— On pourrait décider d'un budget quotidien. Genre, vingt dollars.

Elle se tapota la lèvre de plus belle.

— Histoire de ne pas être enchaînés à cette glacière.

— Bon, d'accord, concéda-t-elle. Mais c'est moi qui paie.

— C'est à mon tour, je pense. Tu as tout acheté, hier.

— Tu as tout assumé pendant onze mois. C'est à moi de prendre le relais.

— Je n'avais pas réalisé que c'était un fardeau pour toi.

— Ce n'était pas un fardeau. C'était merveilleux. Mais la vie n'est pas un conte de fées.

Elle y revenait de nouveau, laissant entendre que ce qu'ils avaient vécu pendant leurs fiançailles n'était pas tout à fait réel. Ma foi, quel mal cela ferait-il de procéder comme elle le désirait ? Pendant quelques jours ? Pourquoi ne pas voir ce que Blossom appelait la « réalité » ?

La plage de Hapuna était telle que Joe en gardait le souvenir : à couper le souffle.

Et il était heureux que la vie ait en partie échappé à son contrôle. S'ils n'avaient pas changé leurs plans, il n'aurait pas eu la joie de voir l'air émerveillé de Blossom quand elle découvrit les lieux.

La hauteur des vagues était parfaite pour une débutante en bodyboard. Il était tôt, mais les flots étaient déjà envahis de gens, jeunes et vieux, ravis de surfer jusqu'au rivage.

Ils déposèrent leurs affaires sur des draps de bain, sur le sable fin, et Blossom ôta sa robe. Elle portait dessous un petit bikini jaune et blanc.

Il était urgent de se mettre à l'eau ! pensa-t-il alors qu'ils se prêtaient, tour à tour, au rituel de la lotion solaire.

— Les vagues sont hautes, on dirait, observa Blossom avec un peu d'appréhension.

— Ne t'inquiète pas. Nous resterons là où on a pied. Là où ces gamins jouent.

Il montra à Blossom comment attacher à sa cheville le leash de la planche, puis, portant devant eux les bodyboards, ils s'engagèrent dans les flots déferlants.

Ils furent trempés en quelques secondes par l'écume qui jaillissait des vagues. Quand ils furent dans l'eau jusqu'aux cuisses, il se retourna, dos vers l'océan, le bodyboard devant lui. Et d'un signe, incita Blossom à l'imiter.

— Regarde par-dessus ton épaule, lui lança-t-il. Quand tu vois une bonne vague, attrape-la ! Pile sur la cassure. Comme ça !

Il maintint la planche devant lui, sentit que la vague le soulevait et, au bon moment, se jeta sur la planche. Du coin de l'œil, il la vit faire de même.

Elle était sur le ventre, en appui sur les coudes, les doigts agrippant fortement l'avant de la planche. La crête écumeuse de la vague la cueillit et la propulsa en avant.

Sa bouche s'arrondit à l'approche de la vague. Puis elle se retrouva dans l'eau peu profonde, dégringola de la planche, et rit d'avoir bu la tasse.

Il alla l'aider avant que la vague suivante la heurte et rabatte brutalement la planche contre elle.

— Comment ai-je pu attendre jusqu'à maintenant pour faire ça ? demanda-t-elle, hors d'haleine.

Son appréhension s'était tout à fait dissipée. Soudain, avec un petit cri ravi, elle jaillit hors de ses bras pour revenir en courant vers les flots, attendit avec excitation, en rang avec les enfants, l'arrivée de la prochaine vague.

Joe se contenta de la regarder, savourant sa joie. Elle attrapa une vague, et fut emportée jusqu'au sable, où elle fut rejetée sans cérémonie. Elle riait aux éclats quand il la releva et l'éloigna du large pour lui éviter d'être frappée par la vague suivante.

— Tu perds le haut de ton bikini ! lança-t-il en ajustant la bretelle de son maillot.

— J'ai failli aussi me faire arracher ma culotte !

Comme il la fixait sans rien dire, elle éclata de rire. Un rire enfantin, joyeux, contagieux. D'ailleurs, autour d'eux, tout le monde riait aussi, et il savoura ces instants de pur bonheur.

Il courut jusqu'à leurs affaires, sur la plage, et lui rapporta son propre T-shirt.

— Coup de soleil, dit-il en guise d'explication.

— Pff ! fit-elle en le passant par-dessus sa tête. Qui cherches-tu à tromper ? Tu veux me protéger des accidents de maillot de bain !

Ils retournèrent dans les flots et, côte à côte, guettèrent la meilleure vague. Ils se prêtèrent au jeu sans relâche, comme des gamins. Leur joie se confondait avec les cris et les rires des enfants, et ils se livrèrent sans réserve à l'océan. Encore et encore...

Enfin, épuisés, et vacillant sur leurs jambes, ils sortirent de l'eau. Blossom, avec le T-shirt détrempé qui lui collait à la peau, était aussi sexy qu'en bikini !

Elle l'enleva puis se laissa tomber sur son drap de bain, essoufflée de s'être tant démenée. Il s'allongea à côté d'elle et savoura l'air chaud et la brise marine.

— Quand nous serons secs, nous irons manger quelque chose, suggéra Joe au bout d'un moment.

Jamais Blossom ne lui avait paru aussi belle avec ses cheveux mouillés, son visage hâlé, sa robe légère, ses pieds nus. Elle évoquait une créature marine, une sirène à laquelle on aurait accordé de se mêler aux humains pour un jour.

Ils grimpèrent la colline qui surplombait la plage par une allée pavée. Blossom tenait Joe par la main. Et il se sentait si léger, si insouciant qu'il enfreignait la règle du « pas touche ».

— J'ai l'impression d'être au paradis ! dit Blossom alors qu'ils étaient assis à une table de pique-nique ombragée, après avoir acheté à la buvette des tacos au poisson.

Blossom mordit dans son taco tout en admirant le panorama. Joe, avec sa splendeur virile, en faisait partie, et elle sentit une merveilleuse euphorie se déployer en elle comme une voile sous le vent.

Son attention se concentra sur un groupe bruyant de toutes jeunes filles qui occupaient une table pas très loin d'eux. Elle était décorée de ballons, et les filles avaient des chapeaux de fête. Son sentiment de bonheur fut soudain tempéré par une étrange mélancolie.

— Elles fêtent un anniversaire, commenta Joe, suivant son regard.

Elle avait pensé qu'ils auraient des enfants, un jour. Des

chaussettes accrochées à la cheminée pour Noël. Des fêtes d'anniversaire. Un chien...

Une vie *normale*.

— C'était quoi ton plus bel anniversaire ? demanda-t-elle.

— J'aurais du mal à en choisir un. Je me souviens d'avoir traversé, tout petit, une période pirate. Ma mère a organisé pour moi une fête à thème, avec deux « pirates » qui se sont battus en duel. Un gâteau en forme de coffre au trésor débordant de friandises... Pour mon dixième anniversaire, mes parents ont loué un club de paintball pour une quinzaine de gamins. Et l'année d'après, mon père nous a obtenu des tickets pour le championnat du monde de foot. Tes anniversaires ont dû être très différents, dit Joe. Tu les partageais avec ta jumelle, je suppose ?

— Oh ! ce n'est pas seulement pour ça qu'ils étaient différents.

— Comment ça ?

— Je n'ai pas de meilleur anniversaire dans ma boîte à souvenirs. Mais il y en a un qui est plus mémorable que les autres, peut-être.

— Raconte...

Blossom pensa aux versions soigneusement édulcorées qu'elle lui avait données de sa vie, laissant croire que son enfance avec une mère excentrique n'avait été qu'une partie de plaisir.

Si cette fausse lune de miel devait les conduire quelque part, le moment était peut-être venu pour un peu plus d'honnêteté.

— Nous allions avoir sept ans, Bliss et moi, dit avec lenteur Blossom, les yeux fixés sur les fillettes insouciantes à la table voisine. Nous vivions dans la vallée de l'Okanagan. Ma mère avait un job, elle peignait des décors pour une compagnie théâtrale dirigée par des hippies. Nous étions nouvelles en ville, comme d'habitude, et elle nous avait promis une fête d'anniversaire qui inciterait tout le monde à nous vouloir pour amies. Elle nous avait promis qu'il y aurait des poneys. Nous en avions même fait la publicité sur les invitations. Toute notre classe est venue. Pour la première fois. Et puis la dame des poneys a débarqué, dans une caravane rouillée qui semblait près de s'écrouler, avec huit poneys.

Avant qu'ils soient tous sellés, elle était ivre. Ensuite, les poneys se sont rebellés et se sont enfuis. Pendant qu'elle leur lançait des bouteilles de bière en les maudissant, ils l'ont contournée, ont bu dans la pataugeoire et mangé le gâteau d'anniversaire... Un des poneys à la robe noire avec une crinière et une queue blanches, a fait tomber une fille qui s'appelait Beth-Anne. Sa robe a été couverte de boue.

Blossom risqua un regard vers Joe. Elle avait gardé un ton léger, comme si tout cela avait été du plus haut comique. Mais Joe n'était pas dupe.

— Oh ! Blossom, je suis désolé, vraiment.

Elle eut un sourire tremblé.

— Tu sais qu'on est très proches, Bliss et moi ?

— Bien sûr. Quand l'une commence une phrase, l'autre la termine. Vous avez la même manière de froncer le nez. Vous vous habillez de la même façon.

Blossom envisagea de lui dire qu'elle ne s'habillait pas comme Bliss avant de le rencontrer. Avant que sa jumelle s'érige en relookeuse. Mais un deuxième aveu, c'était peut-être un peu trop.

— En fait, nous sommes différentes, d'une certaine façon. Bliss est plus extrovertie. Même si nous sommes sur la même longueur d'onde en général. Et on a les mêmes rêves ! Bref, tu sais ce que dit ma jumelle quand on parle de cet anniversaire ?

— Non, quoi ?

— Que c'est la fête la plus géniale qu'elle ait jamais connue. À l'époque, elle avait ri de voir Beth-Anne et sa robe à volants pleine de boue.

— Et toi ? demanda doucement Joe.

— Pas vraiment. Après, Beth-Anne nous regardait de travers, et les autres élèves nous ignoraient. D'habitude, je n'étais pas heureuse quand ma mère nous annonçait un nouveau déménagement, mais cette fois-là, je l'ai été.

— Je suis vraiment désolé, répéta Joe.

Comme s'il était sincère. L'expression de ses yeux verts était pleine d'empathie.

Blossom éprouva pourtant le besoin familier de minimiser les choses.

— La vie avec ma mère était toujours imprévisible, dit-elle d'un ton léger. Cela m'a quand même appris à gérer l'imprévu.

Songeur, Joe ne prononça pas un mot. Mais quand il recouvrit sa main avec la sienne, il n'y avait pas d'apitoiement dans ce geste. Juste le plus grand cadeau de tous : l'acceptation.

Le cadeau qu'elle n'avait jamais été capable d'accorder entièrement. Il lui traversa l'esprit qu'elle n'avait pas rendu service à Joe en lui cachant certaines choses de sa vie par manque de foi en lui. Et elle ne s'était pas rendu service non plus.

Car le moment qu'ils venaient de partager avait fait bouger les lignes.

13

Le fait d'avoir raconté à Joe l'anniversaire de ses sept ans donna du courage à Blossom. Pas seulement celui d'affronter les vagues, et toutes les choses inconnues. Mais celui d'être elle-même – ce qu'elle ne s'était jamais autorisé avant.

— Tu sais, lui dit-il ce soir-là quand ils furent de retour à Hale Alana, éreintés et joyeux, il y a une autre plage où j'aimerais t'emmener. On pourrait dîner là-bas. Il y a des restaurants.

— Nous avons déjà dépensé pour manger, aujourd'hui.

— Oui, mais nous sommes au-dessous de notre budget de vingt dollars.

— *Ton* budget de vingt dollars.

— Tu coupes les cheveux en quatre. Je nous offre un dîner, d'accord ? Quelque chose de simple. Promis juré !

— Peut-on juste essayer de faire à ma façon ? demanda-t-elle.

— Si tu y tiens tant que ça, répondit Joe, la mine indulgente.

— Quand tu as sorti les planches de l'appentis, il m'a semblé y voir un petit barbecue.

— J'adore ! Steaks grillés sur la plage, alors. Ou du homard, peut-être ?

— Va pour les steaks. Mais avec un petit plus…

Ils dénichèrent le barbecue et du propane, qu'ils rangèrent dans le coffre du 4x4, puis Joe s'arrêta devant une épicerie de quartier.

— Tu restes ici ! dit-elle avec autorité. C'est une surprise.

Elle ressortit du magasin quelques minutes plus tard avec un sac plein. Joe lui décocha un regard en coin.

— Tu vas adorer cette plage, dit Joe. Les gens du coin l'ont baptisée la « Sixty-Nine », mais son véritable nom est Waialea.

Ils se garèrent sur le parking, et Joe transporta le barbecue jusqu'à la plage, tandis que Blossom se chargeait du sac d'épicerie.

La baie était abritée, les vagues n'y avaient pas la puissance écumeuse de celles de Hapuna. Un grand rocher se dressait au milieu de l'anse et des arbres immenses bordaient la plage de sable fin. Mais les deux plages différaient plus encore par leur atmosphère. Hapuna avait l'énergie des vagues qui y déferlaient. Waialea était paisible, pas seulement parce que les visiteurs y étaient moins nombreux. C'était un lieu propice au repos.

— Je crois bien que c'est la plus belle plage que j'aie jamais vue, souffla Blossom.

Elle regarda Joe. Il était si heureux de lui faire découvrir ces lieux !

Il installa le barbecue et l'alluma tandis qu'elle vidait le sac d'épicerie.

— Où sont les steaks ? demanda-t-il d'un air soupçonneux. Blossom ! Ce sont des hot-dogs que tu as là !

— Ne dis pas ça comme ça !

— Comment ça, comme ça ?

— Comme un snob ! Ils figuraient souvent au menu, chez nous.

— Avec le beurre de cacahouète ?

Blossom saisit l'occasion de révéler encore quelque chose sur elle-même.

— Les hot-dogs, c'était plutôt un luxe. Je les aime toujours.

Ils mangèrent leurs hot-dogs assis l'un près de l'autre, pendant que le soleil se couchait peu à peu, et Blossom devint songeuse.

Ils avaient eu une idylle éclair. Joe lui avait offert ce qu'il y avait de meilleur. Il l'avait introduite dans un monde qui pour elle n'existait qu'en rêve, et cela l'avait enchantée.

Mais en dehors de leur randonnée en camping, et peut-être

aussi du soir où ils avaient sauvé Bartholomew, l'aventure qu'ils vivaient maintenant avait beaucoup manqué au tableau, lui semblait-il.

Des moments simples. Ordinaires, et pourtant exceptionnels. Une couverture sur le sable, un hot-dog un peu trop grillé, la musique s'élevant en sourdine du mobile de Joe, les derniers rayons du soleil, le chant des martins ponctuant la venue du soir...

Les jours suivants furent pleins de découvertes. Elle vit les immenses tortues au repos sur le sable noir de Punalu'u, les cheminées dans le Parc national des volcans. Elle marcha dans Nahuku, un tunnel de lave vieux de cinq siècles. Elle vit la lave du Kilauea se déverser dans le cratère, Halema'uma'u.

Tout était si nouveau et excitant ! Tout vibrait de lumière. Parce que Joe était avec elle.

Ils passaient maintenant leurs soirées à Waialea. Dîner sur la plage et contempler le soleil couchant était devenu *leur* rituel.

Ils regardaient les enfants réticents à sortir de l'eau tandis que leurs mères ramassaient leurs affaires, les habitants du coin venir pour un bain du soir, les jeunes gens qui lançaient des frisbees dans le jour déclinant, les jeunes couples qui longeaient la plage, main dans la main.

Blossom avait la sensation que tout prenait de la profondeur entre elle et Joe. Cette intensité se retrouvait dans leur joie d'être ensemble. Dans la facilité de leurs conversations. Mais elle nichait aussi dans leurs silences complices. Dans les rires partagés.

Et Blossom se sentait de plus en plus épanouie.

Alors qu'elle avait toujours évité de livrer une part d'elle-même à Joe, essayant toujours, au fond, d'être la créature que Bliss avait créée et non la femme qu'elle était vraiment, elle révélait désormais sa vraie nature.

Joe semblait plus détendu, lui aussi. Il avait remisé son mobile et ne répondait pas à des courriels. Il ne semblait pas aussi acharné au travail qu'avant, comme s'il tenait à ménager du temps pour eux dans son planning surchargé.

— Sais-tu qui s'est réjoui de l'annulation du mariage ? lui demanda-t-elle un soir, alors qu'ils savouraient la splendeur du couchant dans leur lieu fétiche.

Il soupira.

— Il nous reste quatre jours avant d'avoir à parler du passé. Mais ne me dis pas que c'est moi qui m'en suis réjoui, parce que ce serait faux.

Elle vit qu'il était sage d'avoir retardé cette discussion. Car, dès qu'il avait prononcé ces mots, la part blessée d'elle-même avait eu envie de s'écrier : *Pourquoi ne t'es-tu pas battu pour me garder, alors ?*

— Je n'allais pas dire ça.

— Qui alors ? s'enquit-il avec surprise.

— Ma mère, dit-elle.

— Non, impossible, railla Joe. Sahara m'adore.

— Son vrai prénom est Sheila.

— Ta mère a un vrai prénom ?

De nouveau, elle éprouva le sentiment de dire la vérité sur sa famille.

— Elle s'est trouvé un nom qui correspondait mieux à l'image qu'elle voulait donner d'elle-même.

— Intéressant... C'est certes exotique, mais le Sahara est un désert, et ta mère déborde de vie.

— Certaines personnes la disent excentrique.

— Excentrique dans un monde formaté. J'ai toujours aimé ça chez elle.

Ce fut comme s'il venait de passer haut la main un test auquel Blossom n'avait pas eu conscience de le soumettre. Joe *appréciait* sa mère, si excentrique qu'elle soit !

— Eh bien, elle s'est réjouie de l'annulation du mariage. Mais pas à cause de toi, elle t'adore. Ce qui donne à réfléchir, tu ne trouves pas ?

Joe eut un rire amusé.

— Se réjouir, c'est peut-être un peu fort, reprit Blossom. Mais elle raffole de l'imprévu et préfère les mariages-surprises.

— Tout le contraire de toi.

— Elle n'a jamais apprécié aucun des mariages organisés par Blossom & Bliss. Même si elle est prête à offrir ses services artistiques en cas de besoin.

— Ta mère n'est pas fière de vous ? demanda Joe, avec une indignation si sincère que Blossom eut envie de l'embrasser.

— Elle trouve tout ça extravagant. Elle nous rappelle que nous n'avons pas été élevées de cette manière.

En fait, leur mère était tellement dans son monde qu'elle ne s'était guère chargée de leur éducation.

— En réalité, nous nous sommes élevées toutes seules, Bliss et moi, confia Blossom. Nous vivions dans notre univers de jumelles, un univers de pensées et de rêves partagés. On se lisait des contes de fées, et on devenait les princesses de nos mondes imaginaires.

En fait, elle et Bliss aspiraient à connaître tout ce que leur farouche mère célibataire rejetait : la stabilité, l'amour au long cours...

Blossom croyait avoir trouvé cela avec Joe. Elle était presque devenue Mme Blackwell, puis avait tout jeté aux orties.

Pourtant, elle avait maintenant le sentiment qu'une seconde chance lui était offerte, ainsi que la possibilité de bâtir une relation fondée sur l'honnêteté. Sur l'authenticité.

Mais Joe pouvait-il encore l'aimer ? À en croire les derniers jours écoulés, il semblait que oui. L'avenir était de nouveau riche de promesses.

Une part d'elle-même se débattait tel un oiseau dans sa cage, et aspirait à la liberté. Bientôt, la porte de la cage s'ouvrirait...

Tandis qu'ils terminaient leur dîner, Joe lui dit :

— Il faut réserver une randonnée palmée si on veut voir les raies manta avant notre départ.

Avant notre départ... Leur séjour au paradis était presque terminé !

De toutes les excursions qu'on leur avait offertes, la randonnée palmée était la plus grande source d'inquiétude pour Blossom. Plonger dans l'océan en pleine nuit ? Nager avec des raies géantes ?

Joe prit son mobile et alla sur le site de l'excursion.

— Voilà, c'est fait, dit-il en touchant le clavier. Demain soir. On ne peut plus reculer, maintenant.

Puis il mit un peu de musique sur son téléphone. Alors qu'ils bavardaient, Blossom eut un frisson en reconnaissant l'air sur lequel ils avaient dansé le jour de leur rencontre. *Leur chanson...* C'était un signe, pensa-t-elle.

Joe augmenta le volume, et les premières mesures résonnèrent dans l'air. La voix caractéristique du chanteur, résonna alentour. Et dans le cœur de Blossom.

La plage était presque entièrement vide et sombre, désormais. Joe invita Blossom à danser. Une de ses mains trouva la sienne et l'autre vint se poser au creux de son dos. Elle éprouva la même sensation que la première fois...

Ils dansèrent lentement, leurs pieds nus s'enfonçant dans le sable encore chaud, ondulant comme s'il n'y avait qu'eux au monde. Ils dansèrent comme si rien n'avait jamais mal tourné entre eux. Ils dansèrent, perdus dans leurs corps enlacés, dans leurs regards timides...

La chanson parlait de désir, de passion, de nostalgie. Du feu qui pouvait embraser deux êtres à l'improviste. Mais, pour la première fois, Blossom réalisait, en dansant avec Joe sur la plage, qu'elle ne parlait pas seulement d'intimité sensuelle. Elle évoquait aussi le désir éperdu des âmes.

Peut-être percevait-elle les choses autrement parce qu'elle avait changé depuis son arrivée ?

Joe la retint contre lui longtemps après que les dernières notes de la chanson se furent évanouies, jusqu'à ce qu'il n'y ait plus que le bruit des vagues et de leurs souffles.

Quand il l'embrassa à pleine bouche, elle eut l'impression que c'était leur tout premier baiser. C'était grisant, mais aussi très naturel. Évident, même.

Elle-même, Joe et le monde – le sable sous leurs pieds, les vagues, les oiseaux criant dans le ciel, le murmure de la brise dans les palmiers, la lumière orangée – ne formaient plus qu'un.

La nuit était tout à fait tombée quand il détacha ses lèvres des siennes. Il lui effleura la bouche du bout du pouce, et laissa échapper un soupir.

— Désolé.

— Pourquoi ?

— Je m'étais juré de voir comment iraient les choses sans... sans *ça*, qui prend toute la place.

Il s'écarta, et se passa une main dans les cheveux.

— Au point que je n'ai plus les idées claires. Joe, dit-il, s'adressant à lui-même avec dérision, tu n'avais qu'une mission à accomplir. Et tu as échoué !

Comme il ramassait leurs affaires et s'éloignait de la plage, Blossom tenta de dissimuler sa frustration. Il possédait une discipline dont elle était dépourvue, et elle s'en voulait d'être aussi fragile, aussi vulnérable.

Une fois de retour à Hale Alana, il prit rapidement congé, et Blossom se promit de laisser désormais libre cours à l'élan qui la poussait vers lui. Et advienne que pourra !

— Bonne nuit, Joe. Repose-toi bien. Une rude journée nous attend, demain !

— Quel est le programme aujourd'hui ? lui demanda-t-elle le lendemain en prenant place à la table de la cuisine.

Elle ne portait qu'un T-shirt. Tandis qu'elle sirotait son café, Joe s'obstina à détourner le regard.

— Je pensais t'emmener au Mauna Kea. C'est un volcan

endormi, et c'est là que se trouvent les plus grands observatoires astronomiques du monde.

Joe se retranchait derrière son rôle de guide touristique. Elle le regarda par-dessus le bord de sa tasse, allongea une jambe et réprima un sourire en surprenant son regard en biais.

— Il faudra t'habiller chaudement, conseilla-t-il. Il peut faire vraiment très froid là-haut.

En effet, il faisait froid au centre d'accueil des visiteurs – c'était la première fois que Blossom avait la chair de poule depuis son arrivée à Hawaï. Elle en profita pour se lover contre Joe et l'enlacer, et sentit battre son cœur sous le blouson qu'il portait.

— Je connais un moyen de se réchauffer, dit-elle, les yeux posés sur ses lèvres viriles.

Il lui répondit par un regard torride, mais il se détacha d'elle, apparemment résolu à respecter son interdit.

— Moi aussi !

— Je penche plutôt pour le jacuzzi, dit-elle. Quand nous serons de retour à Hale Alana.

Il fronça les sourcils, consulta sa montre.

— On n'aura pas le temps de rentrer avant les raies manta.

Après ça, Blossom ne manqua pas une occasion de le provoquer. Elle s'aperçut que l'absence de contact physique exacerbait leur tension sensuelle, si délicieuse. Joe avait toujours adoré ses cheveux, alors elle en joua sans vergogne, y passant les doigts, les renvoyant par-dessus son épaule, les réunissant au creux de sa main pour les tresser.

Quand ils redescendirent enfin de la montagne, il demanda si elle avait emporté des en-cas.

— Pas aujourd'hui. Tu peux m'inviter à déjeuner, il paraît qu'il y a un très bon restaurant à Waimea.

— Et la règle budgétaire ? dit-il après un silence.

— Les règles sont faites pour être transgressées.

Elle se garda de dire qu'elle comptait bien transgresser aussi celle de Joe.

En fait, Joe s'arrangea pour qu'ils manquent de temps pour le jacuzzi. L'excursion au Mauna Kea fut suivie d'un déjeuner rapide, puis il tint à les emmener dans une plantation de café. Ils arrivèrent à Hale Alana juste à l'heure pour la randonnée palmée et les raies manta.

Il résistait trop bien à ses charmes ! Blossom décida donc d'arborer son bikini le plus minuscule.

Joe eut bel et bien l'air de jubiler lorsque, sur le quai de Keauhou Bay, un membre de l'équipe de randonnée subaquatique leur tendit des combinaisons de plongée ! Tandis que Joe mettait la sienne et remontait la fermeture à glissière, le vêtement moulant son corps musclé et superbe, elle commenta d'une voix embrumée :

— Ça te va bien.

— Toi aussi, ça te va bien, admit-il d'une voix rauque, en l'enveloppant du regard.

Elle eut le sentiment qu'il avait cédé un peu de terrain. Et réalisa qu'elle se sentait un peu nerveuse.

— J'ai du mal à respirer, confia-t-elle.

Et elle n'aurait pas su dire si c'était à cause de l'excursion en mer avec les raies manta ou de la tension délicieuse qui les tourmentait l'un et l'autre – comme un appel muet à la satisfaction sensuelle.

— Eh bien, maintenant, tu sais ce que j'ai ressenti pendant toute la journée, avoua Joe.

14

— Où est donc passée la Blossom qui avait peur des requins ?

Joe avait-il parlé avec une pointe de nostalgie ?

La question était légitime, pensa Blossom. En vérité, elle n'avait plus du tout le sentiment d'être la femme vaincue, désespérée, inhibée qui était arrivée à Hawaï. Jamais elle n'avait embrassé la vie aussi pleinement que dans ces derniers jours. Et plus elle espérait, plus elle devenait téméraire, et plus elle avait la sensation d'être vivante. Bientôt, Blossom DuPont irait nager en pleine nuit avec les raies manta !

— Monsieur et madame Blackwell ?

Elle tressaillit en entendant cet appel. Comme Joe lui lançait un regard d'avertissement, elle prit un malin plaisir à passer outre.

— C'est nous ! dit-elle en prenant la main de Joe et en se serrant contre lui. C'est notre lune de miel.

Joe s'écarta d'elle et avança, la main tendue.

— Je suis Joe. Et voici Blossom.

— Je m'appelle Gary, et je suis votre capitaine, ce soir. J'ai vu sur la fiche d'infos que cette réservation privée était un cadeau de mariage. Êtes-vous contents de votre lune de miel à Hawaï ?

— Absolument. N'est-ce pas, chéri ? dit Blossom, espiègle. Tu es content de notre lune de miel ?

— C'est une surprise totale ! dit Joe sans la quitter des yeux.

— Eh bien, votre meilleure expérience est pour ce soir, lança le capitaine Gary.

Puis il les regarda tour à tour, l'air gêné.

— La *meilleure* expérience, peut-être pas, répliqua Joe. N'est-ce pas, *chérie* ?

Blossom sentit ses joues s'empourprer. Ma foi, elle avait joué avec le feu toute la journée, et elle méritait que Joe lui renvoie la balle.

Le capitaine Gary les présenta à l'équipage, détailla quelques règles de sécurité, puis ils montèrent à bord du bateau, où on leur remit des tubas.

— Pas possible ! dit Joe, pince-sans-rire, en considérant le sien. De vrais tubas, pas des jouets.

Le coucher du soleil, splendide, les enveloppa tandis que le bateau s'engageait sur les flots couleur d'encre.

Blossom eut un frisson, et Joe lui enveloppa les épaules de son bras. Pendant un instant hors du temps, ce fut comme s'ils étaient réellement M. et Mme Blackwell.

Encore un moment parfait de leur séjour parfait à Hawaï.

Et ensuite ? Pas une fois ils n'avaient discuté de l'avenir, et Blossom était bien résolue à ne pas tout gâcher en y pensant maintenant.

Le bateau coupa son moteur après quelques minutes de navigation dans la baie. Comme toujours sous les tropiques, la nuit était tombée avec une étonnante soudaineté. Dans le ciel, les étoiles clignotaient. Les lumières d'un hôtel, sur une falaise proche, scintillaient sur les eaux.

Un membre d'équipage, Sara, descendit dans l'eau par une échelle. Joe ajusta son tuba et la suivit. Blossom eut une hésitation. L'eau était noire comme de l'ébène. Et son audace récemment acquise semblait l'avoir désertée.

Mais que s'était-elle donc imaginé ? La vraie Blossom DuPont n'aurait jamais sauté dans l'océan en pleine nuit. Elle n'aurait jamais voulu nager avec des poissons qui pouvaient peser deux tonnes !

— Hé, madame Blackwell ! Saute ! lui cria Joe à l'autre bout du bateau.

Elle descendit par l'échelle. L'eau se referma sur elle, et l'espace d'un instant, elle fut prise d'une terreur enfantine. Mais les bras de Joe la trouvèrent, l'enlacèrent et, à travers les drôles de lunettes, elle distingua ses yeux verts. Elle réalisa avec stupéfaction qu'elle était dans l'océan, en pleine nuit, et sur le point de nager auprès de poissons qui avaient à peu près la taille d'un éléphanteau.

Les lumières du bateau s'éteignirent. Même si les feux de navigation restaient allumés, l'obscurité semblait totale. Et bizarrement, elle se sentit en sécurité dans ces eaux noires et froides, au beau milieu des ténèbres.

Parce qu'elle était dans les bras de Joe. Parce qu'il la regardait comme s'il pouvait lire au fond de son âme. Comme s'il voyait la vraie Blossom, et l'avait toujours vue.

— Bon, suivez-moi, dit Sara. Et allumez vos lampes frontales !

Ils nagèrent de concert en se tenant par la main, tandis que Sara les menait à quelques mètres du bateau, là où une large bouée de flottaison les attendait.

— Mettez-vous à plat sur l'eau et regardez à travers vos masques, dit Sara. Accrochez-vous à la barre autour de la plate-forme. Je vais allumer les lumières. Elles éclairent le plancton que mangent les raies. On ne peut pas les toucher, mais ne vous inquiétez pas si elles vous touchent. Elles sont très douces et très réceptives. Elles peuvent même percevoir les battements de votre cœur…

Quelques instants plus tard, l'océan s'éclaira au-dessous d'eux. Il y avait dans l'eau une incroyable quantité de plancton, invisible en plein jour.

Soudain, Joe lui donna un coup d'épaule et, lâchant la barre, lui désigna les profondeurs. Elle aperçut une ombre naissante et se demanda si ce qu'elle éprouvait était de l'excitation ou de la terreur. Heureusement, Joe était près d'elle, solide et rassurant.

L'ombre prit forme en entrant dans l'arc de lumière. C'était une raie manta, immense, et elle se dirigeait droit vers eux.

L'ancienne Blossom aurait peut-être paniqué, mais la nouvelle respira un bon coup à travers son tuba et serra très fort la main de Joe.

Avec ses nageoires semblables à des ailes, la raie était d'une envergure impressionnante. Son énorme bouche happait du plancton. Être aussi près de cette magnifique créature était un privilège, pensa Blossom.

La raie manta s'éleva dans l'eau avec une grâce infinie, et s'avança vers eux. Au moment où elle allait les toucher, elle se renversa, exhibant son ventre blanc, avant de disparaître dans les profondeurs.

C'est alors qu'une autre raie manta, plus grande encore, s'approcha, suivie de deux de ses congénères. Ensemble, les créatures des profondeurs entamèrent un merveilleux ballet aquatique autour de Blossom et Joe qui, ébahis, admiraient cet étonnant spectacle.

Blossom avait très froid, et ses bras tendus au-dessus de sa tête tandis que ses mains se cramponnaient à la barre, lui faisaient mal. En même temps, elle éprouvait une joie immense.

Enfin, Sara éteignit les lumières et Joe dut pousser Blossom pour l'aider à grimper l'échelle et remonter à bord. Prise de tremblements malgré la combinaison de plongée, elle était frigorifiée.

Joe l'aida à ôter la combinaison.

— Je gèle, lui dit-elle dans un claquement de dents. Je n'ai jamais eu si froid, moi, une Canadienne !

Joe lui essuya les cheveux, l'enveloppa dans la serviette et la frotta avec vigueur. Puis il prit son propre sweat à capuche et le lui passa.

— J'aurais dû leur demander de remonter plus tôt, dit-il avec regret.

— Non. Je n'aurais pas voulu que ça se termine plus vite. Je n'ai jamais rien vu d'aussi magique. C'est la plus belle expérience de ma vie.

Elle eut un temps d'arrêt, posa sur Joe un regard intense, puis rectifia :

— Enfin, presque.

— C'était extraordinaire, commenta Sara. Depuis que je fais ce travail, je n'avais jamais vu venir autant de raies manta. Je vous ai dit qu'elles pouvaient percevoir vos battements de cœur ? Vous devez dégager une énergie incroyable, tous les deux. Il y a de l'amour dans l'air !

Blossom coula un regard vers Joe pour voir sa réaction. Toujours en combinaison de plongée, il était concentré sur le gobelet de thé chaud que le capitaine leur avait offert. Ce ne fut que lorsqu'elle se mit à boire qu'il ôta sa combinaison.

En regardant Joe qui avait la chair de poule, les cheveux dégoulinants, Blossom eut soudain la certitude qu'entre eux, il y avait plus qu'une simple entente physique. En elle, une vérité se fit jour, qu'elle avait toujours connue sans oser l'exprimer : dès l'instant où elle avait rencontré Joe, où il lui avait pris la main et où ils avaient dansé, le regard plongé dans le sien, elle l'avait aimé.

Oui, elle aimait cet homme. N'avait jamais cessé de l'aimer, et l'aimerait toujours.

Elle l'aimait parce qu'il était capable de soulever une grille d'égout pour sauver un chaton. Parce qu'il était solide, véritable roc dans ce monde incertain.

Quant à Blossom, ce n'était pas Hawaï qui lui insufflait plus de vitalité, plus d'audace, de curiosité et de goût de la découverte, mais bel et bien ce sentiment merveilleux, unique, éternel : l'amour. Un amour d'autant plus précieux qu'elle avait failli le perdre.

Quand ils arrivèrent à Hale Alana, il lui parut tout naturel que Joe contourne le véhicule pour lui ouvrir la portière et la soulève dans ses bras. Elle se blottit contre lui. Comment pouvait-il être aussi chaud, alors qu'elle grelottait encore ?

Il gagna l'entrée sans peine, tapa le code et franchit le seuil tandis qu'elle retenait son souffle. C'est ainsi que se seraient passées les choses s'ils étaient venus ici en lune de miel ! Par quel miracle leur était-il accordé de remonter le temps et d'accomplir ce rituel ?

Blossom effleura le beau visage de Joe. Lorsqu'elle posa doucement ses lèvres sur les siennes, il laissa échapper un soupir.

— Joe, murmura-t-elle d'une voix embrumée par le désir, j'ai envie de toi.

Sans un mot, il la porta jusqu'au jacuzzi, puis la déposa à terre.

Ils se contemplèrent avec émerveillement, comme si c'était leur toute première fois. Elle se coula contre son corps musclé, savourant la chaleur de sa peau.

— Blossom, es-tu bien sûre que...

Elle répondit par un baiser fougueux. Et de toute sa vie, elle n'avait jamais eu autant de certitude.

— *Aloha*, murmura-t-elle entre deux baisers.

Fous de désir, ils s'arrachèrent leurs vêtements, et se glissèrent dans l'eau tiède du jacuzzi.

— Tu m'as tellement manqué, murmura-t-il en l'attirant sur ses genoux.

Il n'y eut plus d'autres paroles. Les lèvres de Joe étaient moins douces, plus exigeantes à présent. Et Blossom lui accorda de plein gré tout ce qu'il demandait.

Elle venait à lui, arrivait enfin au port après une longue errance. C'était comme si Hale Alana les avait toujours attendus.

15

Lorsque la chaleur de l'eau parut se confondre avec celle de leurs corps, Joe souleva de nouveau Blossom dans ses bras et gagna sa chambre.

Il la déposa sur les draps et posa sur elle un regard enfiévré de passion, que toute femme rêverait de voir sur le visage de son amant. Puis, dans un soupir de reddition, il s'allongea près d'elle et, tendrement, explora le territoire de son corps avec ses yeux, ses mains, ses lèvres. Il s'attarda au creux du cou, sur l'arrondi des seins…

N'y tenant plus, Blossom le fit basculer sur le dos, et laissa vagabonder sa bouche sur son corps viril, savourant les contours familiers, la douceur soyeuse de sa peau sous sa langue et ses doigts.

Bientôt, leur alchimie sensuelle atteignit son acmé et, sur cette île où, quelque part, jaillissait le feu d'un volcan en éruption, ils laissèrent exploser leur plaisir, nuée d'étincelles projetées vers le ciel.

C'était une bonne chose, pensa Joe, que Blossom et lui aient beaucoup visité Big Island et multiplié les expériences avant de redevenir amants. Il n'était pas impossible que leur retenue ait rendu leur reddition aussi exquise, après leur nuit avec les raies manta.

Ils étaient maintenant comme deux êtres qui ont atteint leur oasis après avoir marché en plein désert. Ils ne parvenaient plus à étancher leur soif.

Pendant leurs derniers jours à Hawaï, ils ne quittèrent pas Hale Alana. Ils paressaient avec un livre au bord de la piscine, faisaient l'amour, prenaient un en-cas, buvaient un verre de vin dans le jacuzzi, avant de se donner de nouveau l'un à l'autre avec passion.

Et Joe n'avait jamais eu les idées aussi claires. Il ne pouvait tout simplement pas vivre sans Blossom.

Le lendemain, ils quitteraient Big Island, et aucun d'eux n'avait encore parlé d'avenir.

Le temps était venu de l'envisager et d'aller de l'avant. Il allait demander Blossom en mariage une nouvelle fois. Ils étaient faits l'un pour l'autre, c'était évident. Et il avait gardé la bague avec soin depuis le jour où elle la lui avait rendue.

Il sortit du réfrigérateur la bouteille de champagne qu'il y avait placée à son arrivée à Hawaï, neuf jours auparavant.

— Salut ! dit Blossom en entrant dans la cuisine.

Elle était pieds nus, décoiffée, vêtue de la chemise hawaïenne imprimée de flamants roses qu'elle avait tenu à lui acheter au cours d'une de leurs rares sorties, et ne portait rien dessous.

— Cette chemise te va mieux qu'à moi, commenta-t-il.

— Merci, dit-elle avec un sourire à lui faire perdre la tête. Quant à toi, ce short te va à merveille.

Il baissa les yeux vers son short à motifs de pélicans. Dans la poche, la bague de fiançailles lui brûlait les doigts.

Elle désigna le champagne.

— En quel honneur ? demanda-t-elle.

— Notre dernière nuit ici. J'ai pensé qu'on devait fêter ça.

— Oh...

La mine de Blossom s'assombrit, comme si elle croyait qu'il voulait fêter la fin de leur séjour. Elle était hypersensible, anticipait toujours le pire. Elle ne croyait pas qu'il pouvait lui arriver quelque chose de bon, avait dit sa jumelle.

Joe se remémora sa demande en mariage, dans une suite avec terrasse du meilleur hôtel de Vancouver. La chambre était remplie de roses, des pétales épars sur le lit. Il leur avait fait servir un dîner privé.

Puis il avait mis un genou à terre…

— Tu veux du pop-corn ? proposa Blossom, l'arrachant à ses souvenirs.

— Pourquoi pas ? dit-il en se mettant en devoir d'ouvrir la bouteille.

Quelques minutes plus tard, assis sur un siège pour deux au bord de la piscine, ils regardaient les étoiles apparaître peu à peu dans le ciel tout en sirotant du champagne et en croquant du pop-corn.

— Tu veux nager un peu ? lui demanda Blossom d'une voix embrumée.

Il savait ce que cela signifiait. Elle enlèverait la chemise et nagerait dans la piscine, nue, irrésistible sirène…

Mais ce soir, il ne voulait pas que leur attirance sensuelle contrecarre ses projets.

— Peut-être tout à l'heure. Là, je voudrais te demander…

De m'épouser.

— Je pensais qu'on parlerait de *ça* cette nuit, dit-elle.

Avait-elle deviné ? Il palpa sa poche, nerveux.

— De quoi ?

— Du jour où je t'ai rendu la bague, chez Essence.

Il ne voulait pas aborder ce sujet, pas du tout même. Il voulait lui rendre la bague, cette fois, et effacer de sa mémoire ce souvenir douloureux

— C'est juste que tout à coup, dit-elle avec douceur, tu semblais réticent au sujet du mariage. Et à mon sujet.

— Je n'ai jamais eu de réticences en ce qui te concerne, Blossom, jamais.

Et il était sur le point de le lui prouver, si elle le laissait faire.

— Tu te souviens de notre dîner chez tes parents ? Le dimanche qui avait précédé ce déjeuner.

— Très vaguement, dit-il, ses doigts se refermant sur la bague.

Il devait mettre un genou à terre, devant elle.

— Je ne m'en souviendrais pas non plus, probablement, s'il ne s'était pas produit quelque chose.

— Il s'est passé quelque chose ? répéta-t-il d'un air absent. Chez mes parents ?

En pensée, il se préparait : *Blossom, je suis fou de toi. Je n'arrive pas à imaginer la vie sans...*

— Ton père m'a prise à l'écart, à un moment, et il m'a parlé.

La « répétition générale » de Joe prit fin aussitôt, cédant la place à l'inquiétude.

— Qu'est-ce qu'il a dit ?

— « Je sais ce que vous manigancez. » Comme si je m'insinuais dans ta famille, et qu'il voyait clair en moi.

Joe eut un soupir étranglé.

— Pourquoi ne m'en as-tu pas parlé ?

— J'étais choquée. Et très mal à l'aise. Je me suis même demandé si j'avais bien entendu.

Il prit une profonde inspiration. Il était temps de la mettre au courant. Plus que temps, à vrai dire.

— Tu as probablement bien entendu, oui, commença-t-il avec lenteur. Je regrette de n'avoir pas su qu'il t'avait parlé ainsi. Si je tâtais le terrain pour changer nos projets de mariage, c'est en rapport avec ça. Ma mère venait de m'annoncer qu'elle et mon père ne pourraient pas venir. Ou plutôt, qu'ils ne voulaient pas.

— Ils ne voulaient pas venir au mariage ?

Il perçut la détresse de Blossom.

— Ce n'est pas à cause de toi, Blossom. Ils t'adorent !

— Pas ton père, apparemment. Tes parents avaient décidé de ne pas venir à notre mariage ? Et tu ne m'en as rien dit ?

— Blossom, dit-il plus vivement qu'il ne l'aurait voulu, il ne s'agit pas de toi !

— Pourquoi ce serait différent, maintenant ? Vous m'avez assez fait savoir que tout était ma faute, Bliss et toi.

Qu'y avait-il donc dans ce satané mariage pour qu'elle réagisse ainsi ? Il sortit la main de sa poche, avant de lâcher :

— Mon père est malade.

Elle se calma aussitôt.

— Quoi ? Qu'est-ce qu'il a ?

— Ils ne sont pas tout à fait sûrs, reconnut Joe. Il n'y a pas encore de diagnostic officiel. Mais une suspicion. Ma mère a remarqué qu'il avait des absences depuis un moment. Et dès qu'elle m'en a parlé, je me suis rappelé certaines réactions étranges. Comme celle que tu viens de mentionner. De l'hostilité. Un ton accusateur hors de propos.

— Joe ! De quoi s'agit-il ?

Les mots étaient si douloureux ! Était-ce pour ça qu'il avait évité de les prononcer, comme s'il avait pu ainsi conjurer le sort ?

— Ses médecins pensent qu'il s'agit d'une forme de démence.

Voilà. Il l'avait dit.

— Pas la plus typique, continua-t-il, soudain libéré par la parole. Parce que sa mémoire à court terme reste très bonne. Selon maman, il s'agit d'une variante dite « comportementale », d'où une absence totale de filtre. Une conduite inappropriée. Des emportements.

— Joe, je suis vraiment navrée. Je ne comprends pas que tu ne m'aies pas mise au courant.

Je ne voulais pas que ce soit vrai.

— Je venais juste de l'apprendre quand on s'est vus. Maman m'avait demandé de n'en parler à personne. Pas tout de suite. Elle essaie de le protéger. Elle pense que les gens le verront différemment quand ils sauront.

Blossom le dévisagea.

— Et moi, je suis *personne* ?

Son expression n'augurait rien de bon, pensa Joe.

— Sans vouloir tout ramener à moi, continua-t-elle d'une

voix tendue, nous allions nous marier. J'allais faire partie de ta famille. Je me considérais déjà comme un membre de ta famille, en fait. Mais j'imagine que ce n'était pas le cas, puisque je n'étais pas assez digne de confiance pour qu'on m'annonce une nouvelle importante. Ni capable de réagir comme il fallait. J'ai été mise à l'écart.

— Ce n'est pas ça !

Le soulagement que Joe avait ressenti en se confiant se dissipait à la vitesse de l'éclair.

— Joe, j'aurais changé nos projets de mariage à la seconde, si j'avais su. La vérité aurait suffi, et tout ça aurait pu être évité.

Tout ça aurait pu être évité ? Parlait-elle des dix derniers jours ? Certes, cela n'avait pas été la lune de miel planifiée... Il pensa à la randonnée palmée, à la glisse sur les vagues, au lac volcanique, aux ténèbres fraîches d'un tunnel de lave. Il pensa à l'émerveillement et aux rires. Cela avait été tellement mieux que tout ce qu'ils auraient pu programmer ! Elle regrettait donc ces derniers jours, alors que pour lui, ils étaient les meilleurs de sa vie ?

— Et si c'était héréditaire ? demanda-t-il, conscient, d'une certaine façon, que c'était là la vraie question, la véritable inquiétude.

Elle le dévisagea. Des larmes jaillirent de ses yeux. Déjà, elle avait pitié, comme il l'avait craint.

— Tu sais ce qu'il y a de triste ? demanda-t-elle d'un ton où ne perçait, au contraire, aucune pitié. Tu penses me protéger d'une éventualité horrible, dans l'avenir.

C'était exactement ça, oui. Alors, pourquoi cela lui déplaisait-il ?

— Mais la question, c'est ton manque de confiance. C'est d'avoir douté de moi. Pour être forte. Pour faire ce qu'il faut. Pour te soutenir sans faillir quoi qu'il arrive. Pour croire que l'amour nous donnera la force d'honorer les vœux que nous aurions prononcés si nous nous étions mariés.

Il fut stupéfié par cette façon de voir.

— C'est tout ce que tu me caches ? demanda-t-elle avec méfiance.

De quel droit le traitait-elle comme si une seule omission faisait de lui un menteur ? Il s'avisa soudain qu'il lui avait tu autre chose.

— Si ta carte de crédit n'a pas été rejetée, c'est parce que j'ai payé les frais du mariage, dit-il.

Elle parut horrifiée, comme si elle apprenait son implication dans un trafic de drogue.

— Je t'avais demandé de ne pas le faire !

— Ce n'est pas grave…

— *Pour toi*, peut-être. Mais pour moi, si. C'est une question de respect.

— Tu veux que je te dise ? Tu cherches la dispute. Parce que ta vie se passe trop bien. C'est exactement ce que Bliss a dit : tu ne crois pas qu'il puisse t'arriver quelque chose de bon.

— Tu as parlé de moi avec Bliss ?

— Pas vraiment, répondit-il, mal à l'aise. Et ne prétends pas que tu n'as pas parlé de moi avec elle.

— Ce n'est pas pareil !

Excédée, Blossom renvoya ses cheveux en arrière, ramassa sa serviette et partit d'un pas rageur. Il l'entendit aller et venir avec fracas dans sa chambre. Puis la porte d'entrée s'ouvrit et se referma à grand bruit.

Le 4x4 démarra. Elle volait sa voiture ! Un instant, il s'inquiéta. Il aurait dû s'élancer à sa poursuite, mais comment ? Il n'avait pas d'autre moyen de locomotion.

Laisse-la partir…

16

Cela faisait plusieurs jours qu'il pleuvait à Vancouver. Des vents glacials poussaient le crachin de l'océan vers la côte, et le ciel était d'un gris de plomb. Quel contraste avec Hawaï !

Cette grisaille s'accordait avec l'humeur de Blossom et pour la toute première fois, elle et Bliss se battaient froid.

Elles s'étaient disputées au sujet du mariage payé par Joe. Blossom voulait qu'elles lui rendent son argent. Bliss, sagement peut-être, s'y opposait.

« Je ne vais pas mettre en danger tout ce que j'ai bâti à force de travail pour ménager ton orgueil ! Si tu veux rembourser Joe, à ta guise. Mais avec *ton* argent. Pas celui de l'entreprise. »

Ainsi avait parlé Bliss. Quant à la trahison de sa jumelle, qui avait parlé d'elle avec Joe, Blossom ne l'avait pas abordée. Et elles vivaient dans une ambiance tendue, depuis lors. Blossom ne s'était jamais sentie aussi seule de toute sa vie.

Ironie du sort, il lui incombait quand même toujours de planifier le bonheur des autres ! Bizarrement, elle continuait à aimer son job, et se plongeait dans le travail.

Un soir qu'elle était au lit, la porte de sa chambre s'entrouvrit et Bliss passa une tête par l'entrebâillement.

— On peut parler ? demanda-t-elle d'une voix altérée.

— Oui...

Blossom lui fit de la place et, tandis que Bliss venait s'allonger près d'elle, Bartholomew, son fidèle compagnon, sauta à bas du lit avec un miaulement de contrariété.

Les jumelles soupirèrent de concert.

— Ce n'est pas seulement pour l'argent que tu m'en veux, hein ? demanda Bliss.

— J'en veux au monde entier, avoua Blossom. Tu n'es pas la seule.

Bliss sourit. C'était bon de l'entendre.

— C'est surtout parce que tu as parlé à Joe quand j'avais le dos tourné que je suis furieuse, reprit Blossom. Tu lui as dit que je ne croyais pas au bonheur...

— Oui, reconnut Bliss, nullement contrite. Je lui ai dit aussi que tu avais peur d'espérer. Je croyais que ça l'aiderait à arranger les choses entre vous, mais je me suis trompée. Joe a beau t'aimer, il ne peut pas réparer ça, Blossom. Tu es la seule à pouvoir y parvenir.

Joe a beau t'aimer... Blossom savait que c'était la vérité. Joe l'aimait. Et par deux fois, elle l'avait fui. Sous un prétexte fallacieux.

Ce n'était pas parce qu'elle n'avait pas foi en son amour, mais parce qu'elle ne s'en jugeait pas digne. Il lui semblait aussi qu'il serait moins douloureux de renoncer maintenant que de voir tout s'écrouler plus tard. Lorsqu'elle se serait autorisée à l'aimer encore plus.

Cela n'avait-il pas joué un rôle dans ce qu'il s'était passé à Hawaï ?

— Rien n'a jamais marché pour nous, Bliss. Chaque fois que nous avons espéré quelque chose – un foyer durable, une fête d'anniversaire normale, un bal de conte de fées... –, ce n'est pas arrivé.

Bliss demeura un moment silencieuse.

— Nous avons eu autre chose à la place, finit-elle par dire.

— Ah oui, quoi ? demanda Blossom, sceptique.

— La créativité, la résilience, la capacité de s'adapter, d'être réactives quand les choses vont mal. C'est pour ça que nous sommes dans ce business et que nous réussissons.

— Pour créer les heureux lendemains dont nous rêvions et que nous n'avons jamais eus ?

— Mais non, voyons ! Parce que nous croyons en l'amour. Tu ne le vois donc pas ? Quand on dormait dans une voiture, ou qu'on survivait aux affronts de Mary-Beth…

— Elle s'appelait Beth-Anne.

— … notre amour nous a permis de nous en sortir. Je veux dire, maman est imparfaite, farfelue, excentrique, trop spontanée. Mais as-tu jamais douté de son amour pour nous ?

— Non, dit Blossom, pas une seule fois.

— C'est pour ça que Blossom & Bliss marche aussi bien. Parce qu'un seul message est le fondement de nos réalisations.

— Et c'est quoi, ce message ? souffla Blossom.

— L'amour nous portera.

Joe avait beau combler ses journées avec des activités diverses – le travail, les sorties avec Lance et ses autres amis –, il ne pouvait pas s'empêcher de penser à Blossom. Et à Hawaï.

Cette fois, au moins, il n'essayait pas de noyer son chagrin dans l'alcool. Il devait avoir l'esprit clair.

Quand il pensait à Hawaï, ce n'était pas la plongée, la nage avec les raies manta, l'exploration du volcan, qui occupaient ses pensées, ni les journées merveilleuses qui avaient suivi la baignade nocturne.

Non, il pensait à leur joie d'être ensemble, à des choses toutes simples, aux soirées paisibles à Waialea, dans le soleil couchant. Aux hot-dogs partagés. Aux danses. Aux conversations. Au lien qu'ils tissaient de jour en jour.

Et souvent, il pensait aux confidences de Blossom, et comprenait mieux pourquoi, par deux fois, elle avait fui…

Sa fierté virile alimentait sa rancune, sa colère contre Blossom, sa frustration. Et son orgueil lui soufflait de la laisser partir, mais ses sentiments le lui interdisaient.

Il était temps de passer à l'action, réalisa-t-il. Soit ils pouvaient être ensemble, soit ce n'était pas possible. Mais il avait besoin d'une réponse à cette question.

Cette fois, il ne prépara rien. Il fourra la bague dans sa poche, fit un bref arrêt dans une épicerie, et roula sous la pluie glaciale jusqu'à la rue où se trouvait Blossom & Bliss.

Il sonna. Ce fut Bliss qui ouvrit. Elle écarquilla les yeux en le voyant, puis se haussa sur la pointe des pieds pour lui donner un baiser sur la joue, comme si elle accueillait un frère perdu de vue qui revenait enfin au bercail.

Il se prit à espérer.

— Justement, je sortais, dit-elle, attrapant son imperméable suspendu à une patère proche et s'éclipsant dans la nuit.

Joe grimpa l'escalier pour gagner l'appartement au-dessus de la boutique.

Blossom était pelotonnée sur le canapé, sous une couverture, et regardait une émission de téléréalité. Bartholomew, sur ses genoux, lança à Joe un regard jaloux.

— Nathan et Kim sont éliminés ! dit Blossom. C'était qui ?

C'est alors qu'elle leva les yeux.

— Joe...

Le plus naturellement du monde, il enleva son pardessus mouillé, puis alla s'asseoir près d'elle. Bartholomew s'esquiva d'un bond.

— Comment va ton père ? demanda doucement Blossom.

— C'est un changement pour nous tous, dit-il d'une voix contenue. Je m'adapte.

— L'amour a cet effet-là, dit-elle. Il porte les gens, les aide à traverser les situations difficiles. À faire face au chagrin.

— C'est ce que tu m'as appris, Blossom.

— Moi ?

— Quand je pense aux défis que tu as dû relever en grandissant, je comprends qu'ils t'ont grandie. Rendue plus forte. Plus compatissante. Plus créative. Plus résiliente.

— Bliss aussi m'a dit ça, murmura-t-elle.

— Et il doit en aller de même pour la maladie de mon père. Je ne suis pas sûr d'y arriver sans toi, Blossom. Tu veux bien me montrer la voie ?

— Moi ?

— Oui, toi.

Blossom s'était figée, mais elle avait les larmes aux yeux.

— Je t'ai apporté quelque chose, dit Joe.

Il lui tendit le sac en papier, un peu ramolli par l'eau de pluie. Elle le regarda. Et il vit poindre dans ses yeux ce qu'elle ne voulait pas qu'il voie : son amour pour lui, qui la rendait si vulnérable.

Elle ouvrit le sachet, et des larmes coulèrent sur ses joues quand elle découvrit un pot de beurre de cacahouète.

— Je veux que tu saches que tout ira bien, lui dit-il.

Elle se laissa aller entre ses bras, là où était sa place.

— Je veux t'épouser, Blossom.

— Oh ! Joe, j'ai eu si peur !

— Je veux que tu cesses d'avoir peur. Je veux qu'on se marie, pour te prouver chaque jour que tout ira bien. Et chaque jour, tu me montreras ce qu'est le courage. Qu'en dis-tu ?

Blossom lui sourit et serra contre elle le pot de beurre de cacahouète.

Il y avait dans ce sourire tout son courage, tout son amour aussi. La pluie avait beau tambouriner sur les vitres, le soleil brillait dans le cœur de Joe.

— Oui, murmura-t-elle. Je te dis oui !

Joe appuya son front contre le sien.

— *Aloha*, Blossom.

Épilogue

Le soleil se couchait sur Waialea Beach. Comme toujours, tout s'arrêta à Hawaï tandis que les gens rendaient hommage au jour qui s'achevait au paradis.

Juste avant cet instant, Blossom DuPont et Joe Blackwell s'étaient dit « oui ».

Ce n'était pas la noce que Blossom avait imaginée. Elle ne ressemblait à aucun des mariages que Blossom & Bliss avait organisés !

Mais parfois, pensait-elle, la main dans celle de Joe, *son mari*, les cérémonies impromptues étaient les plus belles.

Blossom était nu-pieds, dans une robe blanche toute simple signée Wally Wiggles et elle portait, sur ses beaux cheveux lâchés, une couronne de fleurs de frangipanier.

Joe, nu-pieds aussi, avait une chemise blanche et le short le plus extravagant qu'ils aient pu trouver – un imprimé fleuri turquoise et noir.

Bliss était près de sa jumelle, et Lance, le meilleur ami de Joe, à côté de lui. La mère de Blossom, et les parents de Joe étaient là aussi – un trio soudé.

Fidèle à elle-même, Sahara, en apprenant la maladie du père de Joe, était intervenue de façon inattendue. Elle avait vu que Celia était dépassée par les changements subis par son époux et, avec discrétion, donnait un coup de main. Elle montrait à

James comment peindre un tableau, regardait un film avec lui, accordant ainsi à Celia le temps de souffler.

La mère de Blossom, grâce à son tempérament artistique, réussissait à communiquer avec James. Souvent, on les entendait rire ensemble.

« La famille, c'est ça », avait-elle dit, surprise, lorsque Joe lui avait exprimé sa gratitude. Mais Joe lui-même soutenait son père et, en voyant sa patience, sa force dans sa confrontation avec une maladie aussi dévastatrice, Blossom ne l'en aimait que davantage.

Blossom serra la main de son époux, puis alla vers James. Elle lui prit les mains, le regarda. De plus en plus, elle prenait conscience du don intuitif que lui avait transmis sa mère. Le don de voir avec son âme, et non avec ses yeux.

Tandis qu'elle le regardait, elle vit en lui son fils. Elle vit aussi le vrai M. Blackwell, et pas seulement le vieil homme malade. Elle perçut sa force, son calme, son intelligence.

— Je vous aime, lui dit-elle doucement, du fond du cœur.

James s'immobilisa. La tension déserta son visage. Ses yeux s'humectèrent. Blossom l'embrassa sur les joues, lui relâcha les mains, puis étreignit la mère de Joe.

Elle se retrouva ensuite dans les bras de sa maman qui l'embrassa, rayonnante de fierté et d'amour.

— La plus belle des mariées, dit-elle. Le plus beau des mariages.

Elle parlait d'or. Car ce qui faisait la beauté d'une noce, c'était d'être entouré par ceux qu'on aimait le plus. Ceux qui ne vous feraient jamais défaut. C'était l'amour entre elle et Joe. Un amour qui avait subi l'épreuve du feu et en était sorti renforcé.

Alors qu'ils déballaient le contenu du panier de pique-nique, que Joe ouvrait la bouteille de champagne, et que tout le monde portait un toast aux membres de la famille réunie, à la vie et à l'avenir, Blossom remarqua que Bliss s'éclipsait, fuyant peut-être le discours que Sahara s'apprêtait à faire. Elle posa son verre et suivit sa jumelle.

Bliss avait rejoint les immenses arbres à pluie qui bordaient la partie haute de Waialea Beach. Elle était magnifique, assise sur le sable, le visage tourné vers l'océan dans la lumière déclinante, les cheveux soulevés par la brise. Toujours aussi stylée, elle avait choisi une courte robe rose. Les bras noués autour de ses genoux, elle paraissait songeuse.

Le vent commençait à se lever, et Bliss frissonna. Blossom vint s'asseoir près de sa sœur, l'entoura de son bras.

— Quelque chose ne va pas ? demanda-t-elle.

— Mais non ! C'est la plus belle des journées !

— Tu peux tromper les autres, mais pas moi. Y a-t-il quelque chose entre toi et Lance ? Je perçois une certaine tension.

— Oh ! *lui* ! dit Bliss, désabusée. Non, ça n'a rien à voir.

— Tu peux me parler, tu sais.

Bliss coula un regard vers Blossom et soupira.

— Quand tu es venue passer ici ta lune de miel qui n'en était pas une, c'était la première fois que nous étions séparées si longtemps. Tu as toujours été près de moi. La constante de ma vie, ma vraie famille, c'est toi. Je ne doute pas de l'amour de maman pour nous, et j'adore son extravagance, mais c'est différent...

Blossom comprit très bien ce que Bliss voulait dire.

— Je crois que j'ai peur, Blossom, confia sa jumelle. J'ai peur que tout change entre nous maintenant que tu es mariée. Peur de ne plus être la plus importante pour toi. Et quand tu auras des enfants...

Elle n'acheva pas. Blossom resserra son étreinte autour de sa sœur.

— L'amour ne fonctionne pas comme ça, dit-elle enfin en pesant ses mots. Je n'ai pas moins d'amour à te donner parce que j'aime Joe. L'amour ne se divise pas, il se multiplie. J'en ai plus que jamais.

— L'amour opère de façon mystérieuse, soupira Bliss.

Avait-elle coulé un regard vers Lance en disant ça ?

— En tout cas, dit Blossom, je suis sûre que tu seras la meilleure des tatas.

— Exact. Mais une tata indigne. Rebelle. Je donnerai des sucreries aux petits juste avant le repas et leur montrerai des films qu'ils ne sont pas autorisés à regarder.

Il y eut un silence, puis Blossom demanda :

— Comment se fait-il que tu ne te sois pas mariée, Bliss ? demanda Blossom, qui savait que sa sœur ferait une bonne mère, et avait énormément d'amour à donner. Tu as pourtant séduit un million d'hommes.

— Un peu moins...

Elles pouffèrent.

— Le problème, dit Bliss, c'est que beaucoup d'hommes sont tombés amoureux de moi, mais je ne les ai jamais payés de retour.

— Vraiment jamais ?

— Oui.

De nouveau, il y eut un très long silence. Puis :

— J'ai peur, maintenant. J'ai brisé tant de cœurs que lorsque je tomberai amoureuse d'un homme, c'est lui qui brisera le mien, je le sais. Lance est du genre à me prouver qu'on récolte ce qu'on a semé. Mauvais karma. Il m'a invitée à sortir avec lui après le mariage de Lee.

— Ah bon ?

— Tu ne voyais que Joe, alors tu n'as rien remarqué. J'ai refusé et il était vexé, figure-toi. Je ne crois pas qu'on lui dise souvent non.

Blossom pensa à l'ami de Joe, beau, grand et brun. Elle aurait juré que Bliss ne se trompait pas.

— En tout cas, il a insisté, reprit Bliss. Du coup, je lui ai lancé un vase !

Blossom, stupéfaite, garda le silence. Cela ne ressemblait pas du tout à Bliss !

— Mauvais karma, dit-elle. On croirait entendre maman.

— Je me demande quelquefois si je ne finirai pas comme elle : seule.

— Non, ça ne t'arrivera pas. Je ne le permettrai pas. Je serai toujours là pour toi.

— Et moi pour toi, répondit Bliss. Allons, retournons avec les autres.

Les deux sœurs, bras dessus bras dessous, revinrent vers le groupe sur la plage. Leur mère examinait le contenu de la glacière.

— Il y a quoi là-dedans ?

En voyant approcher sa femme, Joe la rejoignit. Il l'enlaça, la regarda dans les yeux, et demanda avec le plus merveilleux des sourires :

— Devine ce qu'il y a dans cette glacière ?

Sahara s'écria au même moment :

— Du beurre de cacahouète ? Mais qui sert du beurre de cacahouète à un mariage ?

Ivre de bonheur, Blossom noua ses bras autour du cou de son mari et lui donna un baiser plein de promesses.

Vous avez aimé ce roman ?
Découvrez l'histoire de Bliss dès le mois prochain
dans votre collection Azur !

TRISH MOREY

Le prix de la passion

Traduction française de
FABRICE CANEPA

AZUR

HARLEQUIN

Titre original :
BARTERING HER INNOCENCE

Ce roman a déjà été publié en 2020.

1

Malgré les trois années qui s'étaient écoulées depuis lors, le dernier souvenir que Tina Henderson conservait de Luca Barbarigo demeurait gravé en elle avec une clarté presque photographique.

Elle se rappelait parfaitement chaque détail de son corps nu et athlétique offert à son regard. Elle se rappelait également la marque que ses propres doigts avaient imprimée sur sa joue lorsqu'elle l'avait giflé. Elle se souvenait enfin de l'indifférence glacée et légèrement méprisante qui se lisait alors dans ses magnifiques yeux noirs.

Il devait s'agir d'une erreur. Sa mère devait parler de quelqu'un d'autre. La vie n'était tout de même pas si cruelle...

S'efforçant de dominer la tension nerveuse qui l'avait envahie, Tina se concentra sur ce que Lily était en train de lui dire.

— Il faut que tu lui parles. Luca Barbarigo et toi vous connaissez bien. Je suis certaine que tu parviendras à lui faire entendre raison...

Non ! Elle s'était juré de ne plus jamais adresser la parole à Luca. La simple idée de le revoir éveillait en elle une angoisse qui confinait à la terreur.

— Valentina ! Il faut absolument que tu viennes, insista sa mère. J'ai besoin de ton aide.

Tina ne put réprimer un frisson. Des émotions contradictoires se succédaient en elle, accentuant encore son désarroi.

Les images troublantes de la nuit qu'ils avaient passée ensemble se mêlaient au souvenir des mois difficiles qui avaient suivi et de la dépression dans laquelle elle avait bien failli sombrer.

Rétrospectivement, le sentiment d'impuissance qu'elle avait éprouvé alors l'emplissait de colère. Elle en voulait à Luca, bien sûr, mais elle s'en voulait aussi de n'avoir pas su se montrer plus forte.

Elle en voulait à sa mère, enfin. Comment osait-elle se rappeler son existence aujourd'hui, parce qu'elle traversait une mauvaise passe, alors qu'elle ne lui avait pas donné signe de vie depuis plus d'un an ? Mais Lily avait toujours été ainsi : résolument égoïste, elle ne se souciait que de satisfaire ses propres envies. C'était sans doute pour cela qu'elle avait collectionné les maris et les amants au cours de sa vie...

Sa mère s'attendait-elle réellement à ce qu'elle saute dans le premier avion pour Venise afin de l'aider à régler ses problèmes ? Pensait-elle qu'elle allait quitter la ferme alors que l'époque de la tonte des moutons approchait et que son père allait avoir besoin d'elle ?

Il n'en était pas question. Pour une fois, Lily allait devoir faire face à ses propres responsabilités.

— Je suis désolée, répondit-elle enfin. Je ne peux vraiment rien pour toi.

Le long silence qui s'ensuivit était éloquent : de toute évidence, Lily n'avait pas imaginé que sa fille puisse lui opposer un tel refus.

— Tu ne vas tout de même pas me laisser tomber ! s'exclama-t-elle enfin.

L'assurance tranquille dont elle avait fait preuve jusqu'alors avait laissé place à un mélange d'angoisse et de colère.

— Cet homme menace de me jeter dehors, poursuivit-elle. Si tu ne fais rien, je vais me retrouver à la rue !

Tina ne put s'empêcher de lever les yeux au ciel. Sans être riche, sa mère était très à l'aise financièrement. A l'argent qu'elle avait hérité de sa famille étaient venues s'ajouter, au fil de ses divorces, plusieurs pensions alimentaires conséquentes.

Mais Lily avait toujours aimé le mélodrame. C'était sans doute une façon pour elle de s'assurer qu'elle se trouvait toujours au centre de l'attention. Tina soupira intérieurement : elle avait bien mieux à faire que d'écouter les jérémiades de sa mère.

Après avoir sorti et étendu le linge qui se trouvait dans la machine, elle devrait se plonger dans les comptes de la ferme pour préparer son rendez-vous avec leur banquier. Seigneur, elle détestait ces réunions ! Elles lui donnaient toujours la désagréable impression d'être coupable de quelque chose sans savoir de quoi il pouvait bien s'agir.

Tandis qu'elle se faisait ses réflexions, son père qui venait de rentrer lui adressa un petit signe pour attirer son attention.

— Qui est-ce ? demanda-t-il à mi-voix.

— Lily, articula-t-elle en silence.

Il hocha la tête d'un air entendu et lui décocha un petit sourire qui se voulait encourageant avant de se diriger vers la cuisine. Cela faisait plus de vingt-cinq ans que Lily l'avait quitté. Leur mariage n'avait pas duré longtemps et Tina se demandait encore parfois comment deux êtres aussi différents avaient bien pu imaginer qu'ils étaient faits l'un pour l'autre.

— Cela ne te ferait pas de mal de venir en Europe, déclara alors sa mère qui avait apparemment décidé de changer de stratégie. Tu ne vas tout de même pas passer le reste de ta vie dans la brousse...

— Junee n'est pas vraiment au fin fond de la brousse, objecta Tina, agacée. Nous ne sommes qu'à deux heures de Canberra.

— Et combien de fois par mois t'y rends-tu ? répliqua Lily.

Tina ne put s'empêcher de tiquer. En dépit de son irréductible égocentrisme, sa mère était dotée d'une intuition remarquable. Elle avait le don de déceler les points faibles de ses interlocuteurs.

Non, elle ne pouvait nier le fait qu'elle n'avait pas choisi de revenir vivre à Junee uniquement pour aider son père. Lorsqu'elle était arrivée ici, elle avait besoin de temps pour panser ses plaies et pour se reconstruire. Jamais elle n'avait imaginé qu'elle serait toujours là, plus de deux années plus tard.

Mais elle n'avait aucune envie de s'appesantir sur ses raisons. Surtout pas avec sa mère. Il était temps de recentrer la conversation sur le sujet qui préoccupait cette dernière.

— Je ne comprends toujours pas pourquoi Luca Barbarigo voudrait t'expulser, déclara-t-elle. C'est le neveu d'Eduardo, après tout.

— Je crois qu'il me déteste, déclara Lily. Il est convaincu que je n'ai épousé son oncle que pour son argent.

Tina poussa un long soupir. Ce n'était pas le moment d'avouer à sa mère qu'elle partageait en grande partie cette analyse.

— Mais Eduardo t'a légué la maison. Même si Luca veut la récupérer, je ne vois pas comment il pourrait obtenir gain de cause.

— C'est un peu plus compliqué que cela, avoua Lily d'un ton qui trahissait une certaine gêne. Je lui ai emprunté de l'argent…

— Oh non, murmura Tina qui commençait tout juste à entrevoir la complexité de la situation dans laquelle sa mère s'était plongée.

Luca Barbarigo avait la réputation d'être un homme d'affaires redoutable. Parti de presque rien, il avait bâti une immense fortune, et redoré le blason d'une famille qui avait passé plusieurs générations à dissiper la sienne.

Mais pourquoi avait-il fallu que sa mère fasse appel précisément à lui ?

— Je n'avais pas le choix, plaida Lily. J'avais besoin de cet argent. Et je pensais qu'il serait plus sûr de l'emprunter à quelqu'un de la famille, quelqu'un en qui je pourrais avoir confiance.

— Mais pourquoi avais-tu besoin de cet argent ?

— Pour vivre, bien sûr ! L'entretien et l'aménagement de cette maison me coûtent très cher. Et tu sais qu'Eduardo était beaucoup moins riche qu'il ne l'avait laissé entendre.

La pointe d'amertume qui perçait dans la voix de sa mère n'avait pas échappé à Tina.

— Donc, tu as emprunté de l'argent à Luca et il veut le récupérer.

— Exact. Et il a dit que si je ne le remboursais pas, il serait contraint de faire saisir la maison.

La maison… plutôt un *palazzo* situé au bord du Grand Canal qui devait valoir plusieurs millions d'euros.

— Cela semble un peu disproportionné, déclara Tina.

— Je suis bien d'accord avec toi, approuva Lily, manifestement soulagée. Et c'est pour cela que j'ai besoin de toi ! Il faut que tu viennes à Venise et que tu ramènes Luca à la raison.

— Pourquoi moi ? objecta Tina. N'importe quel avocat pourrait te représenter.

— Mais Luca est ton ami, objecta Lily.

Tina esquissa un sourire ironique. De tous les termes qu'elle aurait pu choisir pour qualifier Luca, celui d'ami était probablement le dernier qui lui serait venu à l'esprit.

En réalité, ils ne s'étaient vus qu'à trois reprises. La première fois, c'était au mariage de sa mère. Tina était tombée instantanément sous le charme du neveu de son nouveau beau-père.

Comment aurait-il pu en être autrement ? Non seulement Luca était un homme très séduisant mais, de plus, il s'était montré plein d'esprit et d'humour. En l'espace d'une soirée, il l'avait conquise. Mais sachant qu'elle devait aussitôt repartir pour l'Australie où son petit ami de l'époque l'attendait, elle avait repoussé ses avances à regret.

Lorsqu'ils s'étaient revus à l'occasion des soixante-dix ans d'Eduardo, elle avait été prise de court par son brusque changement d'attitude à son égard. Sa conduite froide et distante lui avait laissé supposer qu'elle l'avait vexé en se refusant à lui.

Mais la fois suivante, Luca l'avait de nouveau étonnée. Cette fois, il s'était montré charmant, charmeur, même. Il ne lui avait laissé strictement aucune chance de lui tenir tête, faisant preuve d'un mélange de prévenance, d'attention et de gentillesse qui avait eu raison de sa résistance.

Lorsqu'il l'avait embrassée, elle s'était sentie fondre. Séduite, conquise, elle s'était offerte à lui d'autant plus librement qu'elle avait rompu avec son petit ami, quelques semaines auparavant.

Il lui avait offert la plus belle nuit de son existence, lui faisant découvrir une toute nouvelle dimension de plaisir.

Et lorsqu'elle s'était réveillée le lendemain matin, plus heureuse qu'elle ne l'avait jamais été, il s'était montré odieux, la traitant comme la dernière des traînées et lui faisant clairement comprendre qu'elle n'avait strictement rien à attendre de lui. Non, décidément, il n'avait rien d'un ami...

— Qui t'a dit que Luca Barbarigo et moi étions amis ?

— Luca lui-même, répondit Lily.

Un frisson glacé courut le long de l'échine de Tina. Pourquoi Luca aurait-il prétendu une chose pareille ? Cela ne pouvait être bon signe...

— Nous n'avons jamais été amis.

— Eh bien... Cela vaut peut-être mieux, étant donné les circonstances, opina Lily. De cette façon, tu n'auras rien à perdre en intercédant en ma faveur.

— Tu n'as pas entendu ce que je t'ai dit, rétorqua Tina. Il n'est pas question que je vienne à Venise. J'ai beaucoup trop à faire ici.

— Ton père peut bien se passer de toi pendant quelques jours, objecta Lily.

— Pas au moment de la tonte.

— C'est juste un prétexte, gémit Lily. La vérité, c'est que tu as toujours préféré être avec lui.

Tina ne répondit pas. Comment aurait-elle pu prétendre le contraire ? C'était son père qui l'avait élevée, qui s'était occupé d'elle, qui l'avait accueillie sans poser de questions alors qu'elle venait de quitter l'université et qu'elle était sur le point de sombrer dans la dépression.

— Engage un avocat.

— Mais comment veux-tu que je le paie ? protesta Lily. En empruntant de nouveau de l'argent à Luca ?

— Je ne sais pas, répondit Tina. Tu pourrais peut-être vendre une partie du mobilier de la maison...

— Tu n'y penses pas ! s'exclama Lily, apparemment horrifiée

par cette seule suggestion. Ce serait un sacrilège. Ces meubles font partie du *palazzo*, ils en sont l'âme...

Tina jugea préférable de l'interrompre avant qu'elle se lance dans l'une de ces tirades mélodramatiques dont elle avait le secret.

— Ce n'était qu'une suggestion, déclara-t-elle. Etant donné les circonstances, j'ai peur qu'il ne te faille faire des concessions. Quoi qu'il en soit, je suis vraiment désolée pour toi mais je ne vois vraiment pas en quoi je pourrais t'être utile.

— Viens à Venise, insista Lily. Parle à Luca...

— Au revoir, maman, la coupa Tina avant de raccrocher.

Elle contempla longuement le téléphone, s'attendant à ce que sa mère la rappelle pour insister. Mais Lily n'en fit rien, jugeant probablement préférable de lui laisser un peu de temps.

Une précaution bien inutile. Elle n'avait aucune intention de changer d'avis ! Même si sa mère n'exagérait pas la gravité de la situation, elle ne voyait pas en quoi elle pourrait bien lui être utile. Rien de ce qu'elle aurait pu dire à Luca ne serait susceptible de le faire changer d'avis...

Ce qui l'intriguait, en revanche, c'était le fait qu'il ait prétendu être son ami. Pourquoi avait-il dit une chose pareille ? S'agissait-il d'un simple trait d'humour, d'une pointe d'ironie ?

— J'imagine que ta mère ne t'appelait pas pour te souhaiter ton anniversaire avec un peu de retard !

Tina se tourna vers son père et constata qu'il se tenait dans l'embrasure de la porte de la cuisine, une tasse de café fumante dans chaque main. Un sourire compatissant se dessinait sur ses lèvres.

— Est-ce que tu en veux ? proposa-t-il en lui tendant une des tasses. Ou est-ce qu'il te faut quelque chose d'un peu plus fort ?

— Je me contenterai d'un café, répondit-elle en s'approchant de lui.

Elle prit l'une des tasses et avala une longue gorgée brûlante qui la rasséréna un peu.

— Alors ? s'enquit son père. Que te voulait-elle, au juste ?

Tina haussa les épaules d'un air faussement détaché.

— Elle prétend qu'on veut l'exproprier. Apparemment, elle a emprunté de l'argent au neveu d'Eduardo. Aujourd'hui, il aimerait se faire rembourser et comme elle ne peut pas le payer, il risque de faire saisir sa maison.

Son père fronça les sourcils d'un air dubitatif.

— Pourquoi t'appeler, toi ? Tu n'es ni banquière ni avocate.

— C'est précisément ce que je lui ai dit.

L'espace de quelques instants, Tina fut tentée de ne pas répondre à la question muette qui se lisait dans les yeux de son père. Quelle que soit son opinion au sujet de Lily, il savait pertinemment qu'elle n'était pas idiote et qu'elle devait avoir une bonne raison de faire appel à elle.

— J'ai connu le neveu en question, expliqua-t-elle d'un ton qui se voulait indifférent.

Si son père remarqua la tension qui l'habitait, il se garda bien de l'interroger plus avant.

— Quand comptes-tu partir ? demanda-t-il seulement.

Elle le considéra avec une pointe de stupeur.

— Je n'avais pas l'intention de le faire, répondit-elle. Je ne peux pas te laisser ici tout seul alors que nous sommes en pleine tonte...

— Je ne suis pas tout seul : nous venons d'embaucher douze saisonniers.

— Et qui préparera les repas ? Qui fera les courses ? Qui s'occupera de la comptabilité et des relations avec nos clients ?

Son père haussa les épaules.

— Je suis capable de me charger de la comptabilité et des tâches administratives, déclara-t-il. Je l'ai fait pendant des années, après tout. Et pour ce qui est de l'intendance, je peux très bien engager quelqu'un durant ton absence. Deidre Turner, par exemple, ajouta-t-il avec un sourire malicieux. Je me suis laissé dire qu'elle cuisinait à merveille.

Tina savait déjà que son père avait un faible pour la gérante du café. Depuis des années, elle l'encourageait vainement à se remarier, et elle aurait dû sauter de joie à l'idée qu'il était prêt à laisser une autre femme s'installer à la ferme.

Mais tout ce à quoi elle parvenait à penser, en cet instant, c'était la raison pour laquelle elle ne voulait pas se rendre à Venise.

— Je suis un grand garçon, tu sais, reprit son père avec une pointe de malice.

— Je sais, acquiesça-t-elle. Mais notre situation financière est déjà suffisamment délicate comme cela. Je ne vois pas l'intérêt d'engager une cuisinière et de payer un aller-retour pour l'Italie…

— Ta mère a besoin de toi, remarqua son père.

— Je n'en suis même pas vraiment convaincue, s'entêta Tina. Rappelle-toi la comédie qu'elle a faite lorsqu'elle a fêté ses cinquante ans. A l'entendre, on aurait pu croire qu'elle avait déjà un pied dans la tombe. Tu sais comme moi qu'elle en rajoute toujours. Je suis sûre que c'est la même chose, cette fois-ci.

Son père hocha la tête. Il était bien placé pour savoir que Lily n'était pas quelqu'un de fiable. N'avait-il pas été marié avec elle ? N'avait-il pas dû supporter ses états d'âme et ses incessants revirements ?

— Depuis combien de temps n'as-tu pas revu ta mère ? demanda-t-il alors. Trois ans, n'est-ce pas ? Aujourd'hui, elle pense avoir besoin de toi. Ne serait-ce pas le moment de renouer le fil ?

Tina se rembrunit. Non, hors de question de partir pour Venise. Mais comment avouer à son père ce qui motivait réellement sa réticence ? Il aurait été si déçu de découvrir ce qui s'était passé trois ans auparavant et plus encore sans doute d'apprendre qu'elle lui avait caché la vérité pendant si longtemps…

— Pourquoi as-tu tellement envie de m'expédier à l'autre bout du monde ? lui demanda-t-elle avec une pointe de mauvaise foi. Après tout, tu ne dois rien à Lily.

— Mais ce n'est pas pour elle que je t'encourage à partir, objecta-t-il. Quoi qu'il se soit passé entre Lily et moi, elle n'en demeure pas moins ta mère. Si tu coupes complètement les ponts avec elle, tu finiras probablement par le regretter. Et puis cela ne te fera pas de mal de prendre quelques vacances et de voyager un peu. Tu es jeune, profites-en !

— Je ne me sens plus si jeune, soupira-t-elle.

Son père éclata de rire.

— Tu n'as que vingt-six ans, ma chérie ! s'exclama-t-il. Que diras-tu lorsque tu auras mon âge ?

Tina ne put s'empêcher de rougir. Bien sûr, il avait raison et elle se sentait un peu ridicule. Pourtant, elle ne lui avait pas menti : certains jours, elle se sentait beaucoup plus vieille que son âge et le coup de téléphone de sa mère avait encore renforcé cette impression.

— Ta mère ne s'imagine sans doute pas à quel point tu as changé.

— Je n'irai pas, s'entêta-t-elle.

— Bien sûr que si, répondit-il. Tu sais aussi bien que moi que tu ne laisseras pas tomber ta mère alors qu'elle a besoin de toi.

Sur ce, il se détourna et se dirigea vers la porte d'entrée. Tina le suivit des yeux jusqu'à ce que le battant se referme derrière lui.

Peut-être avait-il raison.

Peut-être était-il temps pour elle de renouer avec sa mère.

Peut-être était-il temps de se confronter de nouveau à Luca Barbarigo.

Elle avait fui à l'autre bout du monde pour tenter d'oublier l'erreur qu'elle avait commise trois ans auparavant. Mais elle était bien forcée d'admettre que ses efforts étaient demeurés vains. Le souvenir de ce qui s'était passé à l'époque était toujours aussi vivace dans son esprit.

Sans doute y avait-il des erreurs qu'elle ne pourrait jamais oublier et qui continueraient à la hanter jusqu'à la fin de ses jours. Mais son père avait raison : elle était encore jeune et ne pouvait tout de même pas passer le reste de son existence à ressasser ce moment d'égarement.

Il était grand temps de faire face à l'homme qui l'avait humiliée et lui avait brisé le cœur. Après tout, lui-même avait probablement oublié depuis bien longtemps ce qui n'avait été pour lui qu'une aventure d'une nuit…

2

Luca esquissa un sourire ravi. Lily avait tenu sa promesse. D'ici quelques heures, Valentina arriverait à Venise.

Cette seule idée l'emplissait d'une multitude d'émotions contradictoires. Mais ce qui l'emportait, c'était incontestablement l'impatience qu'il sentait bouillonner. Cette femme éveillait en lui une tension qui ne cessait de croître à mesure que le moment de leurs retrouvailles se rapprochait.

Il n'avait aucune idée de la façon dont elles se dérouleraient. Pour la première fois depuis bien longtemps, Luca naviguait à vue. Lui qui avait l'habitude de tout prévoir, d'orchestrer ses opérations financières dans les moindres détails, de planifier chacune de ses actions se trouvait aujourd'hui complètement démuni.

La seule chose dont il était certain, c'était qu'il disposait d'un atout majeur dans son jeu. Car Lily était à présent si endettée qu'elle ne pourrait jamais rembourser les sommes qu'elle lui avait empruntées. Et si Valentina espérait lui éviter de finir ruinée, elle n'aurait d'autre choix que de négocier avec lui.

A cette pensée, son sourire s'élargit encore. Lorsqu'il avait décidé d'acculer Lily à la faillite, il cherchait uniquement à venger Eduardo de cette femme qui s'était servie de lui et qui l'avait manipulé dans le seul but de s'approprier sa fortune.

Il comptait également regagner le *palazzo* qui appartenait à sa famille depuis des générations et dont elle avait indûment hérité.

Mais alors même que son projet était sur le point d'aboutir, une autre idée lui était venue.

C'était Lily qui avait mentionné Valentina et Luca l'avait discrètement questionnée à son sujet. Il avait appris qu'elle vivait toujours chez son père en Australie, qu'elle n'était pas mariée et qu'à sa connaissance, elle n'avait pas de petit ami.

Ce détail n'avait pas manqué de l'étonner. Après tout, une jeune femme aussi séduisante qu'elle ne devait pas manquer de soupirants.

Jusqu'alors, il avait toujours pensé que Valentina l'avait complètement oublié et qu'elle avait tourné la page depuis bien longtemps. Mais apprendre qu'elle n'avait personne dans sa vie avait éveillé un doute en lui.

Se pouvait-il qu'elle ait été aussi marquée que lui par la nuit qu'ils avaient passée ensemble ? Que ce souvenir revienne régulièrement la visiter ?

Luca était bien décidé à en avoir le cœur net. En revanche, il n'avait aucune idée de ce qui pourrait bien se passer ensuite…

Chaque fois qu'elle était venue à Venise, Tina avait eu l'étrange impression de quitter le monde réel pour pénétrer de plain-pied dans un univers de conte de fées.

Elle n'aurait su dire si c'était à cause des palais magnifiques, de l'absence de voitures, des gondoles qui glissaient en silence le long des canaux ou bien encore de la réputation de cette ville. Venise, la capitale de l'amour…

Cette fois encore, elle fut saisie par la beauté de cette cité sans pareille. Mais cette admiration se doublait à présent d'une inquiétude sourde. Par-delà la magie de ce décor, elle discernait quelque chose de plus inquiétant, presque menaçant.

Le dédale des petites rues tortueuses qui serpentaient au cœur de la ville, l'odeur de moisi et de pourriture qui flottait par endroits, les palais déserts et silencieux… A vrai dire, elle se sentait soudain terriblement vulnérable, comme si ce réseau de canaux n'était autre qu'une immense toile d'araignée dans laquelle elle était venue s'engluer. Et elle avait la désagréable impression d'être constamment observée.

Réprimant un frisson, elle tenta de se raisonner. Le voyage l'avait épuisée et elle se sentait nerveuse à l'idée de revoir sa mère, voilà tout. Hélas, cette tentative pour se rassurer se révéla parfaitement vaine.

Car elle connaissait parfaitement la raison de sa nervosité grandissante. Cette ville était celle de Luca et elle avait déjà croisé plusieurs hommes qui lui avaient fait penser à lui. Des hommes très bruns, à la peau mate et aux yeux couleur d'obsidienne.

A chacune de ces rencontres, une sensation de froid glacial s'était insinuée en elle. Un froid qui n'avait rien à voir avec le temps qui était toujours très clément en ce mois de septembre.

Ce devait être la fatigue, se répéta-t-elle. Le voyage avait duré près de trente-six heures en incluant les périodes de transit à Kuala Lumpur et à Amsterdam. Et les effets du décalage horaire sur son organisme se faisaient cruellement sentir.

Elle avait besoin d'une bonne douche et de quelques heures de sommeil. Lorsqu'elle aurait récupéré, elle serait certainement plus à même d'affronter cette ville et les souvenirs qui s'y rattachaient. Ensuite, elle tenterait de venir en aide à sa mère...

A vrai dire, elle n'était toujours pas persuadée de pouvoir lui être utile, mais son père l'avait convaincue que si elle n'essayait pas au moins de le faire et que la menace qui pesait sur Lily était bien réelle, elle s'en voudrait probablement toute sa vie.

Rajustant les bretelles de son sac à dos, elle se dirigea donc vers la station du vaporetto et se plaça au bout de la longue file de touristes qui attendaient pour acheter leurs billets.

Lorsque son tour arriva, elle choisit un passe de trois jours, ce qui lui laisserait le temps de résoudre les problèmes de sa mère ou d'entériner le fait qu'elle n'était pas qualifiée pour le faire. Ensuite, elle reprendrait le premier vol pour l'Australie.

Avec un peu de chance, elle n'aurait pas même besoin de rencontrer Luca Barbarigo.

Si la rencontre devait quand même se produire, en revanche, elle était bien décidée à se montrer froide et distante et à éviter toute allusion à ce qui s'était passé entre eux. Il était le créancier de sa mère et c'était uniquement à ce titre qu'elle aurait affaire à lui.

Forte de ces bonnes résolutions, Tina prit place à bord du vaporetto. Son manque d'entrain contrastait de façon frappante avec l'enthousiasme dont faisaient preuve les touristes qui l'entouraient.

La plupart d'entre eux devisaient joyeusement, échangeant des commentaires émerveillés sur la perspective que leur offrait le Grand Canal. Quelques-uns mitraillaient de leurs appareils photo les bâtiments majestueux devant lesquels ils passaient. Plusieurs couples d'amoureux se serraient l'un contre l'autre comme s'ils avaient peur de se perdre.

Leur vue éveillait chez Tina une impression assez trouble faite de tendresse, de mépris et d'une pointe de jalousie qu'elle était incapable de contenir.

Une fois de plus, elle prit conscience du mal que Luca lui avait fait. Car elle n'avait pas toujours été ainsi, terrifiée à l'idée de tomber amoureuse, de perdre le contrôle de ses émotions et de s'engager.

Avant de le rencontrer, elle avait même toujours été convaincue qu'elle finirait par trouver l'homme de sa vie, par se marier et par fonder une famille. Mais il avait suffi d'une nuit pour que toutes ces belles certitudes se fissurent...

Le vaporetto poursuivait paresseusement sa remontée du Grand Canal, s'arrêtant régulièrement pour déverser un flot de touristes avides sur les quais et en embarquer de nouveaux.

Tina aperçut enfin le *palazzo* qu'Eduardo avait légué à Lily et dans lequel elle vivait depuis quelques années. Elle fut aussitôt frappée par l'état de délabrement dans lequel il se trouvait.

Cet édifice avait dû être vraiment magnifique, autrefois. Mais son heure de gloire appartenait à un passé révolu. L'ocre de la façade avait laissé place à un beige sale. De nombreuses fissures se dessinaient sur les murs et plusieurs tuiles du toit avaient dû se détacher pour basculer dans le canal.

Le ponton de bois qui se dressait devant la maison était vermoulu et rongé par le sel. Les piliers étaient recouverts d'algues vertes. Malgré elle, elle fut touchée par la profonde impression de tristesse qui émanait maintenant de l'endroit.

De toute évidence, l'argent que Lily avait emprunté à Luca ne lui avait pas servi à restaurer le bâtiment. Tina ne put retenir un sentiment de honte à l'idée que sa mère puisse traiter de façon aussi négligente un tel joyau architectural.

Il lui semblait que les propriétaires de telles demeures avaient une responsabilité vis-à-vis de la communauté. N'étaient-ils pas détenteurs d'un petit morceau de l'histoire de cette ville ? A ce titre, ils se devaient d'en prendre soin.

Tina quitta le vaporetto à la station suivante et se dirigea de mémoire vers le *palazzo*. Elle ne tarda pourtant pas à se perdre dans le dédale de ruelles, de ponts et de cours intérieures qui constituaient un véritable labyrinthe de pierre et d'eau.

Elle dut finalement se résigner à revenir sur ses pas et interrogea l'employé de la station de vaporetto qui lui indiqua comment trouver la *calle* qu'elle cherchait. Forte de ces conseils, elle se remit en marche et ne tarda pas à atteindre le portail de fer forgé décoré d'une tête de lion qu'elle reconnut aussitôt.

Elle actionna la sonnette et attendit patiemment. Voyant que personne ne faisait mine de lui ouvrir, elle sonna de nouveau puis poussa la lourde porte qui n'était pas fermée à clé. Celle-ci émit un gémissement de protestation grinçant mais ne résista pas.

Tina découvrit alors avec stupeur que le magnifique jardin dont Eduardo était jadis si fier n'était plus qu'un lointain souvenir.

Les massifs de fleurs qu'il entretenait avec amour étaient morts et racornis. La pelouse qui entourait la fontaine asséchée n'avait pas dû être tondue depuis des mois et seules les mauvaises herbes prospéraient, envahissant tous les recoins.

— Mais qu'as-tu fait de cet argent ? murmura Tina, accablée par cette vision.

— Valentina ! Tu es venue !

La voix chantante de Carmela, la gouvernante d'Eduardo, venait de résonner dans la petite cour. Détournant les yeux du piteux spectacle offert par le jardin, Tina se tourna vers elle. Un sourire rayonnant se dessinait sur les lèvres de la vieille femme.

A la voir, on aurait pu croire que c'était sa propre fille qui revenait au bercail après des années d'absence. Mais cela n'avait rien de très étonnant : après tout, Tina s'était toujours mieux entendue avec Carmela qu'avec Lily.

— Je suis si contente ! s'exclama la gouvernante avant de déposer un baiser sonore sur chacune de ses joues.

Malgré ses protestations, elle lui prit son sac à dos et l'entraîna à l'intérieur de la maison tout en bavardant dans un mélange d'anglais et d'italien.

Pour la première fois depuis qu'elle avait atterri à l'aéroport de Venise, Tina commença à se détendre un peu. Au moins, il y avait dans cette ville quelqu'un qui paraissait vraiment heureux de la revoir.

L'intérieur de la maison était frais, sombre et très agréable après l'agitation qui régnait sur le vaporetto et dans les rues. Mais en observant plus attentivement l'entrée dans laquelle elle se trouvait, Tina se figea.

La pièce autrefois presque vide et majestueuse était maintenant emplie de meubles et de bibelots en tout genre. On aurait pu se croire dans un musée plutôt que dans une maison particulière !

Du coin de l'œil, elle remarqua plus d'une dizaine de statuettes de verre de Murano, dont elle savait sa mère friande. Elle aperçut aussi deux chandeliers délicatement ouvragés dans le couloir et un miroir encadré de morceaux de verre colorés.

Sans lui laisser le temps de s'appesantir sur ces changements,

Carmela la guida jusqu'à la grande cuisine dans laquelle flottait une délicieuse odeur de café, de pain frais et de basilic. Une casserole de cuivre fumante glougloutait doucement sur la gazinière.

— Je me suis dit que tu aurais faim après ce long voyage et je t'ai préparé un petit risotto, indiqua Carmela. J'espère que tu aimes toujours autant ça.

L'estomac de Tina répondit par un gargouillement éloquent et toutes deux éclatèrent de rire.

— Assieds-toi ! l'encouragea Carmela en désignant la grande table qui trônait au centre de la cuisine.

Tina y prit place et Carmela posa devant elle une assiette et des couverts.

— Où est Lily ?

— Elle avait des coups de téléphone à passer, répondit la gouvernante d'un ton qui cachait mal sa réprobation. Apparemment, cela ne pouvait pas attendre...

Tout en parlant, elle avait placé dans l'assiette de Tina une généreuse portion de *risotto al funghi*. Elle lui servit aussi un verre d'un chianti à la robe pourpre et profonde.

— Cela ne fait rien, déclara Tina avec un sourire.

A vrai dire, le manque d'empressement de sa mère ne la surprenait pas outre mesure. Cela faisait bien longtemps qu'elle avait renoncé à ce genre d'égards de sa part.

— Cela me laissera le temps de profiter de ce délicieux repas, ajouta-t-elle en levant son verre.

Elle avala une petite gorgée de vin avant de s'attaquer au succulent risotto que Carmela avait préparé. Il était fondant et savamment relevé et Tina laissa échapper un petit grognement appréciatif qui lui valut un nouveau sourire de la gouvernante.

— Qu'est-il arrivé au jardin d'Eduardo ? demanda-t-elle enfin.

Carmela fit claquer sa langue contre son palais avec mépris.

— La *signora* ne pouvait plus se permettre de garder tout le personnel, expliqua-t-elle. Le jardinier a été le premier à être remercié. Puis ça a été le tour de la femme de chambre que j'ai dû remplacer. Je n'ai malheureusement pas assez de temps pour m'occuper en plus du jardin.

— Est-ce que ma mère te paie, au moins ? lui demanda Tina, stupéfaite par ces révélations.

— Quand elle le peut… Elle m'a promis que dès que sa situation financière se stabiliserait, elle me réglerait l'intégralité de ce qu'elle me doit.

— Mais ce n'est pas juste, Carmela, protesta Tina. Pourquoi es-tu restée ? Je suis certaine que de nombreuses familles de Venise rêveraient de t'embaucher…

— Je ne peux pas abandonner cette maison, répondit la gouvernante en souriant. J'y ai passé presque toute ma vie et c'est un peu la mienne, aujourd'hui.

Elle haussa les épaules.

— De toute façon, je n'ai pas de gros besoins : tant que je travaille ici, j'ai un toit au-dessus de ma tête et de quoi manger à ma faim. Ta mère me paie assez pour que je puisse m'acheter de quoi me vêtir et aller au cinéma de temps en temps. Franchement, je n'en demande pas plus. Et puis, qui sait ? La *signora* va peut-être finir par se remettre à flot…

— Mais comment ? demanda Tina. Est-ce qu'elle compte se remarier ?

Carmela lui adressa un sourire entendu. Mais avant qu'elle ait eu le temps de répondre, des claquements de talons se firent entendre dans le couloir.

— Carmela, j'ai cru entendre des voix. Est-ce que… ?

Elle s'interrompit en apercevant Tina.

— Oh ! c'est toi, s'exclama-t-elle comme si elles ne s'étaient quittées que depuis une heure ou deux. J'étais justement en train de parler au téléphone avec ton père. Il voulait savoir si tu étais bien arrivée.

— Je le rappellerai, répondit Tina en se levant.

Comme toujours lorsqu'elle se trouvait en présence de sa mère, elle avait la désagréable impression de ne pas être à la hauteur. Lily Beauchamp était toujours tirée à quatre épingles, parfaitement coiffée et maquillée.

A son âge, c'était toujours une très belle femme et elle passait assez de temps dans les salles de sport pour avoir la silhouette d'une adolescente.

Ce jour-là, elle portait un tailleur très élégant dont la jupe mettait en valeur ses jambes interminables. Ses longs cheveux blonds étaient tressés, ce qui la faisait paraître plus jeune encore.

Elle observa d'un œil légèrement critique le jean et le T-shirt que portait Tina mais s'abstint de tout commentaire. S'approchant d'elle, elle effleura ses joues d'un baiser à l'odeur de Chanel avant de lui tapoter la joue.

— Tu as l'air fatiguée, déclara Lily. Peut-être ferais-tu mieux de monter te rafraîchir et te changer avant que nous ressortions...

— Où veux-tu que nous allions ? s'étonna Tina.

Pour l'heure, elle ne rêvait que d'une longue sieste... D'un autre côté, si sa mère avait pris rendez-vous avec son banquier, elle ferait sans doute mieux de l'accompagner.

— Nous pourrions aller faire un peu de shopping, déclara Lily. Il y a de jolies boutiques qui viennent tout juste d'ouvrir, *calle Larga 22 Marzo*. Je pensais que ce pourrait être amusant.

Stupéfaite, Tina dévisagea sa mère.

— Du shopping ? Tu veux vraiment que nous allions faire du shopping ?

— Pourquoi pas ?

— Et comment comptes-tu payer, au juste ?

— Ne sois pas comme ça, Valentina, protesta Lily avec un rire un peu contraint. J'ai quand même le droit de gâter un peu ma fille qui est exceptionnellement de passage à Venise !

— Je ne plaisante pas, répondit Tina en tentant de maîtriser son agacement. Tu m'as fait traverser la moitié de la planète parce que tu as des problèmes d'argent.

— Valentina, protesta Lily en jetant un regard appuyé en direction de Carmela.

La gouvernante, quant à elle, semblait boire du petit-lait. Elle n'avait sans doute pas l'habitude de voir quelqu'un tenir tête à Lily de cette façon. Mais Tina était furieuse.

— J'ai quitté la ferme de papa alors qu'il avait besoin de moi uniquement pour te rendre service, reprit-elle. Si tu ne veux pas de mon aide, je reprends le premier avion dans l'autre sens.

Un éclair de colère passa dans les yeux de Lily et elle ouvrit la bouche, comme pour lui répondre vertement. Mais elle la referma presque aussitôt au prix d'un effort évident.

— Très bien, répondit-elle à regret. Dans ce cas, je ferais peut-être mieux de te montrer les comptes...

Tina hésita. Elle se sentait épuisée. Mais connaissant sa mère, peut-être valait-il mieux profiter de l'ascendant qu'elle venait de prendre, avant qu'elle change de nouveau d'avis.

— Je te suis, déclara-t-elle. Et qui sait ? La situation n'est peut-être pas aussi grave que tu le penses...

Quelques heures plus tard, les derniers espoirs que Tina avait pu caresser se trouvaient réduits à néant. Seigneur, les choses étaient bien pires qu'elle ne l'avait escompté en arrivant ! Comment sa mère avait-elle pu se mettre dans une telle situation ?

Il lui avait fallu un certain temps pour reconstituer le véritable puzzle de documents que lui avait soumis Lily. Il y avait des talons de chéquiers, des récépissés de carte bleue et des relevés de banque que sa mère ne prenait pas même la peine de classer.

Elle avait donc commencé par organiser ce fatras. Ce qui constituait déjà un travail de titan... Et elle n'avait pas tardé à réaliser que Lily vivait effectivement très au-dessus de ses moyens. Comme toujours, sa mère ne se refusait rien et cédait à la moindre de ses envies sans se soucier des conséquences que cela pouvait avoir sur son budget.

A vrai dire, la lecture de ses dépenses mensuelles tenait de l'inventaire à la Prévert de vêtements, parfums, notes de restaurants et de bars, épiceries de luxe, vins fins et accessoires superflus.

Mais la véritable hémorragie financière provenait de ses achats continuels de meubles et de bibelots. Trois boutiques concentraient l'essentiel de ces factures : un verrier de Murano, un antiquaire de Mestre et une boutique de décoration du Lido.

Elle avait dépensé chez eux des dizaines de milliers d'euros au cours de ces derniers mois. Comment s'étonner dans ces conditions qu'elle ait été obligée de renvoyer ses domestiques ?

Quant aux prêts que Luca Barbarigo avait consentis à sa mère, Tina devait bien avouer qu'ils semblaient tout à fait honnêtes. Leurs taux n'avaient rien d'usuraire. A vrai dire, ils paraissaient même très raisonnables.

En revanche, les contrats stipulaient clairement qu'en cas d'insolvabilité, Luca pouvait exiger la mise en vente du *palazzo*. De plus, il disposait d'un droit préférentiel pour racheter la maison au prix du marché.

Le seul espoir de sa mère était donc d'obtenir de son créancier un délai qui lui permettrait de remettre de l'ordre dans ses affaires, de vendre une partie de son mobilier et des actions qu'elle possédait de façon à pouvoir rembourser ce qu'elle devait.

Encore lui faudrait-il pour y parvenir obtenir un autre emprunt auprès de sa banque, ce qui ne serait probablement pas évident...

— Est-ce que ça va, Valentina ? s'enquit Lily en passant la tête par l'embrasure de la porte du bureau. Veux-tu un autre café ?

Tina secoua la tête. Elle en avait déjà bu près d'un demi-litre, ce qui ne contribuait guère à apaiser la tension nerveuse qui l'habitait.

— Je ne comprends pas, s'exclama-t-elle en s'efforçant de maîtriser la colère et l'agacement qui bouillonnaient en elle. Comment as-tu pu dépenser autant d'argent rien qu'en décoration ?

Les joues de sa mère s'empourprèrent.

— Tu ne vas quand même pas me reprocher d'entretenir cet endroit, finit-elle par répondre avec une parfaite mauvaise foi.

— Si seulement il s'agissait d'entretien... Mais je te parle de meubles et de bibelots.

— J'aime les jolies choses. Ce n'est pas un crime !

— C'en est un si cela doit te conduire à la ruine.

— Ne t'en fais pas pour ça, déclara Lily d'un air un peu plus assuré. Je n'achète pas n'importe quoi. Ce que tu considères comme de simples dépenses, ce sont en réalité des investissements.

— Et depuis quand es-tu spécialiste en matière d'artisanat et d'antiquités ?

— J'ai un excellent conseiller en la matière.

— Qui donc ?

— Matteo Cressini.

Tina avait lu ce nom sur plus d'une cinquantaine de factures.

— Le propriétaire de la verrerie de Murano ?

Lily hocha la tête.

— C'est un cousin de Luca, ajouta-t-elle. Et c'est l'un des plus grands spécialistes de l'artisanat italien classique et contemporain...

Tina considéra sa mère avec un mélange de stupeur, d'incrédulité et de pitié.

— Tu veux dire que l'homme qui supervise tes investissements est le cousin de celui qui te prête l'argent que tu dépenses ?

— Ce n'est pas ce que tu crois, protesta Lily en rougissant de plus belle. Matteo est un véritable gentleman. Il n'abuserait jamais de ma confiance...

Mais alors même que Lily prononçait ces mots, Tina vit le doute s'insinuer en elle. Bien sûr, sa mère était bien trop fière pour reconnaître qu'elle avait pu se faire escroquer de la sorte.

— Tu laisses cette maison tomber en ruine, soupira Tina. Tu ne paies même plus Carmela correctement. Et tout cela pourquoi ? Pour acheter des bibelots dont tu n'as même pas l'usage à un homme qui se sert de toi ? Comment as-tu pu te montrer aussi naïve ?

Lily pâlit soudain et Tina songea qu'en cet instant, elle ressemblait à une petite fille prise en faute.

— Est-ce que tu parleras à Luca ? murmura Lily. Je suis sûre qu'il t'écoutera, toi.

— Je lui parlerai, acquiesça Tina. Mais très franchement, il te tient et je ne vois pas pourquoi il déciderait brusquement de te laisser tranquille...

— Mais c'est le neveu d'Eduardo !

— Et alors ?

— Son oncle m'aimait.

L'amour... Tina se demanda si Eduardo avait réellement aimé sa mère, ou s'il n'avait pas lui aussi profité de la situation sans se soucier de ce qu'il pourrait bien advenir de son épouse après sa mort.

— Et puis, Luca m'a dit que vous étiez amis.

— Il t'a menti.

Oui, sur ce point, il avait menti. Pourquoi, elle n'en avait aucune idée. Mais elle aurait sans doute l'occasion de le découvrir très bientôt. Lorsqu'elle irait plaider la cause de sa mère...

— Je vais aller faire un tour, déclara-t-elle en se levant. J'ai besoin de prendre un peu l'air.

Elle avait surtout besoin de fuir la compagnie de Lily et cette maison à moitié en ruine encombrée de babioles inutiles et hors de prix. Ce voyage était une perte de temps : il n'y avait strictement rien qu'elle puisse faire pour Lily.

Perdue dans ses sombres pensées, Tina traversa le jardin pour gagner la porte de fer forgé qui donnait sur la rue. Mais lorsqu'elle l'ouvrit, elle demeura figée sur le seuil, les yeux rivés sur l'homme qui s'apprêtait apparemment à sonner.

3

Luca Barbarigo n'avait pas changé au cours des trois années qui venaient de s'écouler. Il était toujours aussi beau que dans son souvenir.

Son visage qu'encadraient d'épais cheveux noirs aux reflets soyeux possédait des traits aussi fins que gracieux. Ses pommettes bien marquées, son menton volontaire et son nez légèrement aquilin lui conféraient une forme de noblesse naturelle.

De haute taille, il possédait le physique athlétique de quelqu'un qui pratiquait nombre de sports. La chemise immaculée qu'il portait mettait en valeur ses larges épaules et son ventre plat et il avait remonté ses manches, laissant apparaître des avant-bras musclés.

Ses vêtements parvenaient à paraître à la fois décontractés et élégants. Malgré elle, Tina se sentit un peu honteuse de ne pas s'être changée.

— Valentina, s'exclama Luca de cette voix chaude et légèrement rocailleuse, cette voix qui avait toujours eu le don de la faire frissonner intérieurement. Quel plaisir de te revoir…

Elle lui décocha un regard glacé.

— J'aimerais pouvoir en dire autant mais ce ne serait pas honnête, répliqua-t-elle d'une voix blanche.

Le sourire de Luca vacilla légèrement avant de reparaître, teinté d'une bonne dose d'ironie.

— J'espère au moins que ce n'est pas moi qui te fais fuir, remarqua-t-il. Je crois savoir que tu viens tout juste d'arriver.

Tina comprit que sa mère avait dû l'appeler pendant qu'elle-même épluchait sa comptabilité. Que lui avait-elle dit d'autre ? Qu'elle avait besoin d'un nouvel emprunt ? Ou qu'elle comptait se rendre à Murano pour creuser encore un peu plus la dette abyssale qu'elle avait contractée ?

Rien de tout cela ne l'aurait étonnée, à ce stade. De toute évidence, Lily avait depuis longtemps perdu tout discernement. Elle n'était plus capable de distinguer ses amis de ceux qui se servaient d'elle.

— Où vas-tu ? lui demanda alors Luca.

— Je ne vois pas en quoi cela te regarde.

Il pencha légèrement la tête de côté et la considéra attentivement.

— Voilà qui n'est guère civil, commenta-t-il avec un brin d'amusement dans la voix. Et moi qui venais te présenter mes respects...

— Tu ne sais même pas ce que le mot respect veut dire, rétorqua Tina du tac au tac.

Elle avait bien conscience que son comportement était stupide. Il était ridicule de mettre en colère l'homme avec lequel elle était censée négocier. Mais c'était plus fort qu'elle : maintenant qu'elle se retrouvait en face de lui, toute la colère et la rancœur accumulées au fil des années surgissaient en elle, menaçant de lui faire perdre tout contrôle.

— Je ne suis pas aussi naïve que ma mère, Luca, reprit-elle. Tu m'as amplement démontré que l'on ne pouvait pas te faire confiance. Et je sais que tu n'hésiteras pas à ruiner Lily.

— Nous pouvons en discuter, si tu veux.

— Qu'y a-t-il à dire ? Tu l'as sciemment poussée à s'endetter de façon inconsidérée. Et tu t'es arrangé pour qu'elle continue à dépenser sans compter.

— A t'entendre, on pourrait croire que je suis le diable en personne.

— C'est effectivement ce que je pense, acquiesça-t-elle froidement. Tu es un manipulateur dénué de tout scrupule qui ne pense qu'à ses propres intérêts.

— Tu as vraiment une curieuse façon de négocier.

— Ce n'est pas ce que je cherche à faire.

— Quel dommage, ironisa-t-il. Ta mère était convaincue que tu parviendrais à m'amadouer...

— C'est qu'elle est encore plus naïve que je ne le pensais !

La colère qui grondait à présent en elle lui avait fait élever la voix et plusieurs passants leur jetèrent des regards curieux.

— Crois-tu vraiment qu'il soit convenable de débattre des difficultés financières de ta mère en pleine rue ? lui demanda Luca d'un ton légèrement réprobateur. Ce n'est pas ainsi que l'on parle affaires à Venise, tu sais.

— Justement, je ne suis pas vénitienne.

Un demi-sourire flotta sur les lèvres de son interlocuteur.

— Effectivement, concéda-t-il. Les Australiens sont connus pour leur parler franc et direct. Mais je persiste à penser que nous serions mieux à l'intérieur pour nous entretenir de ces sujets. Si tu ne veux pas en parler en présence de ta mère, peut-être accepteras-tu de venir chez moi.

A cette simple idée Tina sentit un long frisson la parcourir. L'idée de se retrouver seule chez Luca l'emplissait d'effroi. C'était là qu'elle l'avait vu pour la dernière fois, là qu'ils avaient passé la nuit ensemble avant de se séparer en si mauvais termes.

— Très bien, déclara-t-elle. Suis-moi.

Sur ce, elle se détourna sans attendre sa réponse et se dirigea vers la porte d'entrée de la maison.

— Voilà qui promet, l'entendit-elle murmurer.

Une fois de plus, elle se demanda ce qu'il pouvait bien attendre de cette entrevue. Pourquoi avait-il prétendu être son ami ? Pourquoi s'était-il arrangé pour la faire venir ici ? Avait-il l'intention de se moquer d'elle une fois de plus ? Voulait-il simplement la faire de nouveau souffrir ?

Qu'est-ce qui pouvait bien motiver un tel acharnement ? Elle ne lui avait pourtant jamais fait aucun mal...

Lorsqu'ils pénétrèrent dans la maison, ils se retrouvèrent nez à nez avec Carmela qui les considéra sans dissimuler sa stupeur. Mais Luca la salua de façon très cordiale en italien. Agacée, Tina réalisa qu'elle ne comprenait pas le détail de ce qu'il disait à la vieille femme, mais elle vit la gouvernante rougir légèrement et le remercier.

Apparemment, elle n'était pas la seule à être réceptive au charme qui émanait de cet homme redoutable. Cela n'avait d'ailleurs rien de très surprenant : Luca était un séducteur-né et rares devaient être les femmes capables de lui résister.

— Où est Lily ? demanda-t-elle à la gouvernante, légèrement agacée.

— Elle est allée se coucher, répondit Carmela. Je crois qu'elle avait très mal à la tête.

Mal à la tête ? Cela n'avait rien d'étonnant. Lily avait l'art de fuir la réalité. Mais elle était prête à parier que dès le lendemain, elle aurait oublié ses problèmes et serait prête à faire du shopping comme si de rien n'était.

— Allez vous installer dans le grand salon, leur conseilla la gouvernante. Je vous apporterai des rafraîchissements.

Tina hocha la tête et se dirigea vers la pièce de réception qui s'ouvrait sur leur gauche. C'était une salle immense, très haute de plafond, dont les murs étaient décorés de fresques représentant des scènes inspirées de la mythologie gréco-romaine.

Comme le reste de la maison, elle était désormais emplie d'un véritable bric-à-brac de verroteries et de bibelots qui, loin de la mettre en valeur, lui donnait de faux airs de caverne d'Ali Baba.

— Tu as maigri, Valentina, dit alors Luca. Soit tu travailles trop, soit tu ne manges pas assez...

Elle le fusilla du regard. De quel droit se permettait-il ce genre de remarque ? Il n'avait aucun droit sur elle.

— Nous avons tous changé, répondit-elle sèchement. Nous sommes plus vieux et, je l'espère, plus sages que nous ne l'étions.

Luca lui décocha l'un de ces sourires irrésistibles dont il avait le secret.

— Certaines choses ne changent pas, pourtant, déclara-t-il. Tu es toujours aussi belle, Valentina...

Elle serra les dents pour ne pas hurler de colère et de frustration. Pour qui se prenait-il ? Avait-il oublié que c'était lui qui l'avait plaquée sans le moindre égard, juste après avoir passé la nuit avec elle ?

— Tu es peut-être un peu plus susceptible que tu ne l'étais, il y a trois ans, mais ce n'est pas si surprenant. Tu as toujours été très passionnée...

— Arrête ces boniments, l'interrompit-elle avec irritation. Je ne suis vraiment pas d'humeur à écouter tes roucoulades. Nous savons tous deux pourquoi tu es là.

Un sourire singulier se dessina sur les lèvres de Luca.

— Si tu le sais, c'est que tu as une longueur d'avance sur moi, répondit-il de façon assez énigmatique.

— Je viens d'éplucher les comptes de ma mère, reprit-elle. Je sais que tu lui as avancé des sommes astronomiques. Et je sais que l'un de tes cousins la pousse à acquérir toutes sortes d'objets d'art plus onéreux les uns que les autres.

— Rien ne la force à les acheter, répondit Luca sans prendre la peine de nier. C'est elle qui a décidé d'investir dans l'artisanat italien. Matteo ne fait que la conseiller et je t'assure qu'il est un grand connaisseur en la matière.

— Tu sais très bien qu'elle n'a pas les moyens de s'offrir tout cela !

— Bien sûr que si, objecta-t-il. Ta mère n'a peut-être pas beaucoup de liquidités mais elle dispose de solides actifs.

— Le *palazzo*. C'est pour cela que tu lui prêtes cet argent, n'est-ce pas ? Parce que tu veux mettre la main dessus.

— Cette maison a appartenu à ma famille durant des générations, répondit-il gravement. Nous en avons toujours pris soin.

Il engloba d'un geste le bâtiment dans lequel ils se trouvaient.

— As-tu vu à quelle vitesse elle se dégrade depuis qu'Eduardo n'est plus de ce monde ?

— Ce ne serait pas le cas si ton cousin laissait à Lily de quoi l'entretenir, objecta-t-elle.

Pourtant, même à ses propres oreilles, sa voix manquait de conviction. Si elle n'avait pas acheté tant de bibelots, sa mère aurait probablement dépensé tout son argent en vêtements et en loisirs, elle ne l'ignorait pas. Et le regard que lui lança Luca indiquait clairement qu'il n'était pas dupe.

— Pourquoi lui as-tu dit que nous étions amis ? insista-t-elle.

Il parut considérer longuement la question avant de hausser les épaules.

— A vrai dire, je ne savais pas comment qualifier notre relation, déclara-t-il enfin.

— Peut-être parce que nous n'en avons pas.

— Tu ne peux pas dire cela, protesta vivement Luca.

Elle se demanda s'il était réellement vexé ou s'il feignait seulement de l'être.

— C'est pourtant vrai. Nous avons passé une nuit ensemble, ce que je regrette amèremen, et…

— Ce n'était pourtant pas si déplaisant, l'interrompit-il.

— Si c'est ce que tu penses, c'est que tu dois me confondre avec une autre de tes maîtresses, rétorqua Tina. Je ne doute pas qu'il y en ait eu beaucoup et tu dois finir par les mélanger, à la longue…

Elle s'était exprimée avec froideur et dédain. Luca se raidit, visiblement blessé par ses paroles. Mais elle s'en moquait : rien de ce qu'elle pourrait lui faire n'égalerait ce qu'il lui avait fait endurer.

— Je ne te confondrais avec aucune autre, déclara-t-il enfin d'une voix vibrante de colère contenue. Rares sont celles qui ont le don de me pousser à bout de cette façon…

Il se détourna et se dirigea vers la fenêtre qui donnait sur le canal. Planté devant la vitre, il croisa les bras en lui tournant le dos.

— Lorsque ta mère est venue me voir pour me demander

de l'argent, j'ai tout de suite compris que j'avais une chance de récupérer la maison de mon oncle, déclara-t-il. J'ai toujours été convaincu qu'elle avait usurpé ce titre de propriété. Elle n'aimait pas mon oncle et elle ne l'a épousé que pour son argent.

Tina ouvrit la bouche pour prendre la défense de sa mère mais la referma aussitôt. Comment aurait-elle pu le contredire de façon crédible alors qu'elle partageait la conviction de Luca ? Lily n'avait d'ailleurs jamais vraiment fait mystère du caractère très intéressé de ses mariages successifs.

— Je n'ai pas eu beaucoup de mal à parvenir à mes fins, reprit Luca qui lui tournait toujours le dos. Et plus rien aujourd'hui ne m'empêche de faire saisir le *palazzo* et de le racheter.

— Si ta décision est prise, pourquoi tenais-tu tellement à me voir ? Pourquoi as-tu laissé entendre à ma mère que nous étions amis et que je pouvais négocier un délai ?

— Peut-être tout simplement parce que je voulais te revoir, répondit-il en se tournant enfin vers elle.

Son regard de braise la transperça de part en part. Malgré elle, Tina sentit redoubler le rythme des battements de son cœur.

— Je ne te crois pas.

Elle devait rester ferme. Non, elle ne pouvait se permettre de se laisser charmer par cet homme. Ne lui avait-il pas déjà démontré qu'il n'était pas digne de confiance ?

— Peu importe, répliqua-t-il. Tout ce qui compte, c'est que tu as une chance de sauver ta mère.

— Crois-tu vraiment que je dispose d'assez d'argent pour rembourser la dette extravagante qu'elle a accumulée ?

Il secoua doucement la tête.

— Qui t'a parlé d'argent ?

Tina le considéra avec un mélange de stupeur et de dégoût.

— Je n'ai rien qui puisse t'intéresser, articula-t-elle enfin.

— Tu te sous-estimes, *cara*.

Le cœur de Tina battait si vite à présent qu'elle se demanda si elle n'allait pas succomber à un malaise.

— Ecoute bien l'offre que je vais te faire, Valentina, poursuivit Luca d'un ton aussi calme et posé que s'ils étaient en train de discuter du temps qu'il faisait ce jour-là. Quoi que tu puisses en penser, je ne suis pas un monstre. Je ne tiens pas à ce que ta mère se retrouve à la rue du jour au lendemain. Je suis donc prêt à lui faire don d'un confortable appartement qui donne sur le Grand Canal. Connaissant ses goûts dispendieux, je lui accorderai même une pension mensuelle...

Cela paraissait trop beau pour être vrai. Et Tina avait appris à ses dépens que ce genre de miracle n'existait pas.

— Et que veux-tu, en échange ? murmura-t-elle.

— Toi, répondit-il.

Elle ? Luca était-il devenu fou ? Croyait-il vraiment qu'elle allait accepter un tel marché après ce qui s'était passé entre eux, la dernière fois ? La prenait-il pour une fille facile que l'on pouvait acheter ?

L'accès de colère qu'elle sentait monter en elle était si intense qu'elle dut faire appel à toute la force de sa volonté pour ne pas se jeter sur lui et le gifler.

— Je crois que j'en ai assez entendu, déclara-t-elle d'une voix vibrante de rage. Tu devrais partir, à présent. Nous n'avons plus rien à nous dire.

— Tu devrais tout de même réfléchir à ma proposition, objecta-t-il.

— Je ne crois pas que ce soit nécessaire.

— Tu laisserais donc Lily se faire exproprier ?

— Elle est assez grande pour prendre ses responsabilités. Si elle se retrouve vraiment à la porte de sa propre maison, elle n'aura qu'à s'en prendre à elle-même. Personne ne l'a obligée à amasser de telles dettes, et...

— Mais c'est ta mère, l'interrompit Luca.

— Tu aurais dû un peu mieux étudier son dossier, rétorqua-t-elle d'une voix blanche. Tu saurais alors qu'elle m'a abandonnée alors que j'étais encore bébé et que c'est mon père qui m'a élevée.

Je n'ai jamais été proche de Lily. Certainement pas assez, en tout cas, pour me prostituer pour elle...

— C'est curieux, murmura Luca d'un ton pensif. Ton père, lui, a fait preuve de beaucoup plus d'empressement...

Tina se figea tandis qu'un tressaillement glacé courait le long de sa colonne vertébrale.

— Mon père ? articula-t-elle. Que vient-il faire dans cette histoire ?

— Eh bien, ta mère a dû l'appeler pour lui faire part de ses malheurs...

En effet, sa mère avait mentionné un coup de téléphone à son père, peu de temps après son arrivée, mais quel rapport ?

— Contrairement à toi, il a tout de suite proposé de l'aider à faire face à ses difficultés, poursuivit Luca. Et il m'a téléphoné pour me dire qu'il était prêt à hypothéquer sa ferme de façon à pouvoir rembourser les dettes de Lily. Qu'un homme soit prêt à se sacrifier pour voler au secours de son ex-femme, j'avoue que cela m'a sidéré. Mais j'imagine que c'est plus pour toi que pour elle qu'il l'a fait.

4

— Comment as-tu pu faire une chose pareille ? s'exclama Tina en pénétrant dans la chambre de sa mère.

Elle savait que Lily ne dormait pas encore puisqu'elle venait de demander à Carmela de lui apporter une tasse de thé.

— Tu pourrais frapper avant d'entrer !

— Comment as-tu pu entraîner papa dans cette histoire ? s'écria Tina, folle de rage. Luca m'a dit qu'il était prêt à hypothéquer la ferme !

— Luca est ici ? s'exclama Lily en se redressant sur son lit.

— Il vient tout juste de partir. Mais il a eu le temps de me présenter son ignoble proposition. Est-ce que tu étais au courant ? Est-ce que c'est toi qui as eu l'idée de lui donner ta fille pour régler ta dette ?

Lily la considéra avec une stupeur si évidente que Tina comprit qu'elle n'avait aucune part de responsabilité dans cet odieux chantage.

— Il t'a vraiment proposé un tel marché ? demanda sa mère.

Tina hocha la tête.

— J'imagine que cela explique pourquoi il tenait tant à ce que tu viennes. Tu en as de la chance…

Tina ouvrit de grands yeux, partagée entre stupeur et révolte.

— De la chance ?

— Bien sûr ! Et moi qui pensais qu'il ne s'intéressait pas au sexe.

— Je t'en prie, ne me dis pas que tu lui as fait des avances, murmura Tina, de plus en plus horrifiée.

— Et pourquoi pas ? C'est un homme très séduisant.

Lily soupira d'un air tragique.

— Tu sais, Valentina, il n'est pas facile pour une femme d'avoir cinquante ans. On a soudain l'impression de devenir transparente. C'est comme si plus personne ne s'intéressait à moi... Tu devrais te réjouir d'éveiller un tel désir chez un homme.

— Cela n'a vraiment rien de flatteur, objecta Tina.

— Bien sûr que si. Luca est quelqu'un de très séduisant.

Un sourire rêveur se dessina sur les lèvres de Lily.

— Qui sait ? ajouta-t-elle. Si tu te débrouilles bien, tu as peut-être une chance de lui mettre le grappin dessus.

Tina ne savait plus trop si elle devait se sentir en colère ou bien désolée pour sa mère.

— Cela ne risque pas d'arriver, étant donné la façon dont je l'ai éconduit, déclara-t-elle.

Lily lui jeta un coup d'œil interloqué.

— Et c'est alors qu'il m'a parlé de la proposition de papa, poursuivit Tina. Est-ce pour cela que tu l'as appelé ? Parce que tu voulais t'assurer qu'il te resterait une porte de sortie, au cas où je ne parviendrais pas à résoudre ton problème ?

Lily ne répondit pas.

— Tu n'as donc aucune dignité ? s'emporta Tina. Comment peux-tu demander une chose pareille à un homme que tu as abandonné, il y a plus de vingt-cinq ans ? Papa aurait toutes les raisons du monde de te haïr.

— C'est vrai, reconnut Lily sans se démonter. Et pourtant, Mitch ne me déteste pas. Je me dis parfois que de tous les hommes avec lesquels je suis sortie, il est celui qui m'a le plus aimée.

— On ne peut pas dire qu'il en ait été récompensé.

Lily haussa les épaules.

— Pour en revenir à Luca, je ne comprends pas pourquoi tu

l'as repoussé, déclara-t-elle. Des tas de femmes se damneraient pour pouvoir passer une nuit avec lui.

— Je l'ai déjà fait, répliqua Tina, agacée.

Un sourire appréciatif se peignit sur les lèvres de Lily. C'était bien la première fois qu'elle paraissait impressionnée par quelque chose que Tina avait fait.

— Pourquoi ne m'en as-tu jamais rien dit ? s'exclama-t-elle.

— Parce que cela s'est mal terminé.

— Que veux-tu dire ? Qu'il n'est pas tombé amoureux ? Qu'il ne t'a pas fait de grandes promesses d'amour éternel ? Ce que tu peux être naïve, parfois, ma chérie...

Tina fut frappée par le mélange de désillusion, de cynisme et de résignation qui perçait dans la voix de sa mère. Jamais elle ne lui avait paru si désabusée qu'en cet instant. Et si elle n'avait pas été aussi furieuse contre elle, elle l'aurait peut-être prise en pitié.

— Il m'a dit que j'étais bien la fille de ma mère et que c'était au lit que je donnais le meilleur de moi-même, répondit-elle froidement.

Jamais elle n'aurait imaginé répéter un jour les paroles blessantes que Luca avait prononcées ce matin-là. Mais elle estimait que sa mère avait peut-être besoin de les entendre pour prendre conscience de la bassesse de cet homme qu'elle paraissait tant admirer.

— Il a vraiment dit ça ? lui demanda Lily, surprise.

— Oui.

— Et tu as cru que c'était une insulte ?

Tina secoua la tête avec incrédulité. A vrai dire, au cours de cet échange, elle en avait appris bien plus au sujet de sa mère qu'elle ne l'aurait voulu.

— Au risque de te décevoir, je t'assure que ce n'était pas un compliment, déclara-t-elle. D'ailleurs, il s'est débarrassé de moi au petit matin.

— Ce sont des choses qui arrivent, acquiesça Lily d'un air entendu. Il ne faut pas en faire tout un plat.

— Sauf que j'ai découvert peu de temps après que j'étais enceinte.

Tina se figea en entendant les mots qui venaient de franchir ses propres lèvres. Elle n'avait jamais eu l'intention de confier ce secret à sa mère. Mais son indifférence blasée lui avait fait perdre son calme.

— Enceinte ? De Luca Barbarigo ?

Tina hocha la tête.

— Mais... Pourquoi ne l'as-tu pas forcé à t'épouser ? s'exclama Lily, visiblement abasourdie.

La question la prit complètement de court. De toute évidence, Lily et elle ne vivaient pas dans le même univers. Leurs systèmes de valeurs étaient même diamétralement opposés l'un à l'autre.

— Sais-tu que Luca est l'un des hommes les plus fortunés de cette ville ? insista Lily. De plus, il vient d'une très vieille famille vénitienne. L'un de ses ancêtres a même été doge !

— Et alors ? Ce n'était qu'une aventure d'une nuit, une histoire sans conséquence. Nous n'avions jamais eu l'intention d'avoir un enfant.

— Peut-être, mais si tu t'étais mariée avec Luca, nous n'en serions pas là aujourd'hui.

Ebahie, Tina fusilla sa mère du regard.

— Comment peux-tu être aussi égocentrique ? s'exclama-t-elle. Tu n'as donc aucune morale ?

— Je me considère comme quelqu'un de pragmatique, répliqua Lily sans se démonter le moins du monde. Imagine ce que serait ton existence, aujourd'hui : tu vivrais dans le luxe et l'opulence. Tu serais libre de faire tout ce que tu désires. Au lieu de cela, tu élèves des moutons dans une ferme perdue au fin fond de l'Australie...

Le mépris qui perçait dans la voix de sa mère était si total que Tina sentit voler en éclats les dernières illusions qu'elle conservait au sujet de cette femme.

Jusqu'alors, elle était toujours parvenue à se convaincre que sous son égoïsme de façade, Lily cachait un bon fond. Mais elle comprenait à présent qu'il ne dénotait en réalité qu'un cynisme absolu.

— J'en ai assez entendu, murmura-t-elle en luttant contre les larmes de déception et d'amertume qui menaçaient de la submerger. Je crois que nous n'avons plus rien à nous dire. Au revoir, Lily.

Sur ce, elle se détourna et quitta à grands pas la chambre de sa mère sans tenir compte de ses protestations.

Moins d'une heure plus tard, Tina se tenait devant un magnifique hôtel particulier situé au bord d'un canal secondaire, loin des foules de touristes qui se pressaient autour de la place Saint-Marc.

La colère, la révolte et l'incompréhension qui l'avaient submergée un peu plus tôt avaient laissé place à un profond sentiment de vide et d'impuissance.

Après avoir récupéré son sac et quitté le *palazzo* de sa mère, elle était allée dans un café pour appeler son père et lui indiquer qu'elle comptait rentrer en Australie. Elle lui avait également demandé de renoncer à son projet d'hypothéquer la ferme. Mais elle avait alors découvert qu'il était déjà trop tard.

— Je viens de faxer tous les documents à M. Barbarigo, lui avait expliqué Mitch. Tu n'as pas à t'en faire : tout est réglé.

En entendant ces mots, Tina avait eu l'impression presque physique que le piège que lui avait tendu Luca se refermait sur elle. Pendant de longues secondes, elle était demeurée silencieuse, l'esprit en ébullition, tentant vainement de trouver une échappatoire à cette situation. Hélas, elle avait fini par comprendre qu'il n'y en avait qu'une.

— Finalement, je vais peut-être rester ici un peu plus longtemps, avait-elle répondu d'une voix blanche.

— Excellente idée ! s'était-il exclamé avec enthousiasme. Profite un peu de tes vacances, prends du bon temps et rapporte-moi un souvenir de là-bas.

— Tu es sûr que ça ira ?

— Ne t'en fais pas pour moi. Je suis entre de bonnes mains...

Sur le moment, Tina n'avait pas prêté attention à cette remarque. Trop troublée par les récents événements, elle avait pris congé de son père. Ce n'est qu'après avoir raccroché qu'elle s'était rappelé l'allusion qu'il avait faite au sujet de Deidre Turner.

Il fallait croire que ce voyage à Venise ferait au moins le bonheur de quelqu'un... Quant à elle, c'était un mélange de détresse, de frustration et d'impuissance qui l'habitait.

Bien sûr, elle aurait pu rentrer en Australie comme si de rien n'était. Mais elle ne se faisait aucune illusion sur les conséquences d'une telle décision : momentanément libérée de ses obligations, sa mère se remettrait à dépenser sans compter.

Tôt ou tard, Luca exigerait un remboursement auquel elle serait parfaitement incapable de procéder. Et il saisirait non seulement le *palazzo*, ainsi qu'il en avait toujours eu l'intention, mais aussi l'élevage de Mitch.

Son père en aurait le cœur brisé. Il avait consacré son existence tout entière à cette ferme qu'il avait bâtie de ses propres mains. Durant toutes ces années, il avait travaillé dur, ne prenant quasiment jamais de vacances et sacrifiant bien souvent son propre confort à celui de ses bêtes.

Ce n'était pas pour lui une simple profession mais un véritable sacerdoce. Non, il ne supporterait jamais de se trouver dépossédé des terres qui constituaient son seul trésor, sa plus grande fierté.

Si elle laissait les choses en arriver là, Tina ne se le pardonnerait jamais, elle le savait. Et il n'existait qu'une façon d'empêcher ce désastre. Il lui suffisait pour cela de se soumettre aux conditions de Luca. Au fond, que signifiait une nuit de sexe au regard d'une vie de labeur ?

Oui, elle ravalerait sa fierté et se donnerait à lui. Puis, une fois qu'il aurait déchiré le contrat qui l'unissait à son père, elle regagnerait l'Australie et s'efforcerait de ne plus jamais penser à ce qui s'était passé ici.

Après tout, cette nouvelle épreuve ne pourrait être pire que celle qu'elle avait traversée trois ans auparavant dans des circonstances similaires. Et cette fois, elle prendrait toutes les précautions qui s'imposaient…

L'hôtel particulier de Luca était éclairé, ce qui signifiait probablement qu'il était chez lui. Rassemblant son courage, Tina prit une profonde inspiration et traversa la rue pour aller sonner. Le cœur battant à tout rompre, elle attendit qu'on vienne lui ouvrir.

Quelques instants plus tard, le judas de la porte d'entrée s'ouvrit, laissant apparaître le visage d'un domestique.

— Que puis-je pour vous ? lui demanda-t-il en italien.

— Je suis venue voir Luca Barbarigo, répondit-elle en anglais.

— Est-ce que vous avez rendez-vous ?

— Non. Mais dites-lui que Valentina Henderson est ici. Je suis certaine qu'il me recevra.

Le domestique la considéra avec curiosité mais il était bien trop distingué pour émettre le moindre commentaire.

— Si vous voulez bien attendre quelques instants, lui dit-il.

Le judas se referma et elle entendit ses pas s'éloigner. Luttant contre la nervosité qui la rongeait de l'intérieur, Tina se concentra sur le rythme de sa respiration. Quelques minutes plus tard, le domestique revint lui ouvrir.

— Si vous voulez bien me suivre, lui dit-il en s'inclinant légèrement. Le *signor* Barbarigo vous attend dans son bureau…

Il s'interrompit en avisant le sac à dos qu'elle portait.

— Peut-être voudriez-vous le poser dans l'entrée, suggéra-t-il.

Tina hocha la tête et déposa son bagage au pied du magnifique portemanteau de style Art nouveau. Elle emboîta ensuite le pas au maître d'hôtel. Le *palazzo* était aussi beau que dans son souvenir. Il témoignait à la fois du goût très sûr de son propriétaire et de sa préférence marquée pour le dépouillement.

Il n'y avait que peu d'éléments de décoration mais chaque tableau, chaque meuble et chaque bibelot était choisi avec soin, tant pour son esthétique propre que pour contribuer à l'harmonie de l'ensemble de la pièce.

L'impression qui se dégageait des lieux était diamétralement opposée à celle du *palazzo* de Lily. Tout était à la fois moderne, élégant et fonctionnel. Et cette sobriété qui aurait pu sembler austère était contrebalancée par le souci du confort et le choix de couleurs chaleureuses.

Tandis qu'ils gravissaient l'escalier menant au premier étage, Tina sentit une multitude d'émotions contradictoires l'envahir. Il y avait toujours de l'angoisse et de la colère, bien sûr. Mais elles se doublaient à présent d'un trouble nettement moins avouable. Car si son esprit se révoltait contre la perspective de ce qu'elle s'apprêtait à faire, son corps, lui, se souvenait du plaisir qu'elle avait éprouvé entre les bras de Luca…

Elle ne pouvait s'empêcher de se demander si elle retrouverait cette incroyable intensité, ce déferlement incontrôlable de sensations qui l'avait envahie quand ils avaient fait l'amour.

L'ambiguïté de ses sentiments ajoutait encore à son malaise. Assez ! Elle n'était pas une vierge effarouchée jetée en pâture à un prédateur. Ce qui allait se passer entre ces murs n'était rien d'autre qu'une tractation, un échange ignoble auquel elle n'avait d'autre choix que de procéder.

Hors de question d'y investir le moindre affect, le moindre sentiment. Et si elle éprouvait réellement du plaisir, il s'agirait d'une réaction purement physiologique, rien de plus.

Rassérénée, elle se prépara mentalement à la confrontation qui l'attendait. Malgré les circonstances, elle refusait de se présenter en victime propitiatoire. Luca aurait peut-être son corps mais elle conserverait sa dignité.

Le domestique frappa à l'une des portes qui donnaient sur le palier du premier étage.

— Entrez, fit la voix de Luca.

Le domestique poussa le battant et s'effaça pour la laisser

passer. A peine était-elle entrée, qu'il referma derrière elle, la laissant seule avec Luca.

Luca s'était levé pour l'accueillir. Elle évita soigneusement son regard, préférant observer le sanctuaire dans lequel elle se trouvait.

Le bureau était plus dépouillé encore que le reste de la maison. Rien ici n'accrochait le regard, ne détournait l'attention. Le mobilier était constitué d'une grande armoire de métal noir, de trois chaises confortables et d'une table de travail de bois sombre aux lignes épurées sur laquelle étaient posés un ordinateur portable et d'épais dossiers que Luca était manifestement en train d'étudier au moment où elle était entrée.

— Valentina, la salua-t-il. En voilà, une surprise...

— Il me semble au contraire que tu devais t'attendre à ma venue, répondit-elle d'une voix glaciale.

Il eut le bon goût de ne pas protester.

A présent qu'elle se trouvait au pied du mur, Tina se sentit de nouveau gagnée par la nervosité. Une envie irrésistible de prendre la fuite sans demander son reste et de laisser ses parents se débrouiller seuls l'envahit. Après tout, elle n'était pas responsable de leurs erreurs...

Elle se reprit pourtant et s'avança dans la pièce en feignant une décontraction qu'elle était loin d'éprouver. Avec une lenteur délibérée, elle fit coulisser la fermeture Eclair de son blouson.

Elle avait la désagréable impression de ne pas être dans son élément. Rien ne l'avait préparée à jouer les strip-teaseuses pour un homme qui avait dû connaître des dizaines de femmes différentes.

Elle laissa tomber le blouson à ses pieds et eut la satisfaction de voir les yeux de Luca s'écarquiller légèrement. Apparemment, il ne s'était pas attendu à cela. Encouragée par cette réaction, elle alla s'asseoir sur le bord de son bureau.

— Qu'est-ce que tu fais, exactement ? lui demanda-t-il en haussant un sourcil étonné.

— Cela ne se voit pas ? répondit-elle.

Du bout du pied, elle se défit des tennis qu'elle portait.

— Tu m'as fait une offre, il me semble, ajouta-t-elle.

D'un geste bien plus assuré qu'elle ne l'était elle-même, elle ôta son T-shirt qu'elle lui lança à la figure. Peut-être aurait-elle dû choisir un soutien-gorge plus sexy que celui qu'elle portait ce jour-là, mais il était trop tard pour en changer. Curieusement, plus elle se déshabillait et plus elle gagnait en audace.

Elle enleva alors l'élastique qui retenait ses longs cheveux blond vénitien et les laissa retomber en cascade sur ses épaules. Cela faisait trois ans qu'elle ne s'était pas dénudée devant un homme. Jamais elle n'aurait pensé que, le jour où cela se produirait, ce serait de nouveau devant Luca.

Ce dernier ne bougeait plus. Figé, il la contemplait avec un mélange de stupeur et d'admiration qui, en d'autres circonstances, aurait pu lui paraître flatteur. Mais pas aujourd'hui. Aujourd'hui, il ne s'agissait que d'une simple tractation commerciale.

— Après réflexion, j'ai décidé de l'accepter, ajouta-t-elle en débouclant sa ceinture.

Elle s'interrompit brusquement, comme si une idée venait de lui traverser l'esprit.

— Bien sûr, lui dit-elle, il faut que tu me promettes que tu renonceras à l'hypothèque que mon père t'a proposée.

— Je te l'ai dit : je suis prêt à annuler la dette de ta mère, à lui offrir un appartement et une pension. Quant à ton père, il sera libéré de toute obligation.

— Parfait, acquiesça-t-elle en tirant sur sa ceinture qu'elle laissa négligemment tomber sur le sol.

— Quant à mes propres conditions…, reprit-il.

Tina s'immobilisa. Ses conditions ? N'était-elle pas justement en train d'y répondre ?

— Eh bien, je me disais qu'un mois de vie commune serait une contrepartie raisonnable, conclut Luca.

A ces mots, un mélange de stupeur et d'incrédulité l'envahit.

— Un mois ? répéta-t-elle.

Il haussa les épaules.

— Tu ne pensais tout de même pas que je me contenterais d'une simple nuit. Après tout, tu connais l'importance de la dette que ta mère a contractée...

— Ce n'est pas possible, objecta-t-elle, sentant le contrôle de la situation lui échapper de nouveau. Un mois, c'est beaucoup trop long. J'ai du travail en Australie.

Luca fit mine d'hésiter. Il était évident que cette situation l'amusait au plus haut point.

— Dans ce cas, disons deux semaines. Tu peux bien te permettre de prendre deux semaines de vacances, n'est-ce pas ?

Tina comprit qu'elle n'avait guère le choix. Il dut le lire dans son regard car il hocha la tête d'un air satisfait.

— Parfait, déclara-t-il. Dans deux semaines, tes parents et toi retrouverez votre liberté.

Il se dirigea vers la porte de son bureau.

— Aldo te montrera ta chambre, ajouta-t-il. Je te souhaite une bonne nuit, Valentina. Fais de beaux rêves.

Sur ce, il sortit, la laissant seule, à moitié nue et complètement désorientée par la tournure inattendue qu'avaient prise les événements.

5

Lorsque Tina ouvrit les yeux, ce matin-là, il lui fallut quelques instants pour comprendre ce qu'elle faisait dans cette chambre magnifique.

Puis, lentement, les souvenirs lui revinrent.

Elle se rappela son interminable voyage depuis l'Australie, le temps qu'elle avait passé à éplucher les comptes de sa mère, sa dispute avec celle-ci et sa tentative de strip-tease avortée...

Après le départ de Luca, elle s'était piteusement rhabillée et avait quitté le bureau. Aldo, le maître d'hôtel, l'avait alors conduite à sa chambre et lui avait apporté une collation. Elle avait mangé sans appétit, s'était douchée puis s'était effondrée sur son lit et avait plongé dans un sommeil sans rêves.

Jetant un coup d'œil en direction de la table de nuit, elle constata que le réveil qui y était posé indiquait 3 heures de l'après-midi. Stupéfaite, elle se redressa sur son lit. Cela faisait une éternité qu'elle n'avait pas dormi aussi longtemps d'affilée. Mais sans doute fallait-il y voir une conséquence de toutes les péripéties de la veille.

Hélas, elle n'était probablement pas au bout de ses surprises. Elle venait de s'engager à passer deux semaines entières en compagnie de Luca et, à vrai dire, elle ne parvenait pas encore à prendre toute la mesure de cette promesse.

Lorsqu'il lui avait proposé de coucher avec elle en échange de l'annulation de la dette de Lily, elle avait cru à un simple caprice.

Après tout, un homme aussi riche et aussi puissant que lui était peut-être familier de tels procédés.

Or non seulement il avait exigé deux semaines de son temps mais, de plus, il avait refusé de faire l'amour avec elle alors même qu'elle s'était offerte à lui.

Qu'attendait-il donc réellement d'elle ? Plus elle ressassait cette question et moins la réponse lui paraissait évidente. Elle avait cependant la conviction qu'il ne s'agissait pas uniquement de sexe.

Peut-être était-ce une forme de jeu pervers. Peut-être voulait-il l'humilier, la détruire mentalement, plus que physiquement. Peut-être avait-il juste besoin de quelqu'un pour jouer le rôle de sa compagne pendant quelque temps...

Ne sachant qu'en penser, elle se leva et alla prendre une douche rapide avant d'enfiler un peignoir de bain. De retour dans sa chambre, elle chercha vainement son sac à dos et les affaires qu'elle portait la veille. Quelqu'un avait dû venir les ramasser pendant son sommeil.

Comme elle hésitait sur la conduite à tenir, elle remarqua une sorte de petit Interphone posé sur le secrétaire. Elle pressa la touche qui permettait de l'activer.

— *Si ?* fit la voix d'Aldo.

— C'est Tina, lui dit-elle.

— *Si, signorina*, j'arrive tout de suite.

De fait, quelques minutes plus tard, il frappait doucement à sa porte.

— Entrez.

Aldo s'avança et déposa sur le guéridon le plateau qu'il tenait et sur lequel étaient posés une théière, une cafetière et un assortiment de pâtisseries.

— J'ai pris la liberté de vous préparer une petite collation, *signorina*.

— Merci beaucoup. Savez-vous où se trouve Luca ?

— Le *signor* Barbarigo est à son bureau, à la banque, répondit Aldo, visiblement surpris par cette question.

— Bien sûr, murmura-t-elle.

Après tout, ce n'était pas parce que son propre univers se trouvait complètement bouleversé que le monde autour d'elle ne continuait pas à tourner normalement. Mais cela ne l'empêchait pas de se sentir complètement désorientée.

— Quand doit-il rentrer ? s'enquit-elle.

— Je l'ignore, *signorina*. Puis-je faire quoi que ce soit d'autre pour vous ?

— Oui, répondit-elle, un peu embarrassée. A vrai dire, je ne trouve plus mes vêtements. Ni mon sac à dos…

— Je me suis permis de les ranger, déclara Aldo.

Il s'approcha d'une porte dissimulée dans l'un des panneaux du mur et l'ouvrit. Derrière lui elle distingua un immense dressing. Un petit tas de vêtements soigneusement pliés était posé sur l'une des étagères.

— Le reste de votre garde-robe ne devrait pas tarder à arriver, précisa le majordome.

Stupéfaite, Tina lui fit face.

— Mais je n'ai rien apporté d'autre.

Aldo haussa les épaules.

— Le *signor* Barbarigo a pris la liberté de commander quelques vêtements pour vous, expliqua-t-il.

Sur ce, il se retira, la laissant de nouveau seule. Tina s'habilla et avala le repas qu'Aldo lui avait apporté. Comme elle s'interrogeait sur ce qu'elle pourrait bien faire en attendant que Luca se manifeste, elle eut la surprise de voir arriver les vêtements que ce dernier avait fait livrer pour elle.

Sur le moment, elle crut qu'il s'agissait d'une plaisanterie. Car il ne s'agissait pas d'une ou deux tenues mais bien de toute une garde-robe qui aurait pu servir de stock à une petite boutique de centre-ville.

Le grand dressing ne tarda pas à être entièrement rempli. Il y avait toutes sortes de tenues : des robes du soir, des tailleurs, des habits plus décontractés, des sous-vêtements de toutes les couleurs, des plus sages aux plus osés, et même une impressionnante collection de chaussures.

Tous ces vêtements étaient à sa taille. Tous étaient neufs. Et tous arboraient les étiquettes de marques prestigieuses du prêt-à-porter. Il devait y en avoir pour plusieurs milliers d'euros, probablement plus que ce qu'elle avait dépensé pour sa garde-robe au cours des dix dernières années.

C'était non seulement superflu mais aussi très insultant. Sans attendre, elle se mit donc à la recherche d'Aldo.

Luca avait rarement passé une journée aussi peu productive. Il avait été incapable de se concentrer sur les dossiers urgents qui auraient dû accaparer toute son attention. Lors de la réunion hebdomadaire avec les principaux cadres de la banque, il s'était surpris plus d'une fois à se demander de quoi pouvaient bien parler les intervenants.

Son esprit n'avait cessé de vagabonder, revenant le plus souvent à la scène d'effeuillage que Valentina lui avait offerte la veille au soir.

Il avait de plus en plus nettement l'impression que la situation était en train de lui échapper. Il n'aurait su dire pourquoi il avait poussé Lily à faire venir sa fille d'Australie. Si ce n'est qu'il avait agi sous le coup d'une impulsion, pour satisfaire sa curiosité ou pour tenter d'exorciser une fois pour toutes la culpabilité qu'il éprouvait au sujet de ce qui s'était passé trois ans plus tôt.

Mais lorsqu'il avait revu Valentina, il était instantanément retombé sous le charme de la jeune femme. Malgré le temps qui s'était écoulé, elle n'avait pas changé. Il y avait toujours en elle ce mélange de charme et de simplicité, d'intelligence et de franchise, qui l'avait fasciné autrefois.

Elle lui avait pourtant fait comprendre de façon très explicite qu'elle ne voulait pas avoir affaire à lui. Elle s'était montrée froide et distante, voire désobligeante. Il en serait d'ailleurs resté là s'il n'avait perçu, derrière cette façade glaciale, le trouble qu'elle éprouvait à son contact.

Ce trouble, il l'avait lu dans chacun de ses regards, dans cette façon qu'elle avait de détourner les yeux lorsqu'il la contemplait un peu trop fixement, dans la distance excessive qu'elle maintenait continuellement entre eux, dans la violence même de son rejet qui ne pouvait s'expliquer uniquement par l'attitude cavalière dont il avait fait preuve trois ans auparavant.

Il avait compris que s'il n'agissait pas rapidement, elle repartirait pour l'Australie sans lui laisser la moindre chance de réparer ses erreurs passées. Et au lieu de s'y résigner, comme il l'aurait dû, il lui avait fait cette proposition indécente.

Il s'était dit qu'en la forçant à demeurer auprès de lui, il parviendrait peut-être à la reconquérir. Rétrospectivement, cela lui apparaissait comme l'une des idées les plus stupides qu'il ait jamais eues. Mais Valentina avait accepté et il était trop tard pour faire marche arrière à présent.

Elle l'avait également complètement pris de court en s'offrant à lui de façon aussi directe. Il avait eu beau prétendre le contraire, pour la déstabiliser, la faire sortir de cette réserve glaciale dans laquelle elle se retranchait, il ne comptait pas profiter de la situation. Tant qu'elle n'aurait pas vraiment envie de lui, il se ferait violence et briderait l'attirance qu'il éprouvait pour cette femme ensorcelante.

Mais il ferait tout ce qui serait en son pouvoir pour qu'elle s'abandonne à lui de son plein gré.

En rentrant chez lui en fin d'après-midi, il trouva Valentina installée dans le salon. Elle était assise en tailleur devant la table basse sur laquelle était posé un ordinateur portable qui devait dater du jurassique. La plupart des touches étaient à moitié effacées et, apparemment, il était impossible de créer une espace sans frapper de façon violente et répétée sur la barre correspondante.

— Qu'est-ce que tu fais ? lui demanda-t-il, curieux.

Elle sursauta violemment avant de relever les yeux vers lui.

Il crut la voir rougir légèrement, comme prise en faute, mais elle se reprit aussitôt et arbora une expression soigneusement indifférente.

— J'écris à mes amis pour leur signaler que je suis retenue en otage, répondit-elle.

— Ça n'a pas l'air évident, remarqua Luca tandis qu'elle se remettait à frapper frénétiquement la barre d'espacement.

Elle haussa les épaules.

— Est-ce que tu as reçu mon petit cadeau ? lui demanda-t-il.

— Tu veux parler des vêtements que tu as commandés ? lui demanda-t-elle.

Luca hocha la tête.

— Ils sont bien arrivés, confirma-t-elle.

— Et tu n'en as trouvé aucun qui t'a plu ? s'enquit-il en désignant la tenue qu'elle portait, un vieux jean déchiré au niveau du genou et un T-shirt qui avait dû être noir autrefois.

— Tu n'aimes pas mes vêtements ? lui demanda-t-elle d'un air de défi.

— C'est juste qu'ils ne sont pas très adaptés à l'endroit où je comptais t'emmener ce soir, répondit Luca, refusant de céder à la provocation.

— Aldo m'a parlé d'un restaurant, admit-elle.

— C'est l'un des meilleurs de Venise, précisa-t-il. Un endroit très chic... Je ne suis pas sûr qu'ils te laissent entrer, habillée comme ça.

— Il va falloir annuler la réservation, alors, déclara-t-elle d'un ton léger.

— Pourquoi donc ?

— Parce que j'ai renvoyé tous les vêtements.

Luca demeura sans voix.

— Je refuse de te devoir quoi que ce soit, lui dit-elle d'un ton sec.

— Je vois.

— Je ne suis pas ta chose.

— Je t'assure que j'ai passé l'âge de jouer à la poupée, lui assura-t-il en souriant. Je voulais juste te rendre service.

Elle le fusilla du regard.

— Si tu ne veux pas accepter de cadeau de ma part, tu n'as qu'à considérer ces vêtements comme un prêt, suggéra-t-il. Ils sont à ta disposition tant que tu séjourneras à Venise. Ensuite, j'en ferai don à une association caritative. Qu'en dis-tu ?

Il vit une lueur d'étonnement passer dans les yeux de Valentina et comprit qu'il venait de marquer un point.

— Malheureusement, je les ai renvoyés, répondit-elle pourtant.

Luca se dirigea vers l'Interphone qui était posé sur le bar du salon.

— Aldo, vous pourriez venir, s'il vous plaît ?

— Tout de suite, *signore*.

— Est-ce que je te sers quelque chose ? demanda-t-il en se retournant vers Valentina.

— Non merci, répondit-elle un peu sèchement.

Il sortit du réfrigérateur la bouteille de champagne rosé qu'il avait chargé Aldo de mettre au frais et remplit deux flûtes. Contournant le bar, il vint déposer l'une d'elles près de l'ordinateur de Valentina.

— Je crois me rappeler que tu aimais beaucoup ça, commenta-t-il.

Une fois de plus, elle le considéra avec surprise. De toute évidence, elle ne s'était pas attendue à ce qu'il s'en souvienne. Luca leva son verre en un toast muet et avala une gorgée du liquide frais et pétillant. Après une infime hésitation, Valentina fit de même.

Ils furent alors rejoints par Aldo.

— Que puis-je pour vous, *signore* ? s'enquit le majordome.

— Qu'avez-vous fait des vêtements que la *signorina* Henderson voulait renvoyer ?

— Je les ai entreposés dans la salle de sport, répondit Aldo.

Valentina lui jeta un regard accusateur et il s'inclina respectueusement.

— Les employés du magasin ne pouvaient repasser dans la journée, expliqua-t-il.

Luca connaissait suffisamment Aldo pour savoir qu'il s'agissait d'un mensonge destiné à ménager la susceptibilité de Valentina. Son majordome avait certainement compris qu'il désapprouverait la décision de la jeune femme. Mais il était bien trop diplomate pour le lui dire de façon aussi directe.

— C'est une chance, s'exclama Luca, jouant le jeu. Je viens tout juste de convaincre la *signorina* d'accepter ce prêt. Je suis désolé, Aldo, mais j'ai bien peur qu'il ne faille les remettre à leur place.

— Je vais charger Rosa de le faire immédiatement, *signore*, répondit Aldo.

Il quitta la pièce aussi discrètement qu'il était entré et Luca se tourna vers Valentina.

— Tu veux bien me rendre un petit service ? lui demanda-t-il d'une voix très douce.

— Lequel ?

— J'aimerais que tu mettes la robe couleur émeraude.

— Pourquoi ?

— Parce que lorsque je l'ai vue dans la boutique, je me suis dit qu'elle mettrait parfaitement en valeur la couleur de tes yeux et de tes cheveux. J'aimerais voir si je ne me suis pas trompé...

Tina ne parvenait toujours pas à croire que Luca ait pu choisir lui-même les vêtements qu'il lui avait prêtés. Non seulement ils témoignaient d'un goût exquis en matière de mode féminine mais, de plus, cette sélection avait dû lui prendre une bonne partie de la matinée. Et le fait qu'il se soit donné tout ce mal la touchait plus qu'elle ne l'aurait voulu.

Elle ne parvenait toujours pas à comprendre ce qu'il attendait d'elle, au juste. Après l'avoir forcée à accepter un arrangement révoltant, voilà qu'il se conduisait en parfait gentleman, faisant preuve à son égard d'un respect et d'une galanterie parfaits.

Comme s'il mettait un point d'honneur à lui rendre la tâche plus difficile. Car elle était bien décidée à le haïr et rien ne la ferait changer d'avis. Même s'il lui était impossible de concilier les différentes facettes de la personnalité de cet homme surprenant.

Comment l'homme qui l'avait traitée si durement trois ans auparavant et qui n'avait pas hésité à la faire chanter en menaçant son père pouvait-il simultanément se rappeler son champagne préféré ou dépenser pour elle une véritable fortune en vêtements ?

D'un œil critique, elle considéra son reflet dans la glace en pied de sa chambre à coucher. Elle avait presque du mal à se reconnaître. Luca ne s'était pas trompé : la robe qu'il lui avait conseillée lui allait à merveille. Elle était à la fois très élégante et terriblement sexy, suggérant plus qu'elle ne laissait voir.

Ses lignes fluides mettaient en valeur sa silhouette et la couleur s'accordait effectivement avec celle de ses cheveux, accentuant leurs reflets cuivrés. Le tissu était si agréable qu'elle sentait à peine le poids du vêtement. Cela lui donnait une impression de liberté, ce qui ne manquait pas d'ironie, étant donné les circonstances.

— Tu es magnifique.

Le cœur battant à tout rompre, Tina se tourna vers Luca dont la silhouette imposante se découpait dans l'embrasure de la porte. Lui aussi était très bien habillé. Le costume noir qu'il portait était parfaitement coupé, mettant en valeur sa carrure athlétique.

Malgré elle, elle ne put réprimer un petit frémissement de désir. C'était indéniablement l'homme le plus séduisant qu'elle ait jamais rencontré. Depuis qu'elle l'avait revu, elle comprenait mieux pourquoi elle avait été incapable de lui résister, trois ans auparavant.

Fort heureusement, elle était plus âgée et plus sage et savait aujourd'hui que les apparences les plus attrayantes pouvaient cacher les intentions les moins recommandables.

— Tu viens ? lui demanda-t-il en lui offrant le bras.

Elle hésita un instant avant de se décider à le rejoindre. Comme ils descendaient l'escalier, elle reconnut son eau de toilette et frémit de nouveau. C'était la même que celle qu'il portait lorsqu'ils avaient fait l'amour. Cette seule fragrance suffisait à éveiller en elle le souvenir diffus de leur étreinte, ce qui la déstabilisait encore un peu plus.

Ils sortirent par la porte qui donnait sur le jardin et le traversèrent pour gagner un petit ponton. Là, un bateau taxi les attendait. Luca l'aida à monter à bord et ils prirent place sur la banquette à l'arrière.

Le chauffeur démarra et ils ne tardèrent pas à rejoindre le Grand Canal. Tina admira la vue sublime qui s'offrait à elle. Chaque fois qu'elle venait dans cette ville, elle avait l'impression de la redécouvrir. L'émerveillement qu'elle avait éprouvé lors de sa première visite ne s'étiolait pas. Au contraire, il semblait même s'enrichir à mesure que les lieux lui devenaient plus familiers.

— Je ne m'en lasse jamais, déclara Luca comme s'il avait lu dans ses pensées. Tous les matins, je bénis le destin qui m'a permis de naître dans l'une des plus belles villes du monde.

Tina se tourna vers lui et sentit son cœur se serrer dans sa poitrine. Il contemplait la flèche dessinée par la Douane de mer devant laquelle ils étaient en train de passer et elle en profita pour observer son visage à la dérobée.

Une fois de plus, elle fut frappée par la beauté de ses traits qui n'avaient rien à envier à la perfection classique des statues de la Renaissance. Elle eut alors le sentiment étrange qu'il était parfaitement à sa place, ici, qu'il participait d'une certaine façon à la beauté de cette cité millénaire.

S'il avait vécu, leur enfant lui aurait-il ressemblé ? Cette pensée éveilla en elle une souffrance aussi violente qu'inattendue. Malgré elle, elle sentit deux grosses larmes couler doucement le long de ses joues.

— Ça ne va pas ? lui demanda Luca d'une voix inquiète.

Elle s'aperçut alors qu'il avait cessé de scruter la Douane de mer et la regardait avec autant d'étonnement que de sollicitude.

Elle secoua la tête mais se garda d'ouvrir la bouche. Il ignorait tout de cet enfant et c'était sans doute préférable.

Il était trop tard pour lui raconter ce qui s'était passé après qu'elle avait fui Venise. A quoi bon rouvrir de vieilles blessures alors que Luca ne se doutait même pas de leur existence ?

— Ce n'est rien, répondit-elle en écrasant les larmes qui perlaient au coin de ses yeux.

Non, rien de ce qui était arrivé à l'époque n'avait plus d'importance. Peut-être même pourrait-elle profiter de leur cohabitation forcée pour exorciser une fois pour toutes la souffrance qu'elle avait éprouvée ?

D'ici une quinzaine de jours, ils se sépareraient de nouveau, définitivement cette fois, et elle recouvrerait sa liberté.

6

Le bateau taxi vint se ranger le long du ponton d'un luxueux hôtel. Sans un mot, ils descendirent de l'embarcation.

— Tu te sens mieux ? demanda Luca une fois à terre.

Tina hocha la tête, frappée une fois encore par la sollicitude qu'elle percevait dans sa voix. Elle n'avait pas conservé de lui le souvenir d'un homme aussi prévenant et attentionné.

Mais force était de reconnaître qu'elle ne savait rien de lui. Ils ne s'étaient rencontrés qu'en quelques occasions, au cours de soirées où ils s'étaient contentés de flirter l'un avec l'autre. Au fond, elle ne le connaissait pas vraiment.

Ils s'avancèrent sous le dais qui courait le long du ponton jusqu'aux portes de l'hôtel. Lorsqu'ils pénétrèrent à l'intérieur, Tina ne put réprimer une exclamation admirative.

Comme bon nombre de bâtiments à Venise, celui-ci avait été bâti à la Renaissance. Contrairement à beaucoup d'autres, en revanche, il avait conservé son décor d'origine. Les murs du grand hall dans lequel ils se trouvaient étaient entièrement décorés de fresques, de même que le plafond qui s'étendait au-dessus d'eux.

Un escalier monumental permettait d'accéder aux étages supérieurs. Il était orné de délicates dentelures de pierre.

— C'est magnifique, murmura-t-elle, impressionnée.

— Un cadre à la hauteur de ta beauté, répondit-il galamment.

Malgré elle, elle ne put s'empêcher de rougir. Elle n'avait pas l'habitude d'être traitée avec tant d'égards. Elle se reprit pourtant, se rappelant qu'elle n'était ici que parce que Luca l'avait soumise au plus odieux des chantages.

Ils traversèrent le hall, passèrent devant le comptoir de la réception et gagnèrent la salle du restaurant qui était décorée de façon tout aussi somptueuse. L'un des serveurs s'avança à leur rencontre et s'adressa à eux en italien.

De toute évidence, il paraissait très bien connaître Luca. Après avoir échangé quelques salutations d'usage avec lui, il les guida jusqu'à la terrasse qui offrait une vue sur la lagune. Epoustouflée, Tina contempla la vue imprenable sur l'île de San Giogio et sa basilique qui s'offrait à eux. Plus loin, on devinait la côte du Lido piquetée de lumières.

Tandis qu'ils se dirigeaient vers leur table située un peu à l'écart, Tina remarqua que nombre de personnes présentes les observaient avec curiosité. Lorsqu'elle en fit part à mi-voix à son compagnon, il se contenta de hocher la tête.

— J'ai bien peur qu'il ne faille t'y habituer. J'ai le douteux privilège d'être l'un des célibataires les plus riches et les plus convoités de Venise. Chaque fois que l'on me voit au bras d'une femme, les gens se demandent si elle parviendra à me passer la bague au doigt.

— J'imagine que beaucoup ont essayé.

— Un certain nombre. Mais je n'ai pas trouvé la bonne.

Tina le considéra avec étonnement.

— Je n'aurais jamais imaginé que tu étais le genre d'homme qui rêvait de se marier, remarqua-t-elle.

— Pourquoi cela ?

— Eh bien... Je ne sais pas. A mes yeux, tu as toujours été l'incarnation du séducteur italien...

Luca éclata de rire. Galamment, il tira sa chaise et elle prit place à table. Il s'installa en face d'elle et la contempla d'un air amusé.

— Très franchement, je ne sais pas si je dois prendre ça pour un compliment ou pour une insulte, déclara-t-il enfin.

Tina haussa les épaules.

— Prends-le comme tu voudras, répondit-elle un peu sèchement.

Elle n'avait nullement l'intention de flirter avec un homme qui prétendait la forcer à devenir sa maîtresse. Elle s'absorba donc dans la lecture du menu jusqu'à ce que le serveur revienne prendre leurs commandes.

— Nous n'allons tout de même pas rester silencieux toute la soirée, déclara Luca lorsqu'il se fut éloigné. Ce serait un peu lugubre. De quoi veux-tu que nous parlions ?

— Du temps qu'il fait ? suggéra-t-elle, moqueuse.

— Beau, répondit-il du tac au tac. Quoi d'autre ?

— Je ne sais pas. Tu pourrais me parler de la vue imprenable que nous avons d'ici et nommer les différents édifices que l'on aperçoit. Cela pourrait nous occuper un certain temps.

— Je ne voudrais pas que tu t'endormes. Non, parlons plutôt de toi. Depuis combien de temps nous ne nous sommes pas vus, au juste ?

— Cela fait trois ans, répondit-elle sans hésiter.

— Si longtemps ? murmura-t-il. Et qu'as-tu fait pendant tout ce temps ?

J'ai découvert que j'étais enceinte. Puis j'ai passé des mois à tenter de me remettre de l'unique nuit que nous avons passée ensemble...

— J'ai surtout travaillé avec mon père.

— Il possède une ferme, n'est-ce pas ?

— Tu devrais le savoir puisqu'il l'a hypothéquée pour pouvoir te rembourser, répondit-elle avec une nuance de défi dans la voix.

— Je n'ai pas regardé les détails. Que cultive-t-il, exactement ?

— Un peu de luzerne. Mais il élève surtout des moutons, principalement pour leur laine.

— Comment s'appelle la ville la plus proche, déjà ? s'enquit Luca.

— Junee.

— Et à quoi ressemble-t-elle ?

Elle laissa errer son regard sur le Grand Canal.

— C'est un peu le contraire de Venise, répondit-elle enfin. Il y fait très sec. Certaines années, nous ne voyons pas une seule goutte de pluie. L'air se charge alors de poussière rouge qui recouvre aussi bien les maisons que les champs et les moutons...

— Et ton père a toujours vécu là ?

— La ferme appartient à sa famille depuis des générations, acquiesça Tina.

— Tu es très proche de lui, n'est-ce pas ?

— Bien sûr. C'est lui qui m'a élevée depuis que Lily nous a abandonnés.

Avant d'épouser l'oncle de Luca, sa mère s'était successivement remariée avec le propriétaire d'une station de ski suisse et un joueur de polo argentin. Aucun de ces mariages n'avait réellement été couronné de succès.

— J'ai vraiment du mal à imaginer Lily vivant dans une ferme, remarqua alors Luca.

— Moi aussi, à vrai dire. Je pense qu'elle a épousé mon père sur un malentendu. Elle devait s'imaginer qu'elle deviendrait la femme d'un riche propriétaire terrien et qu'elle passerait ses journées à jouer au golf et au tennis.

— Mais ce n'est pas ce qui s'est passé.

— En effet. Mon père n'est pas à plaindre mais sa ferme n'est pas très grande. Il travaille dur et ne dispose que de peu de temps libre et de vacances. Du coup, ma mère a dû passer le plus clair de son temps seule à s'occuper d'un bébé. Ce n'était pas du tout ce qu'elle attendait de l'existence. Alors elle est partie. Je n'avais que six mois.

— Comment se fait-il que ton père et elle se soient mariés ?

— Je crois qu'ils sont sortis ensemble justement parce qu'ils étaient très différents l'un de l'autre. Ma mère était venue d'Angleterre pour rendre visite à l'une de ses tantes éloignées. C'était une charmante jeune femme, bien élevée et très distinguée. Mon père était un séduisant Australien au physique athlétique et au visage tanné par le soleil. J'imagine qu'ils se sont désirés au premier regard. Les choses ne seraient probablement pas allées beaucoup plus loin si ma mère ne s'était pas retrouvée enceinte. Alors, ils se sont mariés bêtement...

— Tu n'approuves pas cette décision ?

— Je ne crois pas que le fait de tomber enceinte justifie de se marier avec le premier venu. Tu n'es pas d'accord ?

Luca sembla hésiter quelques instants avant de hausser les épaules.

— Pas forcément, répondit-il. C'est peut-être parce que je suis italien et que la famille est une valeur très importante pour nous. Mais il me semble que des tas de gens se marient pour de plus mauvaises raisons que cela.

— Quel genre de raisons ?

— L'amour, par exemple. Rien ne garantit qu'il dure éternellement. D'ailleurs, il n'y a jamais eu autant de divorces que depuis qu'on se marie par amour.

— Ne me dis pas que tu es pour les mariages de raison ! s'exclama Tina.

— Bien sûr que non. Tout ce que je voulais dire, c'est qu'un enfant peut devenir la pierre angulaire d'un foyer.

— Je ne le pense pas, murmura Tina, d'une voix plus faible qu'elle ne l'aurait voulu. Même si cela a été difficile pour lui, le départ de ma mère a certainement été une bénédiction pour mon père. Si elle était restée, ils auraient sans doute passé leur temps à se disputer.

— Peut-être, admit Luca. Ou peut-être auraient-ils appris à faire des concessions et à s'accepter l'un l'autre. Ta mère ne se serait pas remariée trois fois et ton père ne vivrait pas seul. Quant à toi, tu ne serais pas ici, forcée de voler à leur secours...

Tina le considéra avec étonnement. Jamais il ne lui serait venu à l'idée de considérer les choses sous cet angle. Bien sûr, elle n'était pas vraiment convaincue par ses arguments, mais elle était bien forcée de reconnaître qu'ils ne pouvaient savoir ce qu'il serait advenu du mariage de ses parents s'ils avaient persévéré au lieu de baisser les bras.

Ils continuèrent à discuter de choses et d'autres jusqu'à ce que le serveur leur apporte les plats qu'ils avaient commandés. Le repas s'avéra succulent et le vin que Luca avait choisi offrait un accord parfait. Mais si elle s'était attendue à bien manger, elle n'avait pas imaginé que leur conversation puisse s'avérer si plaisante.

Au cours de la soirée, Luca se révéla être un auditeur attentif et un conteur plein d'esprit. Malgré toutes les raisons qu'elle avait de se méfier de lui et de garder ses distances, il parvint même à la faire rire en lui racontant un improbable séjour qu'il avait effectué en Inde et au cours duquel il s'était retrouvé à voyager sur le dos d'un éléphant caractériel.

Lorsqu'ils eurent terminé leurs cafés, elle constata avec stupeur que plus de trois heures venaient de s'écouler et qu'elle n'avait pas vu le temps passer. Luca régla la note et ils quittèrent le restaurant pour reprendre un bateau taxi.

Durant le voyage de retour, en revanche, Tina demeura silencieuse. A mesure qu'ils approchaient de chez Luca, elle se demandait avec une pointe d'inquiétude si ce soir-là il exigerait qu'elle remplisse sa part du contrat et s'offre à lui ainsi qu'elle s'y était engagée.

Cette perspective éveillait en elle une réaction très ambiguë faite d'un mélange assez paradoxal de nervosité, d'angoisse et de désir. En dépit de toutes les raisons qu'elle avait de se révolter contre cette idée, son corps, lui, semblait de plus en plus sensible à la présence de Luca à son côté.

C'était en tout cas une sensation très étrange. Elle avait l'impression d'être deux personnes bien distinctes prises dans une même enveloppe charnelle. Et chaque minute qui s'écoulait attisait encore un peu la tension qui l'habitait.

Lorsque le bateau vint enfin accoster au ponton, elle se trouvait dans un tel état d'agitation qu'en descendant, elle manqua tomber à l'eau. Fort heureusement, Luca la retint par la taille. Mais ce simple contact exacerba ses émotions.

Elle avait l'impression que son corps tout entier était parcouru d'irrépressibles fourmillements qui se propageaient en elle, lui nouant le ventre sans qu'elle puisse dire si c'était sous l'effet de l'envie ou de la peur.

Sans lâcher sa taille, Luca la guida jusqu'à la porte qui donnait sur le jardin et la fit entrer. Pendant qu'il se détournait pour fermer derrière eux, elle demeura parfaitement immobile, le cœur battant à tout rompre.

— Cette soirée a été très agréable, lui dit-il enfin en se tournant vers elle.

Bien trop nerveuse pour oser articuler le moindre mot, elle se contenta de hocher la tête.

— Je te souhaite une bonne nuit, Valentina, ajouta Luca d'une voix très douce.

Un mélange indescriptible de soulagement et de déception déferla brusquement en elle. Mais avant même qu'elle ait pu s'appesantir sur cette réaction ambiguë, Luca se pencha vers elle et effleura ses lèvres d'un baiser.

Un baiser léger et fugace, presque imperceptible, mais il suffit à faire naître un violent frémissement de désir, et un gémissement inarticulé s'échappa de ses lèvres. Luca la regarda fixement, comme s'il cherchait à lire en elle.

Il rapprocha alors presque insensiblement son visage du sien. Elle pouvait à présent sentir son souffle sur sa peau. Incapable de résister à ce supplice de Tantale, elle couvrit la distance qui les séparait encore et l'embrassa.

Luca ne se fit pas prier pour répondre à ce baiser. Elle sentit ses bras se refermer autour de sa taille et il l'attira contre lui. Elle perçut aussitôt le désir qu'il avait d'elle et cela ne fit qu'attiser son propre trouble.

Leurs langues brûlantes se mêlaient à présent, se défiant avant de s'enlacer amoureusement. Elle retrouvait le goût de Luca ainsi que son parfum. Et cette alliance unique faisait resurgir le souvenir de leur unique étreinte.

Elle se sentit perdre pied et sut qu'elle ne pourrait plus rien lui refuser, à présent. Il exerçait sur elle une emprise totale, une fascination qu'elle n'aurait pu s'expliquer. Déjà, son corps ondulait inconsciemment contre le sien comme une liane ardente.

Elle voulait le sentir en elle. Elle voulait qu'il la possède, quitte à le haïr ensuite pour avoir abusé de cet instant d'abandon.

Mais alors même que ces pensées tumultueuses se faisaient jour en elle, Luca posa ses mains sur ses épaules et la repoussa avec un mélange étonnant de douceur et de fermeté. Il fallut plusieurs secondes à Tina pour comprendre ce qui venait de se passer et pourquoi son corps tout entier se révoltait sous l'effet de la frustration.

Haletante, elle interrogea son compagnon du regard.

— Bonne nuit, Valentina, répéta-t-il d'une voix que le désir rendait si rauque qu'elle en était presque méconnaissable.

Sur ce, craignant peut-être de se laisser submerger par l'envie évidente qu'il avait d'elle, il se détourna et s'éloigna à grands pas.

Tina demeura seule, en état de choc. Et tandis qu'elle s'efforçait désespérément de reprendre le contrôle de ses sens en déroute, son esprit cherchait vainement à comprendre ce qui venait de se produire.

Cette question la poursuivit jusque tard dans la nuit et elle eut beaucoup de mal à trouver le sommeil ce soir-là.

7

Le lendemain matin, un samedi, la banque de Luca était fermée. Lorsqu'il lui proposa de l'accompagner sur l'île de Murano où il devait rendre visite à son cousin, Tina crut qu'il se moquait d'elle.

Matteo Cressini n'était-il pas l'homme responsable de la ruine de sa mère ? C'était lui qui l'avait poussée à donner libre cours à sa passion pour l'artisanat et qui avait sciemment cultivé ses goûts les plus dispendieux. Il lui avait vendu des dizaines d'objets hors de prix sortis de son atelier.

Mais Luca avait insisté pour qu'elle vienne, lui assurant que ce serait une expérience intéressante. Pourquoi pas, après tout ? Lors de ses précédents séjours, elle n'avait jamais pris le temps d'aller visiter la célèbre île des verriers... Aussi finit-elle par accepter.

L'idée de passer la journée aux côtés de Luca la rendait pourtant terriblement nerveuse. La veille, elle s'était retournée dans son lit pendant plus d'une heure avant de parvenir à trouver le sommeil. Elle ne cessait de repenser au baiser qu'ils avaient échangé et à la façon dont elle y avait réagi.

Lorsqu'elle avait décidé d'accepter la proposition de Luca, elle s'était convaincue que leur relation serait purement sexuelle.

Elle avait envisagé le fait qu'elle ressentirait peut-être du plaisir en faisant l'amour avec lui. Mais pas un seul instant elle ne s'était dit qu'elle éprouverait le moindre sentiment à son égard. Après tout ce qui s'était passé entre eux trois ans auparavant, elle aurait dû être immunisée définitivement contre un tel risque ! Non ?

Mais au lieu de profiter d'elle, Luca avait conservé ses distances. Il s'était même montré aussi charmant que respectueux. En l'espace d'une soirée, il était presque parvenu à triompher de toute la méfiance et la rancœur qu'elle éprouvait à son égard.

C'était même elle qui avait pris l'initiative de ce baiser.

Sans doute aurait-elle dû regretter ce geste inconsidéré et se féliciter qu'il n'ait pas cherché à pousser son avantage. Mais il n'en était rien. Au contraire. Elle ne pouvait s'empêcher de se demander ce qui se serait passé si Luca l'avait entraînée dans sa chambre.

Aurait-elle retrouvé les sensations qu'il avait su éveiller en elle autrefois ? Lui aurait-il donné autant de plaisir ? S'il fallait en croire l'intensité avec laquelle elle avait réagi à leur baiser, cela paraissait probable...

Comment pouvait-elle désirer un homme qui l'avait traitée de façon aussi méprisante ? Un homme qui la retenait captive contre sa volonté ?

Elle aurait aimé se convaincre qu'elle était victime de ce fameux syndrome de Stockholm qui poussait les victimes à s'éprendre de leurs bourreaux. Mais elle savait bien qu'il n'en était rien.

La vérité, c'était qu'au cours de la soirée précédente, elle avait retrouvé l'homme dont elle était tombée amoureuse trois ans auparavant. Et il ne ressemblait en rien au monstre qu'elle avait voulu faire de lui au fil du temps.

Hors de question pourtant de céder à l'attirance qu'il exerçait sur elle. Elle ne pouvait tout simplement pas se le permettre. Il paraissait évident qu'une telle liaison n'aurait aucun avenir. Ils appartenaient à deux mondes bien trop différents.

Luca était l'un des hommes les plus riches et les plus courtisés de Venise. Elle élevait des moutons en Australie et ne croyait plus depuis bien longtemps aux histoires de bergères et de princes charmants.

De plus, elle portait un secret bien trop lourd dont elle ne se sentait pas la force de lui parler. Un secret qui creusait entre eux un abîme que rien ne pourrait jamais combler.

Si elle ne voulait pas s'exposer à une cruelle déconvenue, Tina allait donc devoir redoubler de prudence et se méfier de ses propres émotions.

Quittant sa chambre où elle venait d'enfiler un jean et un T-shirt, elle descendit pour aller retrouver Luca dans le salon. Il lui tendit la main et, après un instant d'hésitation, elle la prit.

Ce simple contact éveilla sur sa peau un délicieux fourmillement. Il aurait été si facile de croire qu'ils n'étaient que deux amoureux partant à la découverte de Venise, comme il en existait des milliers...

Non ! Assez ! Elle ne pouvait se permettre d'avoir de telles pensées, elles allaient à l'encontre de toutes ses résolutions ! En silence, elle suivit Luca.

Cette fois, il avait décidé de se rendre sur l'île à bord de son propre hors-bord. Doté d'une silhouette élancée, il était construit presque entièrement en bois, avec un accastillage de cuivre qui lui conférait un aspect ancien.

— Il est magnifique, s'émerveilla Tina tandis que Luca détachait les amarres.

— Merci, lui dit-il. Je l'ai dessiné moi-même avec l'aide d'un ami qui est architecte naval. Je l'utilise régulièrement pour mes voyages d'affaires.

Luca alla s'installer à la barre et démarra en douceur.

— Il y a une cabine qui me permet de passer la nuit à bord en cas de besoin, ajouta-t-il. C'est beaucoup plus agréable que de prendre l'avion et de dormir à l'hôtel. Et cela me donne une fausse impression de liberté, ajouta-t-il avec un sourire chargé d'autodérision.

— Pourquoi fausse ? lui demanda-t-elle, curieuse.

— Mon travail à la banque ne me laisse pas beaucoup de temps libre. Aldo ne cesse de me répéter que je travaille trop et que je devrais sortir un peu plus souvent.

— J'ai cru comprendre que tu avais fondé ton propre établissement financier.

— J'en avais assez de travailler pour les autres, reconnut Luca. Alors j'ai décidé de me lancer. Mais je n'y serais jamais arrivé seul, ajouta-t-il modestement. Sans les collaborateurs talentueux dont je me suis entouré, je n'aurais eu aucune chance.

— Je n'en suis pas si sûre, répondit Tina avec une pointe d'amertume. J'ai bien vu la façon dont tu traites tes débiteurs.

— Je t'assure que je ne suis pas l'escroc que tu crois, lui dit-il.

— Va dire cela à ma mère.

— C'était un cas particulier, déclara-t-il en se rembrunissant soudain.

Elle fut tentée de l'interroger plus avant mais son expression était à présent aussi figée qu'un masque de pierre et elle comprit qu'il n'ajouterait pas un mot.

Lorsqu'ils quittèrent enfin le chenal, Luca accéléra progressivement et Tina ferma les yeux pour offrir son visage à la caresse du vent qui faisait voler ses cheveux.

Quelques minutes plus tard, ils parvinrent en vue de Murano. Luca ralentit de nouveau et contourna l'île par l'est. Ils accostèrent à une jetée de pierre et mirent pied à terre. Un homme s'avança à leur rencontre, un large sourire aux lèvres. Il devait s'agir de Matteo.

La ressemblance qui existait entre Luca et lui était frappante, bien que Matteo soit un peu plus empâté que lui. Tous deux auraient pu être frères. Ils s'embrassèrent avec une affection évidente.

— Matteo, je te présente Valentina Henderson, la fille de Lily, déclara alors Luca.

Son cousin lui serra la main.

— Effectivement, je vois une ressemblance, affirma-t-il. Mais vous êtes encore plus séduisante que votre mère.

— Merci, répondit sèchement Tina.

— Est-ce que par hasard vous partagez son goût pour notre artisanat local ?

— Pas du tout.

Matteo lui jeta un coup d'œil étonné mais ne se laissa pas décourager pour autant.

— Eh bien, entrez, s'exclama-t-il d'un ton jovial. Nous verrons bien s'il est possible de vous faire changer d'avis !

Ils pénétrèrent dans la verrerie et elle fut aussitôt frappée par la chaleur qui régnait à l'intérieur du bâtiment. Plusieurs fours étaient allumés, devant lesquels s'activaient des maîtres verriers munis de grands tubes de métal.

— Valentina, cela ne te dérange pas de m'attendre ici ? lui demanda alors Luca. Matteo et moi devons régler quelques affaires. Nous n'en aurons pas pour longtemps.

— Les verriers vont bientôt faire une démonstration, indiqua Matteo en désignant l'un des fours devant lequel venait de s'avancer un petit groupe de touristes. Cela pourrait vous intéresser.

Tina en doutait mais elle hocha la tête et s'éloigna des deux hommes. Elle alla se placer auprès des touristes qu'un verrier était en train de saluer dans un anglais très approximatif.

Parmi les visiteurs, elle remarqua un petit garçon qui l'observait attentivement. Il avait les cheveux très noirs et de grands yeux bruns qui trahissaient un mélange de curiosité et d'innocence.

Elle lui aurait donné un peu plus de deux ans. L'âge qu'aurait eu son enfant s'il avait vécu... A cette pensée elle sentit son cœur se serrer violemment dans sa poitrine.

Le petit garçon dut percevoir son trouble et elle vit une lueur d'inquiétude passer dans son regard. Elle se força à esquisser un sourire rassurant. Manifestement rasséréné, il lui sourit à son tour, ce qui ne fit qu'accentuer son désarroi.

Parviendrait-elle un jour à tourner la page ? Finirait-elle par oublier cet enfant qu'elle avait perdu ou son petit fantôme continuerait-il à la hanter jusqu'à la fin de ses jours ?

Perdue dans ses pensées, Tina remarqua que le petit garçon avait laissé tomber son doudou, un petit ours en peluche que l'on avait dû raccommoder une bonne dizaine de fois. Elle se pencha pour le ramasser et le lui tendit, ce qui lui valut un nouveau sourire, plus large encore que le précédent.

Sentant les larmes lui monter aux yeux, elle se détourna et s'absorba dans la contemplation des nombreux objets de verre qui étaient disposés sur les étagères. Il y avait là toutes sortes d'animaux, des vases, des cendriers, des bonbonnières, des carafes et mille autres bibelots encore.

Seigneur, qu'était-elle venue faire là ? Un cri d'admiration émanant du groupe de touristes la tira de sa rêverie et elle se tourna vers le maître verrier qui avait commencé sa démonstration.

Au bout de sa longue tige de métal, il avait cueilli une boule de verre fondu. Il la fit tourner avec une habileté consommée et le verre prit une teinte rougeâtre. L'artisan entreprit alors de le façonner progressivement sur une plaque d'acier, lui donnant de plus en plus de volume.

Lorsqu'il estima que la boule était assez grosse, il alla la replonger dans le four durant quelques secondes. En en sortant, le verre chauffé à blanc était devenu si malléable que le verrier devait le faire tourner sans cesse pour ne pas qu'il s'affaisse complètement.

Sans cesser de lui imprimer ce mouvement rotatif, il se servit d'une pince pour façonner la matière en fusion. Par petites touches, il fit émerger du magma informe un long cou surmonté d'une tête aux oreilles pointues.

Malgré le manque total d'enthousiasme dont elle avait fait preuve jusqu'alors, Tina dut bien reconnaître que l'aisance avec laquelle l'homme opérait était très impressionnante. Il tira de nouveaux fils de verre qu'il replia légèrement pour former deux jambes gracieuses.

Elle reconnut alors la silhouette du cheval qui était en train de prendre forme sous ses yeux. Deux autres appendices vinrent s'ajouter à l'arrière puis l'artisan corrigea le corps de l'animal de façon à lui donner une allure plus élancée.

Il termina par la queue puis, à l'aide d'une pince, il sépara le quadrupède de la masse de verre qui restait. Il lança celle-ci dans un seau d'au froide dans lequel elle éclata bruyamment, arrachant un petit cri d'effroi à l'assistance.

Pendant ce temps, le verrier avait déposé sur un établi la statuette qui perdait rapidement sa teinte jaune à mesure que le verre refroidissait. Il profita des derniers instants avant qu'il soit complètement solidifié pour effectuer les dernières modifications, affinant les oreilles, la crinière, et esquissant les yeux.

Lorsqu'il reposa enfin ses outils, l'animal reposait sur l'établi, cabré sur ses pattes de derrière, ses sabots antérieurs battant l'air. Il émanait de la sculpture une troublante impression de vie.

Tina se joignit à la salve d'applaudissements qui salua l'œuvre du maître verrier. Ce dernier ramassa le petit cheval et le lui tendit.

— *Per la piu bella*, lui dit-il gravement.

— C'est magnifique, répondit-elle, touchée par son geste.

La sculpture était encore un peu chaude, comme pour lui rappeler qu'elle venait tout juste d'émerger du néant.

— Vous êtes un artiste, ajouta-t-elle en admirant la finesse des détails.

Il s'inclina modestement et retourna vers son four pour aller y cueillir un nouveau morceau de verre en fusion.

— Tu as vu, maman, murmura le petit garçon qu'elle avait remarqué. Il lui a donné le cheval.

Cédant à une brusque impulsion, Tina tendit la sculpture à la jeune femme.

— C'est pour votre fils, lui dit-elle. Un souvenir de cette journée...

La mère de l'enfant la remercia chaleureusement tandis que ce dernier bondissait de joie.

— Merci, lui dit-il.

Elle hocha la tête et se détourna pour ne pas céder à un nouvel accès d'émotion. S'éloignant à grands pas de ce petit garçon qui lui rappelait cruellement celui qu'elle ne connaîtrait jamais, elle feignit de s'absorber dans la contemplation des objets qui étaient disposés sur les rayonnages.

Quelques minutes plus tard, elle vit Matteo et Luca émerger des bureaux. Ce dernier portait un magnifique bouquet de fleurs.

— Merci de t'en charger, murmura Matteo d'un ton empli de reconnaissance. Dis-lui que je viendrai la voir dès que possible, d'accord ?

— C'est promis, lui assura Luca. Est-ce que tu es prête à partir ? demanda-t-il à Tina.

Elle jeta un dernier coup d'œil en direction du petit garçon puis hocha la tête. Matteo la salua et ils regagnèrent le hors-bord de Luca.

— Pour qui sont-elles ? demanda-t-elle lorsqu'il déposa précautionneusement les fleurs sur l'un des sièges.

— Pour la mère de Matteo, répondit Luca. C'est son anniversaire aujourd'hui mais il ne peut pas aller la voir parce qu'il doit conduire sa fille à l'hôpital.

Tout en parlant, il avait manœuvré de façon à s'éloigner de la jetée.

— Où habite-t-elle ? s'enquit Tina.

— Là-bas, répondit Luca en désignant l'île entourée de murs qui se trouvait entre Murano et Venise.

Tina connaissait suffisamment la ville pour savoir qu'il s'agissait de San Michele, l'île des morts.

8

A mesure qu'ils approchaient du petit embarcadère de San Michele, Tina sentait monter en elle une insidieuse tension. Pourtant, elle n'était pas superstitieuse et n'éprouvait généralement aucune aversion à l'égard des cimetières. Non, c'était sans doute sa rencontre avec le petit garçon de Murano qui avait réveillé en elle de sombres pensées.

Lorsqu'ils accostèrent enfin devant les trois arches de pierre blanche, elle ne put réprimer un petit frisson.

— Est-ce que tu es déjà venue ici ? lui demanda Luca auquel sa réaction n'avait manifestement pas échappé.

— Non, jamais.

Il hocha la tête d'un air entendu.

— C'est vrai, tu n'étais pas à l'enterrement d'Eduardo.

Elle crut percevoir une pointe de reproche dans sa voix.

— Je suis venue, tu sais, lui dit-elle. Mais l'avion a eu un problème de moteur. Du coup, nous avons dû faire un arrêt qui n'était pas prévu et j'ai raté la cérémonie. Lorsque je suis arrivée, tout était déjà terminé…

— Si tu veux, je pourrais te montrer sa tombe. A moins que tu ne préfères m'attendre ici.

— Je préférerais venir avec toi, si cela ne t'ennuie pas.

— Pas du tout, déclara-t-il sobrement.

Tous deux débarquèrent et s'avancèrent sous les arches. Lorsqu'ils eurent franchi la muraille d'enceinte, Tina eut la surprise de découvrir que le cimetière était bien moins inquiétant d'aspect que l'île sur lequel il était installé.

Les pelouses fleuries étaient soigneusement entretenues et il émanait de ces lieux une étonnante impression de calme et de sérénité.

Protégée des bruits extérieurs par les épais murs de brique, la nécropole était propice au recueillement. Même les touristes de passage qui venaient visiter l'église de San Michele se faisaient discrets et seuls les oiseaux ponctuaient le silence de leurs trilles joyeux.

Tina laissa son regard errer sur la petite foule de personnes venues se recueillir ou décorer les tombes de leurs proches. Ici, les vivants n'abandonnaient pas leurs morts. En témoignait le nombre impressionnant de bouquets, de couronnes et d'ex-voto qui étaient disposés sur les sépultures.

Sans hésiter, Luca la guida le long des sentiers recouverts de gravier. Marchant un pas derrière lui, elle en profita pour l'observer. Curieusement, la brassée de fleurs qu'il tenait dans ses bras ne faisait que renforcer l'impression de force et de virilité qui se dégageait de lui.

Il la tenait avec beaucoup de délicatesse, un peu comme il aurait pu porter un nouveau-né. Malgré elle, elle se prit alors à l'imaginer avec leur enfant dans les bras.

Bouleversée par cette vision fugitive, elle ferma brièvement les yeux pour écarter ces sombres idées, pour ne plus penser à ce qui n'avait pas été et ne serait jamais. En vain.

C'était comme si ce voyage à travers les îles vénitiennes était une sorte de périple initiatique qui la forçait à se confronter à ce qu'elle avait trop longtemps refoulé. Fort heureusement, Luca ne pouvait deviner le cours étrange que suivaient ses pensées.

— C'est vraiment très beau, remarqua-t-elle pour faire diversion. On dirait plus un jardin qu'un cimetière.

— C'est vrai, acquiesça-t-il. C'est sans doute parce que la

plupart des gens qui sont enterrés ici n'y restent que quelques années. Leurs proches n'ont pas le temps de les oublier.

— Que deviennent-ils, après ?

— Ceux qui n'ont pas de caveaux familiaux sont transférés dans d'autres cimetières, lui expliqua Luca. Il n'y a pas assez de place pour tout le monde.

Si elle trouvait curieux que l'on déplace ainsi des corps, Tina pouvait comprendre que l'on souhaite se faire enterrer en un tel lieu, fût-ce de façon provisoire.

— La mère de Matteo est donc décédée récemment ?

— Il y a deux ans. Mais elle demeurera ici. Ma famille possède un caveau depuis que ce cimetière a été créé à l'époque napoléonienne.

De fait, ils ne tardèrent pas à arriver en vue du caveau des Barbarigo. Il était très imposant, presque aussi grand qu'une chapelle, et l'entrée était gardée par deux anges de pierre agenouillés. De chaque côté de la porte poussaient des cyprès qui formaient deux colonnes de verdure s'élançant vers le ciel. C'était un bel endroit, à la fois majestueux et paisible.

— Est-ce que tu peux me tenir ça, s'il te plaît ? lui demanda Luca en lui tendant le bouquet de Matteo.

Elle le lui prit des bras et il chercha dans sa poche une clé dont il se servit pour déverrouiller la porte. Lorsqu'il la poussa, un souffle d'air frais vint caresser leurs visages. Luca se saisit d'une petite lampe à huile qui était posée dans une niche de pierre à l'intérieur.

Il l'alluma et la reposa avant de reprendre son bouquet et de se diriger vers l'une des stèles. Tina demeura au-dehors tandis qu'il inclinait la tête et s'adressait en italien à la mère de son cousin.

Elle l'entendit, fidèle à la promesse qu'il avait faite à ce dernier, souhaiter un bon anniversaire à la défunte et lui transmettre les excuses de Matteo ainsi que l'engagement qu'il avait pris de venir très bientôt.

Soucieuse de lui laisser un peu d'intimité, Tina s'éloigna et déambula entre les tombes toutes proches. Elle aperçut alors un bas-relief qui se dressait à l'ombre d'un arbre et dont la vue lui étreignit le cœur.

Elle représentait un petit enfant qui gravissait un escalier vers le ciel. En souriant, il tendait un bouquet de fleurs à l'ange qui l'attendait au sommet des marches, devant les portes du paradis.

C'était une œuvre simple et naïve mais elle témoignait d'une foi profonde que Tina aurait aimé posséder. Comme elle aurait voulu croire que son propre enfant se trouvait aujourd'hui dans un endroit meilleur, à l'abri des souffrances du monde !

S'agenouillant près de la sépulture de cet enfant inconnu, elle redressa un pot de fleur qui avait basculé de côté et caressa doucement la pierre tombale.

— Valentina ?

Elle se releva et se tourna vers Luca qui la considérait avec curiosité. Sans doute se demandait-il ce qu'elle faisait sur cette tombe. Mais comment répondre à la question muette qui se lisait dans son regard ?

— Est-ce que tu veux voir la stèle d'Eduardo ? lui demanda-t-il alors.

— Bien sûr.

Elle le suivit jusqu'au caveau familial dont les murs étaient couverts de dizaines de plaques.

— Eduardo est ici, indiqua Luca en désignant l'une d'elles. Au côté de sa première femme, Agnethe.

Tina crut percevoir une certaine dureté dans sa voix, comme s'il la mettait au défi de critiquer cette funèbre réunion des deux époux.

Ce n'était pas la première fois que Tina avait le sentiment très net qu'il désapprouvait le mariage de son oncle et de Lily. Mais le lieu était mal choisi pour l'interroger à ce sujet ou lui dire qu'elle comprenait ses réticences.

Comme elle s'approchait de la stèle d'Eduardo, elle en aperçut une autre qui se trouvait juste à côté.

— Ce sont tes grands-parents ? lui demanda-t-elle.

— Mes parents, répondit-il. Mes grands-parents sont là-bas.

Sur ce, il s'éloigna et la laissa seule dans le caveau. Passablement stupéfaite par la révélation qu'il venait de lui faire, elle demeura longuement immobile. Jamais elle n'avait entendu dire que Luca fût orphelin.

Manifestement, ses parents étaient morts le même jour, près de trente ans auparavant. Luca n'avait que deux ans, à cette époque, à peu près l'âge qu'aurait eu leur enfant aujourd'hui...

Une fois de plus, elle eut distinctement l'impression qu'elle ne se trouvait pas ici par hasard, qu'elle avait quelque chose à apprendre dans ce cimetière à nul autre pareil. Mais elle n'aurait su dire ce dont il s'agissait au juste.

Lorsqu'elle ressortit, Luca l'attendait, appuyé contre le mur, les yeux perdus au loin. S'arrachant à sa rêverie, il éteignit la petite lampe à huile.

— *Arrivederci a tutti*, murmura-t-il en refermant la porte à clé.

En silence, ils regagnèrent le bateau et reprirent la direction de la ville. Pendant leur visite, le ciel s'était couvert de lourds nuages noirs annonciateurs d'orage.

— Je ne savais pas que tu avais perdu tes parents, lui dit-elle enfin.

Il se raidit imperceptiblement.

— C'était il y a longtemps, lui dit-il. Je n'avais que deux ans.

— Ça a dû être horrible pour toi.

Il hocha la tête.

— Cela n'a pas été facile. Heureusement, j'ai été très soutenu par ma famille.

— Je crois que je commence tout juste à comprendre à quel point c'est important pour toi.

— La famille ? C'est la seule chose sur laquelle on puisse toujours compter, déclara-t-il.

Tina laissa échapper un petit grommellement dubitatif qui lui valut un regard interrogateur de Luca.

— Je pensais à ma mère, expliqua-t-elle. Très franchement, je ne suis pas certaine que je pourrais compter sur elle en cas de besoin.

— Je suis sûr que tu te trompes.

— Dois-je te rappeler qu'elle m'a abandonnée lorsque j'étais encore bébé ?

— Je sais que tu lui en veux énormément pour cela, mais tu ne t'es jamais dit qu'en te laissant aux bons soins de ton père, elle avait peut-être fait preuve de désintéressement ? Peut-être savait-elle qu'il saurait mieux prendre soin de toi qu'elle ne le pourrait jamais ?

— Je crois surtout que ça l'arrangeait bien, répliqua Tina.

— Tu ne devrais pas la condamner aussi durement. Elle t'a portée dans son ventre durant neuf mois. Elle t'a mis au monde. Il y aura toujours au moins cela entre vous...

Tina détourna les yeux pour ne pas qu'il voie les larmes qui les avaient envahis. Ses mots éveillaient en elle le souvenir douloureux de sa propre grossesse.

— Tu ne devrais pas te couper complètement de Lily, conclut Luca. Moi, je donnerais tout ce que j'ai pour pouvoir rendre visite à ma mère en dehors de ce cimetière...

La souffrance qui transparaissait dans sa voix bouleversa Tina plus qu'elle ne l'aurait voulu. Se rapprochant instinctivement, elle passa un bras autour de sa taille et posa doucement sa tête contre son épaule.

Luca demeura parfaitement immobile et ils restèrent ainsi nichés l'un contre l'autre en silence jusqu'à ce qu'ils aient rejoint le ponton de son hôtel particulier.

Il n'eut alors d'autre choix que de s'écarter d'elle, le temps d'aller attacher les amarres. Malgré elle, Tina fut frappée par la sensation de manque qu'elle éprouva alors.

Oui, il s'était passé quelque chose sur l'île. Quelque chose qui les avait rapprochés encore un peu plus l'un de l'autre. Quelque chose qui n'était pas tout à fait rationnel...

Lorsque Luca revint vers elle et que leurs regards se croisèrent, elle comprit qu'elle n'était pas la seule à être sensible au changement qui s'était opéré en eux.

— Nous devrions rentrer, lui dit-il. Il ne va pas tarder à pleuvoir.

Elle ne répondit pas et il ne fit pas mine de descendre du bateau.

— J'ai très envie de toi, ajouta-t-il.

A ces mots, Tina sentit son cœur battre la chamade. Si elle décidait de s'éloigner, Luca la laisserait partir, elle le sentait confusément. Sans doute aurait-elle mieux fait de le faire, d'ailleurs. Mais au lieu de cela, elle demeura parfaitement immobile.

Le temps paraissait suspendu tandis qu'ils se dévoraient du regard. Le silence était assourdissant. Puis, soudain, un claquement sec retentit au loin. L'instant d'après, la pluie se mit à tomber à verse.

Luca lui prit alors la main et l'entraîna jusqu'à la cabine du hors-bord. Sans un mot, il referma la porte derrière eux. Tina parcourut des yeux la petite pièce qui comportait juste une couchette, une petite table, une armoire et un lavabo. Cette cabine exiguë était étrangement accueillante, comme un cocon au sein duquel ils se trouvaient momentanément à l'abri du monde extérieur.

Luca se rapprocha d'elle et la prit dans ses bras. Renversant la tête en arrière, elle lui offrit sa bouche qu'il embrassa avec ardeur. Il n'y avait plus aucune trace d'hésitation dans ce baiser : il disait très clairement l'envie brûlante qu'il avait d'elle.

Tina poussa un gémissement rauque qui témoignait de sa propre impatience. Elle plongea les mains dans les cheveux soyeux de Luca, les agrippant pour attirer son visage plus près encore. De ses dents, elle mordilla sa lèvre inférieure, lui arrachant un tressaillement.

Il y avait dans leur étreinte une forme d'urgence, l'impatience de deux corps qui n'aspiraient qu'à se retrouver après avoir été éloignés durant trois longues années.

Instinctivement, elle commença à déboutonner la chemise de Luca tandis que ce dernier laissait courir ses mains sur son corps, faisant naître sur sa peau une chaleur qui se répandait en elle et envahissait chaque recoin de son être.

Elle réussit enfin à écarter les pans de sa chemise et ses lèvres quittèrent celles de Luca pour venir se poser sur son torse. Elle le parcourut, explorant sa peau de ses dents et de sa langue. Le goût de sa peau éclata dans sa bouche, la rendant folle de désir.

Luca la repoussa alors jusqu'à la couchette sur laquelle elle bascula. Il se laissa tomber sur elle sans ménagement, la recouvrant de son corps puissant. Elle ondula sous lui, pressant son bassin contre le sien pour tenter de combler cette sensation de vide qui s'était brusquement manifestée au creux de son ventre.

Avec des gestes fébriles, Luca lui ôta alors son T-shirt et son soutien-gorge, révélant sa gorge. Lorsque sa paume se posa sur son sein droit, elle gémit de nouveau. Mais il ne lui laissa pas le temps de s'habituer à cette sensation : déjà, ses lèvres capturaient son mamelon qu'il commençait à agacer de l'extrémité de la langue.

D'irrépressibles vagues de plaisir partaient à présent de la pointe de son sein pour se propager au plus profond d'elle-même. Elle s'arqua pour mieux s'offrir à cette caresse.

Ses souvenirs ne mentaient pas. Les sensations que Luca faisait naître en elle n'avaient pas leur pareil. Elles dépassaient en intensité tout ce qu'elle avait pu connaître jusqu'alors.

Elle s'y abandonna complètement, lui laissant l'initiative. Il ne se fit d'ailleurs pas prier, abandonnant son sein pour descendre le long de son ventre frémissant. Et tandis que sa langue aguichait son aine, la faisant gémir de plus belle, il lui retira son jean et sa culotte.

Lorsqu'elle sentit la bouche de Luca se poser au creux de ses cuisses, elle ne put retenir un cri rauque. Un brusque accès de plaisir déferla en elle. Mais avant même qu'elle ait pu recouvrer un semblant de contrôle, Luca se fit plus audacieux.

Ses doigts vinrent se joindre à sa bouche pour explorer les replis les plus secrets de sa chair. Elle était désormais incapable de maîtriser les spasmes extatiques qui la traversaient à un rythme toujours plus soutenu.

Les mains plongées dans les cheveux de Luca, elle l'attirait contre elle, se creusant pour mieux le sentir. Il remonta alors le long de son corps et plaqua sa bouche sur la sienne au moment précis où son membre dressé plongeait en elle.

Elle noua ses jambes autour de sa taille tandis qu'il commençait à bouger lentement, suscitant un nouveau torrent de sensations délicieuses qui dévala sur elle, l'emportant plus loin encore, plus loin qu'elle n'était jamais allée.

Elle répondait à chacune de ses impulsions avec autant de naturel que s'ils avaient été amants depuis toujours. Il lui semblait que Luca et elle se trouvaient en communion l'un avec l'autre, qu'ils participaient tous deux de quelque chose qui les dépassait.

Jamais elle n'avait éprouvé quoi que ce soit d'approchant. Elle aurait voulu que cela dure éternellement. Elle aurait voulu se perdre dans cet instant de grâce. Mais déjà, le plaisir les rattrapait, faisant enfler en eux l'imminence d'une extase à nulle autre pareille.

Instinctivement, elle se serra plus fort contre lui, et lutta pour repousser l'inévitable raz-de-marée. Mais il finit par les emporter tous deux comme deux fétus de paille fauchés par l'ouragan.

9

— Alors, tu couches avec lui, n'est-ce pas ? s'enquit Lily d'un ton curieux.

Carmela, qui lui tournait le dos et était en train de remplir la tasse de thé de Tina, lui adressa un sourire mi-complice, mi-compatissant.

Jusqu'alors sa mère avait soigneusement évité de poser cette question qui devait pourtant lui brûler les lèvres. Contre toute attente, leurs retrouvailles avaient été relativement plaisantes. Elles avaient parlé du temps qu'il faisait et de l'appartement dans lequel Lily emménagerait lorsqu'elle quitterait le *palazzo*.

Elle semblait s'être résignée à cette perspective depuis que Luca, fidèle à sa parole, lui avait transmis la proposition dont il avait fait part à Tina. Il y avait joint plusieurs photos de l'appartement qui semblait être aussi vaste que confortable. Mais Tina était convaincue que c'était surtout la perspective d'une pension mensuelle qui avait décidé Lily à accepter son offre.

Sa mère avait pourtant compris qu'elle ne pourrait emporter tout son mobilier. Et contre toute attente, elle avait décidé d'en vendre une partie.

— Effectivement, répondit Tina. Luca et moi sortons ensemble.

Elle ne voyait pas l'intérêt de lui mentir à ce sujet. D'autant que les journaux ne tarderaient probablement pas à en parler…

Lily hocha la tête et porta sa tasse de thé à ses lèvres. Il était difficile de deviner si la nouvelle la réjouissait ou la chagrinait. Il était évident en revanche qu'elle n'était guère surprise.

— Crois-tu que ce soit sérieux, cette fois-ci ?

— Non, répondit Tina sans hésiter.

Certes, Luca et elle avaient passé une bonne partie de la journée de dimanche à faire l'amour. Oui, il lui avait donné plus de plaisir qu'aucun autre homme avant lui. Et oui, la simple idée de le retrouver éveillait au creux de son ventre un irrépressible élan de désir...

Mais cela ne signifiait pas pour autant que leur relation ait le moindre avenir. Leur étonnante complicité physique ne pouvait lui faire oublier ni les différences inconciliables qui les séparaient ni le lourd secret qui planait entre eux.

— Tu parais très sûre de toi, remarqua Lily.

— Je le suis.

— Et Luca ?

— Il l'est aussi. C'est une amourette de vacances, rien de plus.

De fait, dans quinze jours, elle repartirait pour l'Australie quoi qu'il arrive. Et d'ici là, elle ne pouvait se permettre de tomber amoureuse.

— Et pourtant, remarqua sa mère, le fait qu'il soit revenu vers toi après toutes ces années semble indiquer qu'il voit en toi quelque chose de plus...

— Ne te fais pas d'illusions. Je n'épouserai jamais Luca. D'ici la fin du mois, je compte bien rentrer à Junee.

— C'est dommage, commenta Lily. Franchement, je suis persuadée qu'avec un peu d'efforts, tu pourrais lui mettre le grappin dessus. Crois-en mon expérience.

Lui mettre le grappin dessus ? Tina aurait été incapable de dire s'il valait mieux en rire ou en pleurer.

— Justement, je ne suis pas comme toi, déclara-t-elle.

— Eh bien, tu devrais peut-être. Il me semble que je n'ai pas trop mal mené ma barque...

Tina aurait pu objecter qu'elle n'avait jamais réellement aimé qui que ce soit et que sans le compromis que lui proposait Luca, elle se trouverait aujourd'hui quasiment sans le sou. Mais elle n'avait ni l'envie ni le courage de se lancer dans un tel débat.

— Bien, déclara Lily, je ne veux pas te jeter dehors mais si je veux vraiment commencer à faire le tri, il va falloir que je m'y mette. J'imagine que tu as mieux à faire que de m'aider...

Tina fut tentée d'acquiescer mais les paroles de Luca lui revinrent à la mémoire. Après tout, passer un peu de temps avec sa mère n'était peut-être pas une si mauvaise idée que cela. Bien sûr, elle ne deviendrait jamais aussi proche d'elle que de son père. Mais qui sait ? Elles apprendraient peut-être à se connaître un peu mieux.

— A vrai dire, répondit-elle, Luca travaille, aujourd'hui, et je n'ai pas grand-chose de prévu.

— Parfait ! s'exclama Lily avec enthousiasme. Dans ce cas, mettons-nous au travail.

Trois heures plus tard, Tina se sentait quelque peu découragée. Lily et elle n'avaient passé en revue qu'une fraction du mobilier et sa mère n'avait décidé de vendre qu'une poignée d'objets.

Si elles continuaient à ce rythme, il leur faudrait six mois pour vider le *palazzo* et Lily devrait louer un garde-meuble pour y stocker sa collection.

— Ça suffit pour aujourd'hui, déclara pourtant Lily d'un ton satisfait. Mets ça avec les objets à donner...

Elle tendit à Tina un cheval de verre qui lui rappela celui qu'elle avait vu le verrier façonner à Murano.

— Tu es sûre ? lui demanda-t-elle.

— Certaine, répondit Lily sans hésiter. C'est le genre de sculptures qu'on fait pour épater les touristes. Ça n'a aucune valeur.

Tina ne parvenait pourtant pas à détacher les yeux du petit cheval. Elle revoyait les grands yeux de l'enfant auquel elle l'avait offert et le sourire rayonnant qu'il lui avait adressé lorsqu'elle lui avait rendu son ours en peluche.

Elle repensait à un autre enfant qui aurait pu grandir dans la ferme de son père. Mitch lui aurait probablement appris à monter à cheval avant même qu'il sache marcher. Mais il n'avait jamais eu la chance de connaître son grand-père. Ni son père, bien sûr...

— Est-ce que je peux le garder ?

— Bien sûr, acquiesça Lily, visiblement étonnée. Mais je croyais que tu détestais ça.

— Ce n'est pas pour moi, répondit Tina en emballant soigneusement la petite sculpture.

Carmela revint pour leur apporter la citronnade que Lily lui avait demandée. Ce n'est qu'alors que Tina se rappela la question qu'elle s'était promis de lui poser.

— Nous sommes allés à l'île de San Michele avant-hier avec Luca, déclara-t-elle. Son cousin l'avait chargé de déposer un bouquet de fleurs sur la tombe de sa mère. J'ai aussi vu la tombe d'Eduardo.

— Pauvre Eduardo, murmura Lily. Je devrais aller le voir, moi aussi, un de ces jours.

— Est-ce qu'il te manque ?

— Bien sûr, répondit sa mère. D'autant qu'il n'est pas facile de se trouver un nouveau mari lorsque l'on a mon âge, tu sais...

Tina ne put s'empêcher de sourire.

— C'est pour cela que tu ferais mieux de te marier pendant que tu es jeune et jolie, enchaîna Lily. Cela ne dure pas éternellement, hélas...

Décidément, sa mère devrait écrire une autobiographie ! *Le monde selon Lily* contiendrait à la fois des conseils de beauté, des leçons de développement personnel, une série de trucs et astuces pour trouver un mari et probablement quelques considérations sur l'artisanat italien. Avec un peu de chance, ce pourrait devenir un best-seller...

— Pendant que nous étions dans le caveau, j'ai remarqué une

plaque au nom des parents de Luca, reprit Tina. Apparemment, ils sont décédés lorsqu'il était encore enfant. Je n'ai pas osé l'interroger à ce sujet. Sais-tu ce qui s'est passé, exactement ?

Lily fronça les sourcils.

— Il me semble qu'ils ont eu un accident de bateau sur la lagune. C'est alors que Luca est venu vivre chez Eduardo et Agnethe.

— Luca a été élevé par Eduardo ?

— Oui. Je crois qu'il a été question un moment de l'envoyer chez les parents de Matteo mais comme Eduardo et Agnethe n'avaient pas d'enfants, ce sont eux qui l'ont recueilli, en fin de compte.

— Alors, il a grandi ici, dans cette maison ?

— Bien sûr.

Tina frissonna. Tout semblait prendre sens. Etait-ce pour cette raison qu'il en voulait tant à Lily ? Lui reprochait-il d'avoir pris la place de sa tante ou bien d'avoir hérité de la maison où il avait passé son enfance ? Etait-ce pour cela qu'il avait manœuvré de façon à pouvoir récupérer le *palazzo* ?

Oui, plus elle y réfléchissait et plus cela lui paraissait probable. Après tout, Luca lui avait prouvé qu'il était très attaché à sa famille...

Certes, cela n'excusait pas complètement la façon dont il avait piégé Lily. Mais cela permettait au moins de le comprendre. De plus, l'appartement et la compensation financière qu'il avait offerts à sa mère en échange du *palazzo* prouvaient qu'il n'était pas dénué d'une certaine générosité.

Mais si Luca n'était pas le monstre qu'elle avait voulu voir en lui, pourquoi donc l'avait-il fait chanter, elle ? Pourquoi avait-il mêlé son père à cette histoire ? Plus elle retournait ces questions dans son esprit et moins elle parvenait à y trouver de réponses satisfaisantes.

Tina arriva à l'hôtel particulier beaucoup plus tard qu'elle n'en avait eu l'intention. Lorsqu'elle sonna à la porte, ce ne fut pas Aldo qui vint lui ouvrir mais Luca en personne.

— C'est toi ! s'exclama-t-il avec un soulagement qui la prit de court. Aldo m'a dit que tu étais partie depuis des heures... Est-ce que tu es allée faire des courses ? ajouta-t-il en désignant le sac dans lequel elle avait placé le cheval de verre que lui avait donné Lily.

— Non, répondit-elle. En fait, j'ai décidé de suivre tes conseils et je suis allée voir ma mère.

— Et tu es restée avec elle pendant tout ce temps ? s'étonna Luca.

— Crois-moi, je suis aussi surprise que toi, répondit-elle en riant. Mais nous avons réussi à passer tout un après-midi ensemble sans nous entre-tuer.

— Tant mieux, lui dit-il. J'en suis très heureux pour vous.

Malgré le peu de sympathie que paraissait lui inspirer sa mère, il semblait le penser vraiment.

— Est-ce que par hasard tu te serais inquiété pour moi ? lui demanda-t-elle alors.

Il détourna les yeux, visiblement embarrassé.

— Je me suis dit que tu étais peut-être partie, avoua-t-il. Que tu étais peut-être rentrée chez toi, en Australie.

— Je t'ai promis de rester quinze jours, objecta-t-elle.

Il la regarda de nouveau droit dans les yeux.

— Tu n'es pas obligée, tu sais, lui dit-il. Si tu veux, je te libère de ta promesse...

Le cœur battant à tout rompre, Tina se figea. Il lui aurait suffi d'un mot pour mettre un terme à leur improbable liaison. Elle pensait connaître suffisamment Luca à présent pour savoir que si elle le lui demandait, il tiendrait parole et la laisserait partir.

Mais c'était elle qui n'était pas encore prête à mettre un terme à cette relation, elle s'en rendait compte à présent. Si elle partait maintenant, elle ne comprendrait sans doute jamais pourquoi

Luca l'avait traitée si durement, trois ans auparavant, ni pourquoi il l'avait fait chanter pour la forcer à demeurer auprès de lui.

— J'ai dit à mon père que je prenais deux semaines de vacances, déclara-t-elle. Si je reviens avant la fin, il sera furieux...

Le sourire qui se dessina sur les lèvres de Luca lui transperça le cœur.

— Je ne voudrais surtout pas causer de la peine à ton père, déclara-t-il avec une gravité feinte.

Tina hocha la tête et lorsque Luca se pencha vers elle pour l'embrasser, elle lui rendit son baiser sans la moindre hésitation.

Ce soir-là, ils firent l'amour avec une douceur infinie, s'abandonnant à l'envie dévorante qu'ils avaient l'un de l'autre. Et juste avant que Tina finisse par s'endormir, nichée contre la poitrine de Luca, elle se promit de profiter de chaque jour qu'il lui serait donné de passer à Venise sans penser à l'avenir.

Les journées qui suivirent s'écoulèrent comme un rêve étrange. Il semblait à Tina qu'elle vivait en marge de la réalité.

Tous les matins, elle se rendait au *palazzo* où elle aidait sa mère à trier ses affaires et à les emballer en préparation de son déménagement prochain. Cette tâche les rapprochait insensiblement l'une de l'autre, tissant entre elles une fragile complicité faite d'autant de confidences que de non-dits.

L'après-midi, Tina faisait de longues promenades dans Venise. Et plus elle apprenait à connaître cette cité de pierre et d'eau, plus elle sentait grandir en elle un amour inconditionnel.

Elle avait appris à éviter la foule des touristes, qui se concentrait sur quelques artères principales, pour s'enfoncer dans les petites rues que ne fréquentaient que les habitants et quelques rares initiés.

Quant aux soirées, elle les passait en compagnie de Luca. Il leur arrivait de sortir dans les restaurants et les cafés de la ville mais ils préféraient souvent demeurer à l'hôtel particulier. Ils discutaient longuement de tout et de rien, de leurs goûts, de leurs rêves et de leurs espoirs. Ils apprenaient enfin à se connaître.

Chaque soir ils faisaient l'amour. Et chaque soir, il devenait un peu plus difficile de se convaincre qu'elle n'était pas en train de retomber amoureuse de Luca Barbarigo.

Dix jours après son arrivée à Venise, alors qu'elle venait d'arriver au *palazzo*, Tina entendit sa mère s'entretenir au téléphone en italien. Elle paraissait être folle de joie et parlait avec beaucoup d'animation. Ne voulant pas l'interrompre, Tina alla interroger Carmela.

— C'est Antonio Brunelli, le propriétaire du magasin de décoration du Lido chez qui elle a acheté une partie de sa collection, lui expliqua la gouvernante. Je sais qu'elle lui avait demandé s'il pouvait organiser la vente des pièces dont elle veut se défaire.

Tout en parlant, Carmela avait préparé une tasse de café qu'elle posa devant Tina. Quelques minutes plus tard, Lily les rejoignit dans la cuisine. Elle semblait passablement surexcitée et, en cet instant, ressemblait plus à une adolescente de quinze ans qu'à une femme de cinquante.

— Alors ? Que se passe-t-il ? s'enquit Tina, curieuse.

— Tu ne devineras jamais ! Antonio vient de me dire qu'il avait contacté l'un de ses collègues à Londres et que celui-ci était prêt à mettre en vente tous les objets que je voudrai bien lui fournir. D'après Antonio, ils devraient se vendre près d'une fois et demie le prix auquel je les ai achetés !

Tina la contempla avec stupeur.

— Je t'avais bien dit que Matteo était de bon conseil, déclara Lily.

— Effectivement, concéda-t-elle, je l'avais peut-être mal jugé.

Sans doute aurait-elle dû deviner que le cousin de Luca ne pouvait pas être si mauvais…

— Je suis ravie pour toi, maman, ajouta-t-elle.

— Et ce n'est pas tout, renchérit Lily, les yeux étincelants de joie. Antonio veut que je l'accompagne à Londres pour présenter ma collection. Il m'a invitée à dîner demain soir pour que nous en discutions. Mais il m'a déjà dit que nous serions partis pendant au moins un mois.

Tina se demanda si cet Antonio Brunelli n'avait pas d'autres intentions à l'égard de sa mère. Si tel était le cas, son instinct lui soufflait que ses espoirs seraient probablement récompensés.

— Je suis si heureuse ! s'exclama Lily qui paraissait effectivement folle de joie.

— Mais dis-moi, remarqua pensivement Tina, si tu vends ta collection plus cher que tu ne l'as achetée, tu pourrais rembourser Luca. Et de cette façon, tu n'aurais pas à déménager...

Un sourire malicieux se dessina sur les lèvres de Lily.

— Je crois que je préfère garder cette somme pour moi et empocher la pension mensuelle qu'il m'a promise, déclara-t-elle.

— Mais tu paraissais si attachée au *palazzo*, remarqua Tina sans trop savoir pourquoi elle se faisait l'avocat du diable.

— C'est vrai, soupira Lily. Mais une telle propriété est un gouffre financier. Il y a sans cesse des réparations à effectuer, des aménagements à faire. Franchement, je crois que je serai beaucoup mieux dans ce nouvel appartement...

Tina la contempla d'un air incrédule.

— Je sais ce que tu penses, dit Lily. Tu aurais pu éviter de traverser la moitié du monde puisqu'en définitive, tout est bien qui finit bien. Mais lorsque je t'ai appelée, je n'avais absolument aucune idée de l'existence de cet appartement. Je croyais vraiment que Luca voulait me mettre à la rue...

— Je sais.

— Je suis désolée de t'avoir entraînée dans cette histoire, reprit Lily. Et je suis désolée de n'avoir pas su être la mère dont tu avais besoin.

— Ne t'en fais pas, murmura Tina, touchée par ce mea-culpa inattendu.

Il n'était pas dans les habitudes de sa mère de reconnaître ses erreurs.

— J'espère juste que tu seras plus prudente à l'avenir, ajouta-t-elle.

— Peut-être, concéda Lily. Après tout, je ne suis plus si jeune. Tôt ou tard, il faudra bien songer à me ranger… Mais parlons plutôt de toi et de Luca. Où en êtes-vous, tous les deux ?

— Nulle part, répondit Tina.

En réalité, elle était désormais parfaitement incapable de mettre des mots sur la singulière relation qui l'unissait à Luca. Plus le temps passait, en fait, et plus ils évitaient d'y faire allusion, se contentant de vivre dans un éternel présent, comme si cette situation pouvait se prolonger indéfiniment.

— Je vois, murmura Lily. Est-ce que vous avez discuté de ce qui s'est passé à l'époque ? Sait-il que tu es tombée enceinte ?

— Non, répondit précipitamment Tina.

Maintenant que sa colère était passée, elle regrettait amèrement d'avoir raconté cela à sa mère.

— Cela ne servirait à rien, ajouta-t-elle. C'est de l'histoire ancienne…

— Peut-être, admit Lily. Mais c'est aussi son histoire.

— Cela aurait pu l'être. Mais il est trop tard, à présent.

Ce soir-là, Tina raconta à Luca les dernières évolutions de la situation dans laquelle se trouvait sa mère.

— Tu vois, lui dit-elle en souriant. Tu n'avais pas besoin de la faire chanter pour qu'elle parte. Il t'aurait suffi d'attendre la proposition d'Antonio Brunelli un peu plus tôt.

— Cela nous aurait effectivement évité bien des difficultés, acquiesça-t-il pensivement. Mais d'un autre côté, nous ne nous serions jamais retrouvés, toi et moi…

Profondément troublée, Tina le dévisagea longuement. Mais Luca ne semblait pas décidé à poursuivre et elle n'osa pas lui demander quel sens il donnait à ces retrouvailles ni ce qu'il en attendait au juste.

Elle aurait voulu se convaincre que c'était parce qu'elle préférait ne pas compliquer les choses mais, en réalité, elle craignait surtout que la réponse de Luca ne fasse voler en éclats l'espoir qu'elle commençait à caresser sans même oser se l'avouer.

Ce n'était pas réellement un vœu mais juste un rêve un peu fou sur lequel elle n'osait mettre des mots. Un songe dans lequel Luca et elle s'apercevaient qu'ils n'étaient pas si différents et dans lequel elle trouvait le courage de lui avouer ce qu'elle lui cachait depuis trois longues années…

10

Tina effleura presque amoureusement le clavier de son tout nouvel ordinateur. Elle avait protesté vivement lorsque Luca le lui avait offert, bien sûr. Mais il avait su trouver des arguments très convaincants pour lui faire accepter ce cadeau.

Et force était de reconnaître qu'elle adorait ce nouveau gadget, grâce auquel elle pouvait discuter régulièrement en visioconférence avec son père. Ces conversations lui permettaient de rester en contact avec ce qu'elle en venait de plus en plus à considérer comme sa réalité par opposition à la vie rêvée qu'elle menait à Venise.

Elle prenait notamment des nouvelles de la ferme où la période de la tonte s'était achevée. La récolte de la laine avait été particulièrement abondante, cette année, ce qui laissait présager une nette amélioration de leur situation financière.

Ce soir-là, son père venait de lui faire un compte rendu détaillé des offres que lui avaient faites ses acheteurs habituels. Comme il terminait cet exposé, elle entendit une voix de femme qui l'appelait.

— Je suis en ligne avec Tina, répondit-il.

— Qui est-ce ? s'enquit celle-ci, curieuse.

— C'est Deidre, expliqua-t-il.

— Deidre Turner ? s'étonna Tina. Mais je croyais qu'elle ne devait venir que pendant la période de la tonte.

— Elle a accepté de rester pour faire la cuisine, répondit son père d'un ton un peu trop évasif.

Tina le considéra avec attention, cherchant sur son visage les signes d'une éventuelle idylle. Elle remarqua seulement qu'il était rasé de frais et qu'il avait dû aller récemment chez le coiffeur. Evidemment, cela ne prouvait pas grand-chose.

Certes, Deidre était une femme très séduisante. Mais depuis qu'elle avait perdu son époux qui avait été tué dans un accident de tracteur, quelques années auparavant, elle n'avait jamais laissé entendre qu'elle comptait se remettre un jour en ménage.

— Quand comptes-tu rentrer ? demanda alors Mitch. Cela fait près de trois semaines que tu es partie.

Tina ouvrit de grands yeux.

— Non, répondit-elle, tu dois te tromper...

Elle s'interrompit, se rappelant brusquement la date de son arrivée à Venise. Son père avait effectivement raison.

— Trois semaines, murmura-t-elle, troublée.

Pourquoi Luca ne lui en avait-il rien dit ? Contrairement à elle, il allait travailler tous les jours et devait donc avoir une vision beaucoup plus claire du temps qui passait.

Les deux semaines qu'elle lui avait accordées étaient à présent révolues. Et elle ne pouvait se permettre de demeurer indéfiniment à Venise.

— Est-ce que ça va, Tina ? Tu fais une drôle de tête...

— Désolée, papa, s'excusa-t-elle en se forçant à lui sourire. Je pensais à autre chose. Mais tu as raison. Il est temps que je réserve un billet de retour. Je t'enverrai les références du vol dès que ce sera fait, d'accord ?

Il acquiesça et elle prit congé de lui. Lorsqu'elle eut coupé la communication, elle demeura longuement immobile, les yeux dans le vague. Comment avait-elle pu perdre à ce point le fil du temps ?

Lorsqu'elle était arrivée à Venise, elle n'aspirait qu'à en repartir au plus vite. Mais à présent, l'idée de quitter cet endroit éveillait en elle une atroce sensation d'angoisse et d'oppression.

Evidemment, si elle se montrait parfaitement honnête vis-à-vis d'elle-même, elle devait bien s'avouer que ce n'était pas tant la ville qui lui manquerait que l'homme avec lequel elle avait passé ces dernières semaines. Ainsi, malgré toutes ses bonnes résolutions, elle s'était attachée à lui plus qu'elle ne l'aurait dû...

Oui, il était temps de réserver son vol de retour, tant qu'elle en était encore capable. Car si elle demeurait ici plus longtemps, elle risquait de ne plus trouver le courage de repartir.

— J'ai réservé mon billet d'avion pour l'Australie, annonça posément Valentina à Luca.

Il venait tout juste de sortir une bouteille de champagne rosé du réfrigérateur et s'apprêtait à lui annoncer la surprise qu'il avait prévue ce soir-là.

Luttant contre le mélange d'incompréhension et de désarroi qui montait en lui, il remplit leurs deux flûtes et en tendit une à Valentina.

Il ne s'était pas du tout attendu à cela.

Depuis qu'il lui avait proposé de la libérer de sa promesse et qu'elle avait accepté de rester, il s'était laissé aller à croire qu'elle demeurerait indéfiniment à ses côtés. Après tout, elle semblait apprécier autant que lui le temps qu'ils passaient ensemble...

— Quand dois-tu partir ? finit-il par demander pour dissiper le silence écrasant qui était retombé.

— Dans moins d'une semaine. J'ai eu beaucoup de chance de trouver un siège. Apparemment, les vols sont presque tous pleins, à cette époque de l'année...

— Très bien, répondit-il en se forçant à lui sourire. Dans ce cas, je voudrais porter un toast au temps qu'il nous reste. Puissions-nous en faire bon usage.

Il leva son verre et elle fit de même. Il crut pourtant deviner dans son regard une pointe de regret. Avait-elle espéré qu'il la retiendrait ? Etait-elle déçue qu'il ne le fasse pas ?

Mais dans ce cas, pourquoi aurait-elle pris son billet avant même de lui en parler ?

— Et pour commencer dès ce soir, reprit-il, j'ai réservé deux places pour l'opéra. Et j'aimerais que tu portes ceci, ajouta-t-il en sortant de sa poche une boîte de joaillerie tendue de velours bleu nuit.

Il l'ouvrit et présenta à Valentina le bijou qu'elle contenait. C'était un collier d'or fin orné d'un morceau d'ambre en forme de goutte d'eau.

— Il est splendide, murmura-t-elle, émerveillée.

— Je sais que tu n'aimes pas les cadeaux mais lorsque je l'ai vu dans cette vitrine, je n'ai pas pu résister. Je me suis dit qu'il irait à merveille avec tes yeux. Si tu permets...

La faisant pivoter sur elle-même, il accrocha le collier autour de son cou.

— C'est parfait, conclut-il.

Valentina effleura le pendentif du bout des doigts.

— J'en prendrai grand soin, lui dit-elle.

— Cette fois, ce n'est pas un prêt, lui dit Luca. Je l'ai acheté spécialement pour toi.

— Merci, murmura-t-elle, visiblement troublée.

— Considère-le comme un souvenir de ces quelques semaines hors du temps que nous avons passées ensemble.

Une fois de plus, Luca l'avait complètement déstabilisée. Le présent qu'il venait de lui faire, les mots qu'il avait employés... tout résonnait en elle. Comme si tous deux avaient vécu exactement de la même façon cet étrange interlude.

Plus que jamais, elle était saisie par un sentiment d'irréalité. Peut-être n'était-ce pas si surprenant, après tout. Cette ville n'avait-elle pas toujours été placée sous le signe des masques et des faux-semblants ?

Bientôt, elle regagnerait son pays et retrouverait sa véritable existence au milieu des moutons, des chevaux et de la poussière. Bientôt, elle redeviendrait la bergère qu'elle avait toujours été. Loin de cette cité d'eau et de lumière, loin de cet homme dont elle s'éprenait chaque jour un peu plus.

Parviendrait-elle vraiment à reprendre pied dans le monde réel ? Réussirait-elle à tourner la page et à oublier ces journées à nulle autre pareilles ?

Ou bien devrait-elle une fois de plus traverser ce purgatoire de souffrance et de larmes qu'elle avait déjà arpenté trois ans auparavant ?

Elle craignait hélas de ne connaître que trop bien la réponse à ces questions...

Plusieurs dizaines de personnes attendaient sur les marches de l'opéra de la Fenice. Certains avaient apporté des bouteilles de *prosecco* et des verres pour prendre l'apéritif en attendant le début du spectacle.

L'arrivée de Luca fut très remarquée. Tina commençait tout juste à s'habituer à la curiosité que suscitait toujours leur présence. Il y avait là un certain nombre de personnes que Luca connaissait qu'il salua au passage.

Il prenait toujours soin de la présenter sans jamais préciser la nature exacte de leurs relations. Mais Tina ne se faisait aucun doute sur ce que pensaient leurs interlocuteurs. Cela ne la dérangeait pas vraiment. Au contraire, même, elle était fière d'apparaître au bras de cet homme que tous paraissaient respecter et admirer.

Elle avait trouvé un peu curieux de voir sa propre photographie dans les journaux, au début. Mais elle ne s'en souciait plus du tout, se contentant de sourire aux photographes qui la sollicitaient.

Les spéculations allaient bon train à leur sujet. Certains

reporters qui se croyaient bien informés laissaient entendre qu'il y avait un mariage dans l'air. Elle se demandait parfois ce qu'ils auraient pensé si elle leur avait expliqué comment sa liaison avec Luca avait réellement commencé.

Elle se demandait aussi ce qu'écriraient ces gens lorsqu'elle serait repartie pour l'Australie. Sans doute laisseraient-ils entendre que c'était Luca qui l'avait plaquée. Mais cela non plus n'avait pas d'importance.

Rien de tout ceci ne lui manquerait vraiment : ni les paparazzi trop curieux, ni les grands restaurants, ni les belles robes et les bijoux de prix. Non, ce qu'elle regretterait, ce serait cette ville extraordinaire et cet homme qui l'était tout autant.

Elle regretterait ses regards tendres ou passionnés, l'attention dont il faisait toujours preuve à son égard, les baisers ardents qu'ils échangeaient, ses bras entre lesquels elle venait se nicher avant de s'endormir, ses caresses qui savaient éveiller sur son corps un plaisir immense...

— On y va ? demanda Luca, la tirant brusquement de ses réflexions.

Tina hocha la tête. Il lui prit le bras et ils gravirent les marches. En découvrant le foyer au sol et aux colonnes de marbre brun, elle se sentit un peu impressionnée.

— C'est la première fois que je vais à l'opéra, tu sais, avoua-t-elle à Luca.

Il la considéra avec une pointe de stupeur, comme si l'idée lui paraissait presque incroyable.

— Si j'avais su, je t'y aurais emmenée plus tôt, déclara-t-il. Tu es sur le point de vivre l'une des expériences les plus extraordinaires de ta vie. A mes yeux, l'opéra est le plus complet des arts. Musique, chant, décors, costumes, comédie, mise en scène... Tout se combine au service d'une même émotion.

La passion communicative avec laquelle il venait de s'exprimer toucha Tina plus qu'elle ne l'aurait voulu. Pourquoi avait-il fallu qu'il s'écoule tout ce temps avant qu'elle comprenne qui il était réellement ? Et comment avait-elle pu croire un seul instant qu'il était un monstre dénué de toute morale et de toute compassion ?

Tandis qu'elle se faisait ces réflexions, Luca la guida jusqu'à la loge qu'il avait réservée. Et en pénétrant à l'intérieur, elle en eut le souffle coupé. De là où ils se trouvaient, ils disposaient d'une vue imprenable non seulement sur la scène mais aussi sur la salle entièrement décorée à la feuille d'or.

— C'est bien l'opéra qui a été détruit, n'est-ce pas ? demanda-t-elle, fascinée par cet endroit magique.

— Oui. Mais il a été entièrement reconstruit à l'identique. *Com'era e dov'era* était la devise des architectes du projet.

Tina hocha la tête et contempla la salle qui se remplissait lentement. Puis les lumières baissèrent progressivement et la rumeur qui se faisait entendre s'estompa pour laisser place aux premières notes de musique.

En l'espace de quelques instants, Tina se retrouva happée par le spectacle. Profondément touchée par l'histoire de Violetta et de son amour impossible pour Alfredo, elle était hypnotisée par le drame qui se jouait sur scène.

Et tandis que les actes se succédaient sous ses yeux, elle aurait voulu pouvoir figer le temps pour que cette soirée ne cesse jamais. Immergée dans cet univers féerique, emportée par cette musique sublime, elle n'en était pas moins sensible à la présence de Luca à son côté. Elle n'avait pas besoin de le regarder pour percevoir chacune de ses émotions. Il lui semblait même que tous deux ne faisaient plus qu'un, unis par l'expérience qu'ils étaient en train de partager.

Et lorsqu'il lui prit la main et la serra tendrement dans la sienne, elle ne put retenir une larme sans savoir si c'était sur Violetta mourante ou sur elle-même qu'elle pleurait. Car l'histoire de cette femme qui ne découvrait l'amour que pour se le voir retirer à deux reprises éveillait en elle un cruel écho.

Dans un peu moins d'une semaine, elle repartirait pour l'Australie, perdant pour la seconde fois un homme dont elle s'était éprise. Et le rideau retomberait à jamais sur cette partie de son existence.

— Est-ce que cela t'a plu ? lui demanda Luca tandis que le public manifestait son approbation par des applaudissements très nourris.

Elle hocha la tête, trop émue pour lui répondre.

— Est-ce que tu as compris le texte ?

Bien mieux que tu ne peux l'imaginer, songea-t-elle, le cœur lourd.

Cette nuit-là, Tina ne put trouver le sommeil.

Chaque fois qu'elle fermait les yeux, les images de *La Traviata* venaient se mêler à ses propres souvenirs, éveillant en elle une mélancolie si aiguë, si intense, qu'elle l'arrachait brusquement à son demi-sommeil.

Elle demeura longuement immobile, écoutant la respiration lente et profonde de Luca et les clapotis du canal en contrebas. Finalement, elle comprit qu'elle ne s'endormirait jamais et se leva en silence.

Enfilant son peignoir de soie brodé, elle s'approcha de la fenêtre ouverte et s'appuya contre la balustrade de fer forgé pour contempler les eaux sombres et le petit pont qui les enjambait. Un réverbère nimbait ce décor désormais familier d'une lueur jaunâtre.

Tina avait déjà l'impression que cette vision reviendrait la hanter chaque fois qu'elle souffrirait d'insomnie. A jamais, elle l'associerait avec l'étrange émotion qui l'assaillait en cet instant. Ce n'était pas tout à fait de la mélancolie, plutôt une sorte de nostalgie à l'idée de *ce qui ne serait pas*.

Levant les yeux, elle regarda les lourds nuages qui dérivaient paresseusement dans le ciel d'encre, annonçant la fin imminente de la belle saison. Bientôt, les pluies d'automne commenceraient à s'abattre sur la ville. Mais elle ne les verrait pas tomber.

Dans quelques jours, elle retrouverait le printemps australien. Mais elle n'était pas certaine qu'il suffise à réchauffer son cœur.

— Ne te retourne pas.

Elle sursauta légèrement, percevant la présence de Luca juste derrière elle. Elle était tellement perdue dans ses pensées qu'elle ne l'avait pas entendu approcher.

— Tu es si belle, murmura-t-il en posant doucement ses mains sur ses épaules.

Tina sentit un délicieux frisson glisser le long de son échine et elle ferma les yeux, s'abandonnant complètement à cette sensation. Les paumes de Luca glissèrent alors le long de ses épaules et de ses bras pour aller se poser sur la ceinture de son peignoir.

Comme il se pressait contre elle, elle sentit distinctement le désir qu'il avait d'elle.

— Quelqu'un pourrait nous voir, remarqua-t-elle, la bouche sèche.

— La rue est déserte. Et même si quelqu'un nous regardait, il ne distinguerait que deux ombres.

Tout en parlant, il avait dénoué sa ceinture. Il lui enleva ensuite son peignoir qui glissa à ses pieds. Elle frémit légèrement au contact de l'air nocturne mais les caresses habiles de Luca ne tardèrent pas à dissiper toute sensation de froid.

Ses mains traçaient sur son dos de mystérieuses figures géométriques. Puis elles vinrent effleurer son ventre avant de remonter très lentement jusqu'à sa poitrine qui se dressait déjà sous l'effet du désir incoercible qu'elle avait de lui.

Elle gémit doucement tandis qu'il agaçait la pointe de ses seins. Puis Luca fit de nouveau glisser une de ses mains vers le bas pour venir la poser entre ses cuisses. Elle se mordit la lèvre pour réprimer un cri de plaisir lorsqu'elle sentit ses doigts se glisser en elle.

Elle était déjà prête à l'accueillir mais Luca paraissait décidé à prendre tout son temps. Sa bouche se posa au creux de son cou qu'il lécha du bout de la langue. Craignant que ses jambes ne se dérobent, Tina dut s'appuyer contre la balustrade.

Jamais elle n'avait eu autant besoin de lui qu'en ce jour où elle savait devoir le perdre. C'était bien plus qu'un simple désir physique. Elle avait l'impression que tous deux se complétaient parfaitement, qu'ils étaient une prolongation naturelle l'un de l'autre.

Elle aurait voulu pouvoir le lui dire, pouvoir lui avouer ce qu'elle ressentait, ce qu'elle avait fini par comprendre. Mais avant qu'elle ait pu ouvrir la bouche, elle sentit Luca entrer en elle très lentement.

Un gémissement rauque et âpre lui échappa. C'était un cri primal, l'expression la plus pure de cette joie qui déferlait en elle. Agrippant la rambarde de la fenêtre, elle se pencha en avant pour mieux le laisser pénétrer en elle.

Elle voulait se sentir totalement possédée. Elle voulait se donner à lui corps et âme. Peut-être alors comprendrait-il ce qu'elle éprouvait pour lui. Peut-être percevrait-il ce qu'elle s'était caché bien trop longtemps.

Elle aimait Luca Barbarigo.

Elle l'avait probablement aimé depuis le jour où ils s'étaient rencontrés. Et elle ne cesserait probablement jamais de le faire...

11

Le lendemain, Tina constata qu'elle avait ses règles. Elle se sentit terriblement frustrée à l'idée que Luca et elle ne pourraient profiter comme elle l'aurait voulu des derniers jours qu'il leur restait à passer ensemble.

Elle essaya de se consoler en se disant qu'au moins, elle avait la certitude de ne pas être enceinte, cette fois-ci. Mais curieusement, cette idée ne fit qu'ajouter à son désarroi.

Ce n'était pas parce qu'elle voulait un enfant de Luca, bien sûr. Il aurait été absurde de réitérer l'erreur qu'elle avait déjà commise une fois et qui lui avait coûté si cher.

Mais le souvenir de cette grossesse était revenu la hanter presque continuellement au cours de ces derniers jours. Et elle ne cessait de se demander s'il n'était pas temps pour elle d'avouer à Luca ce qui s'était passé à l'époque.

Ce serait probablement sa dernière occasion de le faire. Après tout, il y avait très peu de chances pour qu'ils se revoient par la suite...

Mais plus elle se posait la question et moins la réponse lui paraissait évidente. D'un côté, elle ne pouvait nier le fait que Luca avait le droit de savoir ce qui s'était passé. Mais à quoi servirait-il de rouvrir de vieilles blessures, après tout ce temps ?

Elle craignait aussi qu'il se méprenne sur ses intentions. Car elle avait gardé le silence pendant des années. Peut-être se demanderait-il ce qui la poussait soudain à lui dire la vérité. Elle ne voulait en aucun cas qu'il s'imagine que c'était un subterfuge, une forme de chantage émotionnel.

Qu'aurait-elle souhaité, elle, si les rôles avaient été inversés ? Aurait-elle préféré savoir ce qui s'était passé ou bien vivre dans l'ignorance ?

La réponse ne se fit pas attendre : elle aurait voulu savoir, bien sûr. Elle aurait même probablement été furieuse que Luca ne lui ait pas avoué la vérité plus tôt. Sans doute devait-elle s'attendre à ce qu'il lui en veuille. Mais ce n'était certainement pas une raison pour reculer.

Après tout, l'amour était d'abord une question de confiance.

Luca passa en revue les documents que lui avait renvoyés Lily et poussa un juron qui fit relever la tête à son assistant.

— Je pensais vous avoir demandé de vérifier toutes les signatures ! s'exclama-t-il. N'avez-vous pas remarqué qu'il en manquait au moins trois ?

Luigi s'approcha de son bureau et Luca lui montra les endroits où manquait le paraphe de la mère de Valentina.

— Je vais aller la voir, murmura le jeune homme d'un air penaud.

— Je m'en charge, déclara Luca.

Il avait bien mieux à faire mais cette petite promenade lui ferait du bien. Ces derniers temps, il se sentait terriblement irritable et avait même du mal à se concentrer sur son travail.

Evidemment, il connaissait parfaitement la cause de cette distraction inopportune. L'idée du départ prochain de Valentina le déprimait profondément. Au fil des semaines qu'ils avaient passées ensemble, l'attirance qu'elle exerçait sur lui, loin de s'étioler, n'avait fait que croître.

Il s'était habitué à vivre à ses côtés, à la retrouver lorsqu'il rentrait du bureau, à se réveiller en la tenant dans ses bras. Il aimait faire l'amour avec elle. Il aimait discuter avec elle. Il aimait se promener en sa compagnie. Il aimait même ne rien faire, tant que c'était à ses côtés.

Lorsqu'il l'avait éconduite, trois ans auparavant, elle avait imprimé en lui une marque qu'aucune autre n'avait réussi à effacer. Et maintenant qu'elle s'apprêtait à disparaître de nouveau, il savait que la déchirure serait bien pire encore. Il pouvait déjà sentir le vide qu'elle laisserait dans son cœur.

Mais il ne pouvait tout de même pas l'empêcher de retourner chez elle.

D'un geste légèrement rageur, il fourra le dossier de Lily dans son attaché-case. D'un pas rapide, il se dirigea vers la porte principale.

Cette signature n'était pas anodine. Sans elle, il aurait beaucoup de mal à faire reconnaître le transfert de propriété du *palazzo*. Or, de son côté, il avait déjà signé tous les documents concernant le don de l'appartement ainsi que ceux qui établissaient la pension mensuelle de Lily.

Sur le chemin du *palazzo*, il reçut un coup de téléphone de Matteo.

— Je voulais te féliciter pour la photo dans le *Corriere*, lui dit son cousin.

— Quelle photo ? lui demanda Luca.

— Celle qui surmonte l'intéressant article concernant ton futur mariage...

— Pardon ?

— Le journaliste prétend que Valentina et toi êtes fiancés et que c'est pour cela que tu lui as offert le collier qu'elle portait hier soir.

— Ce type a une imagination prodigieuse, commenta Luca presque à regret.

Le son de sa propre voix le fit sursauter. Oui, inutile de se le dissimuler plus longtemps, il aurait préféré que la nouvelle soit vraie. Cette révélation le prit complètement de court. Se pouvait-il qu'il soit tombé vraiment amoureux de Valentina ?

— Quoi qu'il en soit, Maria m'a demandé de vous inviter à dîner, vendredi prochain. Elle a très envie de rencontrer Valentina.

— Je pourrai venir, répondit Luca. En revanche, Valentina ne sera pas des nôtres.

— On peut organiser ça un autre jour si elle est déjà prise.

— Ce n'est pas cela. Mais elle doit rentrer chez elle en Australie.

— Pour combien de temps ?

— Pour toujours.

Un long silence suivit cette réponse abrupte.

— Je croyais que c'était la bonne, cette fois-ci, avoua enfin Matteo, apparemment très déçu. Vous aviez l'air si bien ensemble.

— Apparemment pas assez, murmura Luca. Mais ne t'en fais pas, Matteo, je m'en remettrai.

— Si tu le dis...

— Que veux-tu ? reprit Luca en se forçant à adopter un ton léger. Il faut croire que je ne suis pas le genre d'homme à qui l'on passe la bague au doigt...

— Je suis désolé, vieux, soupira Matteo. Viens nous voir vendredi, en tout cas. On discutera de tout ça. Ou pas.

— D'accord, Matteo. A vendredi.

Luca raccrocha et poursuivit son chemin. Quelques minutes plus tard, il arriva devant le *palazzo* dans lequel il avait passé toute son enfance.

Sachant que la sonnette ne fonctionnait que par intermittence, il poussa le portail de fer forgé et traversa le jardin en friche pour aller frapper à la porte d'entrée. Ce fut Carmela qui vint lui ouvrir et, après l'avoir annoncé, elle le fit entrer dans le salon dans lequel se trouvait Lily.

— Bonjour, lui dit-il. Je suis venu vous faire signer un papier. Apparemment, vous avez oublié de le parapher...

— Valentina m'a dit qu'elle devait bientôt rentrer en Australie, remarqua Lily sans tenir aucun compte du document qu'il lui tendait.

Luca soupira intérieurement. Apparemment, tout le monde

s'était donné le mot. Combien de personnes encore se feraient un malin plaisir à retourner le couteau dans la plaie ?

— Effectivement, répondit-il un peu sèchement. Elle a décidé de rentrer chez elle. Maintenant, si vous voulez bien signer ici...

— J'espère que ce n'est pas parce que vous lui avez brisé le cœur, reprit Lily en fronçant les sourcils.

Il en demeura sans voix.

— Depuis quand vous souciez-vous de ce que votre fille peut bien ressentir ? répliqua-t-il. Vous ne vous êtes jamais intéressée à ce qu'elle pouvait devenir depuis que vous l'avez abandonnée aux bons soins de son père !

— Je plaide coupable, acquiesça Lily. Je n'ai jamais été une très bonne mère. Mais au cours de ces dernières semaines, nous nous sommes un peu rapprochées, Tina et moi. J'ai appris à mieux la connaître et même à l'aimer, à ma façon. Je sais déjà qu'elle me manquera beaucoup lorsqu'elle ne sera plus là.

Luca la considéra avec étonnement. Jusqu'à ce jour, tout ce qu'il avait pu apprendre au sujet de Lily avait conforté l'opinion qu'il se faisait d'elle. C'était une femme complètement nombriliste, qui ne se souciait que de son propre intérêt et ne reculait devant aucune bassesse pour obtenir ce qu'elle voulait.

Et voilà qu'elle se découvrait brusquement une fibre maternelle...

— Promettez-moi que vous ne lui ferez pas de mal, ajouta-t-elle gravement.

Décidément, c'était le monde à l'envers.

— Je ne promets rien, grommela-t-il.

Il n'aurait su dire s'il était furieux contre elle, contre Valentina ou contre lui-même.

— Elle ne mérite vraiment pas de souffrir de nouveau après ce qu'elle a traversé la dernière fois...

— A vous entendre, on pourrait croire que je me suis conduit comme un monstre, s'exclama-t-il, sur la défensive. Je reconnais que j'ai pu avoir quelques paroles blessantes. Mais ce n'était tout de même pas un crime !

— Je ne parlais pas de ça, objecta Lily.

Elle se mordilla la lèvre et secoua la tête.

— Je suis désolée, soupira-t-elle. Cela ne me regarde pas. Si Tina ne vous a rien dit, c'est qu'elle a ses raisons. Tout ce qui m'importe, c'est que vous preniez garde de ne pas lui faire de mal, cette fois-ci.

— Vous en avez trop dit ou pas assez, protesta Luca.

Mais Lily se mura dans un silence plein de défiance.

Qu'avait-elle voulu dire ?

Qu'avait bien pu lui cacher Valentina ?

Alors même qu'il formulait cette question, il eut l'intuition de la réponse. Un frisson glacé le parcourut de la tête aux pieds tandis que son cœur se mettait à battre la chamade.

— Seriez-vous en train de me dire que Valentina était enceinte ? demanda-t-il au prix d'un immense effort.

Lily ne répondit pas mais ses yeux confirmaient de façon éloquente ce qu'elle se refusait à lui dire. Il eut brusquement l'impression que le sol se mettait à vaciller sous ses pieds.

— Elle était enceinte, répéta-t-il d'une voix blanche.

Comment avait-elle pu lui cacher cela pendant toutes ces années ? Comment avait-elle pu ne rien lui dire alors qu'ils vivaient sous le même toit depuis près de trois semaines ? Mais surtout, comment avait-elle pu décider d'avorter sans même lui demander son avis ?

Livide, il tourna les talons et se dirigea vers la sortie à grands pas.

— Luca, attendez ! s'exclama Lily d'une voix paniquée. Luca, ne partez pas...

Mais il ne ralentit pas.

De retour chez lui, moins de dix minutes plus tard, il trouva Valentina pelotonnée sur le canapé du salon. Elle était en train de lire ses e-mails et ne l'entendit pas entrer. L'espace de quelques secondes, il s'immobilisa sur le seuil de la pièce et l'observa attentivement.

Elle était vêtue d'une jupe et d'un T-shirt colorés et avait les cheveux détachés, ce qui lui donnait un aspect terriblement juvénile. A la voir, on ne pouvait qu'être frappé par l'impression d'innocence qui se dégageait d'elle. Mais Luca n'était pas dupe. Il savait à présent ce que dissimulait cette façade.

S'avançant vers elle, il la vit lever la tête et lui adresser un sourire radieux. Un sourire qui ne tarda pas à se figer, remplacé par une expression inquiète.

— Que se passe-t-il ? lui demanda-t-elle. Pourquoi rentres-tu si tôt ?

— Pendant tout ce temps..., commença-t-il avant de s'interrompre brusquement.

Il prit une profonde inspiration, s'efforçant de remettre de l'ordre dans ses pensées en déroute.

— Jamais je n'aurais imaginé que tu puisses être capable d'une chose pareille, reprit-il.

La stupeur qu'il lut alors dans les yeux de Valentina se doublait d'une pointe de culpabilité qui lui confirma qu'il ne s'était pas trompé.

— Quand pensais-tu me le dire ? s'exclama-t-il.

Il secoua la tête.

— Non, murmura-t-il. J'imagine que tu n'avais pas l'intention de le faire...

Elle ne répondit pas mais son visage était à présent aussi pâle qu'un linge et ses lèvres tremblaient doucement. Luca ravala rageusement la pitié qu'elle lui inspirait.

— Au moins, tu ne perds pas ton temps à nier, reprit-il.

— Luca..., commença-t-elle.

Mais elle s'interrompit aussitôt, comprenant probablement qu'il n'y avait pas grand-chose à ajouter. De grosses larmes roulèrent le long de ses joues, mais Luca s'était attendu à une telle réaction. Aucune larme ne pourrait racheter la trahison dont elle s'était rendue coupable.

— Qui te l'a dit ? demanda-t-elle enfin. Lily ?

— Qu'est-ce que ça peut faire ? s'exclama-t-il rageusement. Ce que je veux savoir, c'est pourquoi toi, tu ne m'as rien dit.

— J'allais le faire, affirma-t-elle d'une voix faible.

— Comme par hasard...

— Je te le jure. J'ai pris la décision ce matin même.

— Je n'en crois pas un mot.

— Je t'en prie, Luca, tu dois me croire...

— Et comment veux-tu que je puisse croire quoi que ce soit venant de toi ? Tu m'as menti pendant trois ans ! Cela, à la limite, je pourrais presque le comprendre. Après tout, c'est moi qui t'ai repoussée... Mais depuis que tu es revenue à Venise, tu as eu tout le temps de me dire la vérité. Nous nous sommes vus chaque soir pendant près de trois semaines !

— Je ne savais pas comment t'expliquer..., avoua-t-elle piteusement.

— M'expliquer quoi ? s'écria-t-il. Que tu avais tué notre enfant ? Mon enfant ?

Valentina frissonna violemment.

— Non, murmura-t-elle en secouant la tête. Ce n'est pas ce qui s'est passé... Je n'ai pas...

Elle s'interrompit pour tenter de reprendre son souffle.

— Notre bébé est mort, reprit-elle enfin.

— Et c'est toi qui l'as tué.

— Pas du tout...

Luca l'interrompit d'un geste.

— Arrête, Valentina. Je ne crois plus un mot de ce que tu racontes. Tu prétends que tu voulais m'en parler alors que tu n'as rien dit pendant des années. Et maintenant, tu vas me dire que tu as fait une fausse couche...

— Mais c'est ce qui s'est passé..., plaida-t-elle.

— Ça suffit, l'interrompit-il. Je ne veux plus entendre tes mensonges. Je ne veux plus te voir. Tu me dégoûtes…

Valentina se tordit les mains. En d'autres circonstances, il aurait pu croire qu'elle se trouvait vraiment au comble du désespoir. Mais il savait maintenant qu'elle était une actrice consommée et que le mensonge était pour elle une seconde nature.

— Je te jure que j'ai perdu cet enfant, lui dit-elle.

— Tu l'as tué. Sans même me dire que j'allais devenir père. Sans me demander mon avis.

— Tu sais très bien que je n'aurais jamais fait une chose pareille ! protesta-t-elle.

Il la regarda longuement avant de secouer la tête.

— Non, je n'en sais rien du tout, justement, répondit-il. Je ne te connais pas, Valentina. Et la femme dont j'ai cru tomber amoureux n'existe pas. Elle n'a jamais existé ailleurs que dans mon imagination.

Il se détourna brusquement et alla se planter devant la fenêtre entrouverte. Mais l'air frais qui faisait voler les voilages ne suffit pas à atténuer la colère qui bouillonnait en lui.

— Je ne sais pas ce que tu espérais en revenant ici. Peut-être pensais-tu me piéger en retombant enceinte. C'est le genre de choses que ta mère a dû t'apprendre, j'imagine… Qu'aurais-tu fait si c'était arrivé ? Est-ce que tu l'aurais tué, lui aussi ? Ou est-ce que tu t'en serais servie pour me faire chanter ?

Seul le silence répondit à ses accusations. Et lorsqu'il se retourna enfin, il constata que Valentina n'était plus là.

12

Le cimetière était situé sur une vaste étendue herbeuse qui se terminait par une falaise plongeant à pic dans la mer. Les vagues étaient déchaînées, ce jour-là, et venaient s'écraser bruyamment contre la paroi de pierre, projetant des gerbes d'écume en direction du ciel d'azur.

Tina offrit son visage aux embruns. Elle avait toujours aimé cet endroit depuis le jour où son père le lui avait fait découvrir. Elle était encore enfant, à cette époque, et il avait exceptionnellement consenti à prendre quelques jours de vacances pour l'emmener au bord de la mer.

Ils s'étaient longuement promenés entre les tombes, déchiffrant les épitaphes et élaborant des hypothèses concernant l'existence qu'avaient pu mener ceux qui reposaient ici.

Les sépultures les plus anciennes remontaient au XIXe siècle et certaines pierres étaient presque illisibles, à présent. Elle ne pouvait s'empêcher de les comparer aux stèles méticuleusement entretenues d'un autre cimetière situé en bord de mer.

Quittant la section la plus ancienne du cimetière, Tina se dirigea lentement vers la partie moderne. Elle la connaissait si bien qu'elle aurait pu la parcourir les yeux fermés sans craindre de marcher sur une tombe. Et elle ne tarda pas à parvenir en vue de la stèle toute simple qu'elle avait fait ériger à la mémoire de son enfant.

Comme chaque fois qu'elle venait ici, elle sentit son cœur se serrer en songeant à cette vie fauchée avant même d'avoir pu réellement commencer. Cela paraissait si injuste...

S'agenouillant auprès de la petite tombe, elle s'adressa à son enfant à mi-voix.

— Bonjour, Leo, lui dit-elle. C'est maman...

Elle essuya les larmes qui étaient apparues au coin de ses yeux.

— Je t'ai apporté un cadeau, reprit-elle.

Elle le sortit du sac dans lequel il se trouvait et entreprit de le déballer.

— C'est un cheval, expliqua-t-elle en exposant la petite sculpture de verre aux rayons du soleil. Il vient d'une ville située très loin d'ici, en Europe. Cette ville s'appelle Venise et c'est là qu'habite ton papa...

Sa voix se brisa et elle dut prendre une profonde inspiration pour recouvrer le contrôle de ses émotions.

— J'ai vu un homme fabriquer un cheval qui ressemblait beaucoup à celui-ci, poursuivit-elle. Il faisait tourner un morceau de verre en fusion et le sculptait avec sa pince. Je suis sûre que tu aurais adoré ça...

La gorge serrée par l'émotion, Luca observait Valentina qui s'était assise près de la tombe de son fils — de leur fils — et qui lui parlait doucement.

Lorsqu'elle avait disparu après leur confrontation à Venise, le doute s'était lentement insinué en lui. Plus il réfléchissait à ce qui s'était passé au cours des semaines précédentes et plus ce doute enflait.

Car ce dont il avait accusé Valentina ne cadrait pas avec tout ce qu'il savait d'elle. Finalement, il s'était résigné à appeler Lily pour l'interroger. Mais elle ignorait la façon dont était mort l'enfant qu'ils avaient conçu.

Incapable de supporter cette incertitude, il avait fait appel à un détective privé australien. Et il avait fallu moins d'une journée à ce dernier pour obtenir les informations qu'il cherchait.

Valentina était bel et bien enceinte lorsqu'elle était rentrée en Australie. Mais elle n'en avait rien dit à son père et était retournée directement à l'université. Au bout de quelques mois, des complications étaient apparues et Valentina avait dû s'aliter. Elle s'était alors installée chez l'une de ses amies.

Leo Henderson était né avec trois mois d'avance et n'avait survécu que quelques heures avant de rendre l'âme.

En apprenant ce qui s'était réellement passé, Luca avait éprouvé un terrible sentiment de culpabilité. Il avait accusé à tort la femme qu'il aimait. Une fois de plus, il l'avait insultée et l'avait repoussée.

Il y avait peu de chances pour qu'elle le lui pardonne de nouveau. Mais il ne pouvait se permettre de laisser passer sa chance, si mince fût-elle. Il avait donc pris le premier avion pour Sydney. Là, il avait loué une voiture et avait roulé à tombeau ouvert jusqu'à Junee.

Sans même prendre le temps de se raser ou de se changer, il s'était rendu directement à la ferme Henderson. Elle correspondait exactement à ce qu'il avait imaginé. C'était une belle bâtisse de bois blanc avec un large porche qui s'ouvrait sur de vastes pâturages. Il émanait de l'endroit une impression de calme et de sérénité.

Lorsqu'il avait frappé à la porte de la maison, un homme d'un âge indéterminé était venu lui ouvrir. Il avait la peau tannée par le soleil et des yeux très bleus, presque translucides, qui semblaient capables de lire dans le cœur des gens.

— Vous êtes bien M. Henderson ? avait demandé Luca, plus intimidé qu'il ne l'avait été depuis longtemps.

— Et vous devez être ce Luca dont Lily m'a parlé.

— C'est exact, avait-il répondu en lui tendant la main.

Mitch Henderson l'avait longuement considérée avant de la serrer dans la sienne. Et Luca avait été impressionné par l'impression de force et de vigueur qui se dégageait de cette simple poignée de main. Mais sans doute n'y avait-il rien de très surprenant à ce que le père de Valentina soit un homme hors du commun.

— Je suis venu voir votre fille, lui avait-il dit.

— Je ne sais pas si elle aurait accepté de vous rencontrer, avait rétorqué Mitch avec cet accent légèrement traînant qu'avaient les gens de la région. J'ignore ce qui a pu se passer entre vous à Venise, mais elle n'était pas au mieux de sa forme lorsqu'elle est rentrée...

— C'est entièrement ma faute. Et c'est la raison pour laquelle je suis venu lui demander pardon.

Mitch avait esquissé un hochement de tête.

— Bien. C'est une bonne chose. Malheureusement, elle n'est pas ici.

— Savez-vous où elle se trouve ? s'était enquis Luca, déstabilisé. Il avait été si pressé de venir la voir qu'il n'avait pas envisagé un seul instant qu'elle puisse ne pas se trouver là.

— Elle est partie pour Sydney. Elle m'a dit qu'elle devait aller voir quelqu'un. Cela paraissait très important mais elle a refusé de me dire de qui il s'agissait.

— Je crois que je sais où elle est allée, avait murmuré Luca en faisant demi-tour.

— Attendez !

L'ordre avait claqué comme un coup de fouet, le figeant sur place.

— J'ai comme l'impression que c'est à cause de vous que ma fille est aussi triste, avait déclaré Mitch d'un ton légèrement menaçant. Alors, quoi que vous fassiez, ne vous avisez pas de la rendre plus malheureuse encore. Je déteste prendre l'avion mais je n'hésiterai pas à aller jusqu'à Venise si vous lui faites du mal. C'est compris ?

— Parfaitement, avait acquiescé Luca. Croyez-moi, tout ce qui m'importe pour l'instant, c'est le bonheur de votre fille. Je l'aime et je suis venu jusqu'ici pour la demander en mariage.

Pour la première fois depuis le début de leur conversation, Mitch Henderson avait paru se détendre légèrement.

— Dans ce cas, Luca, lui avait-il dit, espérons pour nous tous que c'est aussi ce que veut ma fille...

Les paroles du père de Valentina résonnaient toujours en lui tandis qu'il observait la jeune femme qui se tenait près de la tombe. Au bout de ce qui lui parut une éternité, il trouva enfin le courage de s'avancer vers elle.

Comme il approchait de la sépulture, elle jeta un coup d'œil dans sa direction. Instantanément, elle se figea. Ses yeux s'écarquillèrent et son visage pâlit brusquement.

— Bonjour, Valentina, lui dit-il d'une voix mal assurée. Je suis venu voir Leo.

Elle ne dit pas un mot, mais il ne parvint pas à savoir si c'était sous le coup de l'émotion ou parce qu'il n'y avait rien à répondre à cela. Il s'avança vers la pierre tombale et déchiffra l'inscription qui figurait dessus.

Leo Henderson Barbarigo, un nouvel ange dans le ciel.

— Tu lui as donné mon nom.

— C'est ton fils, répondit-elle simplement.

Ces mots eurent raison de lui. Les yeux rivés sur la petite tombe, il tomba à genoux, les yeux emplis de larmes. Il avait l'impression que l'on venait d'arracher un morceau de son cœur.

— Pourquoi ne m'as-tu rien dit ?

— Je comptais le faire, soupira-t-elle. Je m'étais promis que lorsqu'il serait né, je t'appellerais pour te le dire... Mais je l'ai perdu et il semblait vain de t'imposer ça.

Luca baissa la tête, accablé par le poids du remords.

— Je n'aurais pas dû te dire toutes ces choses lorsque nous étions à Venise, déclara-t-il. J'aurais dû commencer par écouter ce que tu avais à dire avant de t'accuser comme je l'ai fait.

— Tu étais sous le choc.

— Ne me cherche pas d'excuse, protesta-t-il. J'ai commis une erreur impardonnable...

Il se tourna de nouveau vers la pierre tombale.

— Peux-tu me raconter comment c'est arrivé ?

— Il n'y a pas grand-chose à dire. Tout s'est bien passé jusqu'à la vingtième semaine. Et puis, les douleurs sont apparues. Au début, j'ai pensé qu'il s'agissait sûrement d'une intoxication alimentaire. Mais les élancements sont devenus de plus en plus intenses et j'ai commencé à avoir des saignements...

Elle secoua doucement la tête.

— Les médecins m'ont conseillé de garder la chambre et de me ménager mais cela n'a pas suffi. Ils ont essayé de retarder l'accouchement autant qu'ils l'ont pu mais cela n'a pas marché.

— Je suis désolé, murmura Luca.

— Il n'avait aucune chance... Son cœur battait, pourtant, et il respirait. Il a même entrouvert les yeux et m'a regardée. Il était si mignon, Luca. En le voyant, j'ai vraiment cru qu'il allait tenir le coup, qu'il allait vivre. Mais il est mort sous mes yeux et je n'ai rien pu faire.

La voix de Valentina se brisa. Luca aurait voulu la serrer contre lui pour la réconforter mais il ne s'en sentait pas le droit. Et ce sentiment d'impuissance lui était intolérable. Comment avait-il pu gâcher la complicité qui les unissait encore quelques jours auparavant ?

— Est-ce qu'il y avait quelqu'un avec toi ? demanda-t-il enfin.

— Personne. L'amie chez qui j'habitais à l'époque était absente. Quant à mon père... Je n'avais pas encore osé lui en parler. Il n'est toujours pas au courant, d'ailleurs.

— C'est effectivement l'impression que j'ai eue lorsque je lui ai parlé, acquiesça Luca.

— Tu as vu mon père ?

— Je croyais te trouver à la ferme, dit-il.

— Tu ne lui as rien dit, n'est-ce pas ? demanda-t-elle, visiblement inquiète.

— Non, répondit Luca. Bien sûr que non... Mais je pense que

tu devrais le faire. Il t'aime énormément et je suis certain qu'il comprendrait.

— Je sais, soupira-t-elle. J'aurais sans doute dû lui en parler, à l'époque. Mais j'avais peur de le décevoir. Il a épousé ma mère parce qu'elle était tombée enceinte. Et je ne voulais pas qu'il pense que j'avais commis la même erreur. C'était idiot, bien sûr. Après tout, il aurait bien fallu que je lui parle, en fin de compte. Je n'aurais jamais pu élever cet enfant sans son aide...

— Justement, moi j'aurais dû être à tes côtés. Il n'est pas juste que tu aies dû faire face à cette situation toute seule.

— Si la vie était juste, Leo aurait survécu, répondit-elle avec une pointe d'amertume. Quoi qu'il en soit, je ne voulais pas te donner l'impression que j'avais cherché à te piéger. Et puis, on ne peut pas dire que nous nous étions quittés en très bons termes. Très franchement, je n'avais aucune envie de te revoir, à ce moment-là. Je comptais juste t'écrire une lettre, ou t'appeler, après la naissance.

— Crois-tu que je serais resté à l'écart ? lui demanda-t-il gravement.

— Très honnêtement, je n'ai pas réfléchi à la question. Je vivais au jour le jour. Tout était tellement nouveau, pour moi... Et puis, Leo est mort et la question ne s'est plus posée.

Elle soupira tristement.

— Evidemment, je ne pensais jamais te revoir, ajouta-t-elle en le regardant droit dans les yeux. Si j'avais su ce qui allait se passer, j'aurais certainement agi différemment. Et je suis désolée que tu aies découvert la vérité de cette façon.

— Moi aussi, acquiesça-t-il en se redressant.

Il lui tendit la main.

— Allons marcher un peu, lui proposa-t-il. J'ai encore des choses à te dire.

Après un instant d'hésitation, Valentina prit sa main et se leva à son tour. Il l'entraîna vers le petit belvédère qui avait été bâti au sommet de la falaise et tous deux demeurèrent longtemps silencieux, contemplant la mer déchaînée qui lançait ses assauts infatigables contre les rochers.

Il y avait quelque chose d'irréel à se trouver ici auprès d'elle. Chaque fois qu'ils s'étaient rencontrés, c'était à Venise. Mais peut-être était-il inévitable qu'ils se retrouvent précisément ici, dans ce cimetière des antipodes où leur enfant reposait à présent.

Il avait traversé la moitié du monde pour venir la rejoindre. Mais maintenant qu'il se trouvait là, à son côté, il ne savait comment lui avouer ce qu'il avait sur le cœur. Il y avait tant de non-dits, entre eux, tant de malentendus…

Finalement, ce fut Valentina qui parla la première.

— Je suis heureuse que tu sois venu voir Leo.

Il hocha la tête.

— Ce n'est pas uniquement lui que je suis venu voir, déclara-t-il enfin. Je te dois des excuses, Valentina. Je me suis mal comporté avec toi. Et je sais à présent tout le mal que je t'ai fait. Je ne demande pas ton pardon. Mais je veux au moins t'expliquer pourquoi je me suis conduit de cette façon…

Elle ne répondit pas, comme si elle attendait qu'il poursuive.

— Mes parents sont morts lorsque j'étais très jeune, reprit-il. Tu le sais ; tu as vu leur tombe. A cette époque, je suis allé vivre chez Eduardo et Agnethe. Ils m'ont offert bien plus qu'un toit. Ils m'ont donné l'amour dont j'avais besoin pour me reconstruire.

— C'est pour cela que tu voulais récupérer le *palazzo*, n'est-ce pas ? Parce qu'il symbolisait cette période de ta vie ?

— En partie, oui. C'est l'endroit où j'ai grandi. Mais c'est aussi l'un des fleurons de l'architecture vénitienne, un lieu magique que j'ai vu sombrer lentement dans la décrépitude. Mon oncle était un homme bon et généreux. Mais il n'avait aucun sens des affaires. Il a dilapidé l'argent qu'il avait hérité de ses parents et s'est retrouvé dans l'incapacité d'entretenir cette maison.

Le regard de Luca se perdit à l'horizon.

— C'est principalement pour cette raison que j'ai fondé la banque, poursuivit-il. Je voulais gagner assez d'argent pour restaurer le *palazzo* et lui rendre sa splendeur passée. J'ai travaillé très dur pour y parvenir.

— Mais Eduardo s'est remarié...

— Ne te méprends pas. J'étais vraiment heureux pour lui, au début. Agnethe était décédée depuis plusieurs années et j'étais ravi qu'il refasse sa vie avec quelqu'un d'autre. Et puis, ta mère était une femme charmante...

Il se tourna vers Valentina qui l'observait toujours avec attention.

— C'est alors qu'elle m'a fait des avances...

Valentina ne put réprimer une exclamation de stupeur.

— C'était lors de la fête qu'Eduardo avait organisée pour ses soixante-dix ans. Tu te doutes bien que j'ai refusé. Mais j'étais furieux contre elle.

— C'est pour cela que tu t'es montré si distant à mon égard, ce jour-là, murmura Valentina.

— Exact. Rétrospectivement, je me rends compte que j'ai peut-être réagi de façon excessive. Ta mère était encore jeune et Eduardo ne pouvait probablement pas la satisfaire comme elle l'aurait voulu. Et puis, elle avait un peu trop bu...

Il haussa les épaules.

— Toujours est-il que je lui en ai terriblement voulu. Et cela ne s'est pas arrangé lorsque mon oncle lui a légué le *palazzo*, à sa mort. Elle n'a jamais voulu investir le moindre sou pour l'entretenir ou le restaurer. Au lieu de cela, elle a dilapidé le peu d'argent que lui avait légué Eduardo...

Luca prit une profonde inspiration. Il en arrivait à la partie de son récit qui lui faisait le plus honte. Mais il sentait confusément que s'il voulait avoir une chance de reconquérir Valentina, il allait devoir se montrer parfaitement honnête envers elle.

— C'est à cette époque que tu es venue rendre visite à ta mère. Et j'ai décidé de me servir de toi pour me venger de Lily...

Une lueur de souffrance passa dans les yeux de Valentina.

— Ne crois pas que c'était un plan machiavélique et calculé. Mais j'étais furieux contre ta mère et frustré de ne rien pouvoir faire. Elle avait tenté de me séduire alors je me suis dit que j'allais lui rendre la monnaie de sa pièce en séduisant sa fille...

— Mon Dieu, murmura Valentina, plus pâle que jamais.

— Tu comprends à présent pourquoi je t'ai si mal traitée, le lendemain matin, reprit-il, bien décidé à ne rien dissimuler. C'était stupide et cruel, bien sûr. Mais jamais je n'aurais cru que cela aurait de telles conséquences, ajouta-t-il en jetant un coup d'œil en direction de la tombe de Leo.

Valentina ne disait plus un mot, se contentant de le fixer d'un air accablé.

— C'est là que l'histoire prend une tournure ironique, poursuivit-il. Car pendant cette nuit que nous avons passée ensemble, je suis tombé amoureux de toi.

L'expression de Valentina passa de l'abattement à la consternation.

— Je ne l'ai pas compris tout de suite. Je crois d'ailleurs que je ne l'aurais pas accepté. Après tout, tu étais la fille de Lily... Mais la vérité, c'est que je n'ai jamais oublié ce que nous avions vécu. Chaque fois que je suis sorti avec quelqu'un, j'ai espéré retrouver cette passion et cette complicité naturelle. Mais en vain.

Il se tourna de nouveau vers la mer qui continuait à battre contre les rochers.

— Entre-temps, ta mère a épuisé le legs d'Eduardo. Et elle est venue me trouver pour m'emprunter de l'argent. J'ai tout de suite compris que je tenais enfin ma chance de récupérer le *palazzo* et de tenir la promesse que je m'étais faite de le rénover. Tu connais la suite : je me suis rapidement retrouvé en position de pouvoir saisir la maison.

— Mais pourquoi m'avoir fait venir ? articula Valentina.

— Je ne t'avais toujours pas oubliée depuis cette fameuse nuit, expliqua-t-il. Et plus le temps passait, plus il devenait évident que cette obsession ne faiblirait pas. Alors j'ai suggéré à Lily de te faire venir. Je me disais qu'en te revoyant, je parviendrais peut-être à exorciser ton souvenir...

Il ne put réprimer un sourire ironique.

— En réalité, c'est exactement le contraire qui s'est produit. Dès que j'ai posé les yeux sur toi, j'ai su que je voulais te reconquérir. Je savais par ta mère que tu étais toujours célibataire. Mais il était évident que tu me haïssais. Alors j'ai improvisé cette histoire de chantage. Ce n'était sans doute pas très fair-play de ma part mais je voyais bien que si je ne trouvais pas très vite quelque chose, tu repartirais en Australie...

— Mais je ne comprends pas, mumura Valentina. Pourquoi n'as-tu pas profité de la situation ? Lorsque je suis venue te trouver, le premier soir, tu m'as repoussée.

— Je ne voulais pas que tu t'offres à moi parce que tu y étais contrainte. Une fois assuré que tu resterais en Italie, je comptais te reconquérir. Et je ne voulais pas seulement ton corps, cette fois, mais aussi ton cœur.

— Pourquoi ?

— N'est-ce pas évident ? Parce que je t'aime, Valentina. Je crois que je t'ai aimée depuis l'instant où nous nous sommes rencontrés.

— Tu m'aimes, répéta-t-elle d'un ton incrédule.

Etant donné les circonstances, il ne pouvait lui en vouloir de douter de ses sentiments.

— Oui, acquiesça-t-il. Je t'aime. Je sais que je me suis conduit comme un imbécile, que je t'ai fait terriblement souffrir, que j'ai monté la campagne de séduction la plus absurde qui ait jamais été entreprise... Mais je t'aime. Lorsque tu as quitté Venise, la première fois, tu as emporté un morceau de mon cœur. Et lorsque tu es partie une deuxième fois, il y a quelques jours, tu m'as pris le reste. Je sais que tu mérites mieux que moi mais je veux vivre avec toi, Valentina. Et comme nous avons déjà vécu le pire, j'espère que le meilleur est encore devant nous...

Une fois de plus, Tina avait l'impression de vivre un rêve éveillé. Jamais elle ne se serait imaginé se retrouver un jour ici au côté de Luca. Jamais elle n'aurait pensé qu'il prononcerait de telles paroles.

Elle avait encore du mal à intégrer tout ce qu'il venait de lui révéler. Sans doute lui faudrait-il encore longtemps pour démêler l'écheveau complexe des sentiments contradictoires qu'elle avait éprouvés en écoutant son récit.

Mais elle était déjà certaine d'une chose : Luca et elle s'aimaient. Et c'était probablement une fondation assez solide pour qu'ils puissent reconstruire la confiance et la complicité qu'ils avaient perdues.

— Je t'aime aussi, Luca, articula-t-elle sans parvenir à réprimer les larmes de joie qui perlaient au coin de ses yeux.

Le visage de Luca se transfigura sous ses yeux, passant de l'angoisse au bonheur en une fraction de seconde.

— Valentina Henderson, lui dit-il d'une voix légèrement étranglée par l'émotion, me feras-tu l'honneur de devenir ma femme ?

— Oui, répondit-elle, le cœur battant à tout rompre. Mille fois oui !

Il s'avança vers elle et elle se nicha contre lui. Les bras de Luca se refermèrent sur elle et leurs lèvres se rencontrèrent. Le baiser qu'ils échangèrent alors disait mieux que des mots les sentiments qu'ils éprouvaient l'un pour l'autre.

Ils demeurèrent longtemps enlacés au sommet de la falaise battue d'embruns. Comme s'ils ne faisaient plus qu'un seul être.

— Tu sais, murmura enfin Luca à son oreille, si tu es d'accord, nous pourrions peut-être songer à donner à Leo un petit frère ou une petite sœur...

A ces mots, Tina ne put réprimer un frisson.

— Je ne sais pas, murmura-t-elle. J'ai si peur, Luca... Je ne suis pas sûre que je supporterais de revivre ce qui s'est passé à l'époque.

— Cela n'arrivera pas, lui assura-t-il.

— Tu ne peux pas en être sûr, objecta-t-elle. Même les médecins n'ont pas pu expliquer ce qui s'est passé.

— Je ne peux pas te promettre que tout se passera bien, lui dit-il gravement. Personne ne le peut. En revanche, je te jure que, quoi qu'il puisse arriver, je serai à tes côtés, cette fois-ci. Je ne te laisserai plus jamais tomber, Valentina. Je t'en fais le serment.

Épilogue

Ils se marièrent à Venise.

Comme le voulait la tradition, la mariée et son père arrivèrent à bord d'une gondole. Luca et tous les invités les attendaient dans la petite chapelle du *palazzo* Barbarigo qui venait d'être entièrement rénovée.

Lorsqu'il vit entrer sa fiancée, Luca sentit son cœur se serrer dans sa poitrine. Jamais elle n'avait été aussi belle qu'en ce jour. La robe qu'elle avait choisie était très simple, mettant parfaitement en valeur sa silhouette gracieuse.

Pour tout bijou, elle portait le collier d'or et d'ambre qu'il lui avait offert le soir où ils étaient allés voir *La Traviata*, celui-là même que les journalistes avaient pris pour un cadeau de fiançailles.

Lorsque Mitch lui confia la main de sa fille, les deux hommes échangèrent un sourire complice. Depuis qu'ils s'étaient rencontrés sur le seuil de la ferme familiale, ils avaient appris à se connaître et à s'apprécier. Luca aimait la franchise et la simplicité de son beau-père.

Ce dernier gagna sa place au côté de Deidre Turner qui était venue d'Australie avec lui. Le prêtre s'avança alors et salua ceux qui étaient venus assister à la cérémonie dans un anglais chantant.

Mais Luca ne prêta pas vraiment attention à ce qu'il disait. Il n'avait d'yeux que pour la femme qu'il aimait et qui allait devenir son épouse. Fort heureusement, il parvint à se concentrer suffisamment pour se rappeler les mots consacrés qu'il était censé prononcer.

La célébration se déroula comme un rêve. Jamais au cours de son existence il ne s'était senti aussi heureux. Et il n'était vraiment pas certain de pouvoir effacer un jour le sourire béat qui se dessinait sur ses lèvres.

La réception qui suivit fut tout aussi réussie.

Les travaux de réfection du *palazzo* venaient de se terminer et le bâtiment avait retrouvé tout son éclat. Luca avait veillé à ce que la restauration soit aussi fidèle que possible à l'apparence originelle du bâtiment.

Il n'avait pas hésité pour cela à engager un peintre qui avait redessiné l'ensemble des plafonds. Sur l'un d'eux figurait un petit ange aux cheveux bruns et aux yeux couleur d'ambre.

Valentina, quant à elle, avait supervisé l'aménagement du jardin qui était redevenu aussi luxuriant que du temps où Eduardo s'en occupait personnellement. Elle était très fière du résultat et même sa mère reconnut volontiers que le *palazzo* se trouvait désormais entre de meilleures mains que les siennes.

— C'est un mariage splendide, s'exclama Lily avec emphase. Et tu es la plus jolie mariée que j'aie jamais vue… après moi bien sûr, ajouta-t-elle en souriant.

Tina ne put s'empêcher de sourire.

— Je suis très fière de toi, Tina, reprit Lily d'un ton plus sérieux. Et je suis désolée si je t'ai fait du mal par le passé. Je sais que je ne suis pas une mère idéale, loin s'en faut. Mais je suis bien décidée à m'améliorer. Et qui sait ? Je serai peut-être un jour une grand-mère acceptable…

— J'en suis sûre, déclara Tina, touchée par ses paroles. Mais dis-moi plutôt comment vont tes propres amours.

— On ne peut mieux ! s'exclama Lily. Antonio a été tellement touché par votre cérémonie qu'il vient de demander ma main.

— Et qu'as-tu répondu ? lui demanda Tina, stupéfaite.

— J'ai accepté, bien sûr ! Tu sais combien j'adore les mariages.

Tina ne put s'empêcher d'éclater de rire tandis que sa mère s'éloignait d'un pas guilleret.

— Que se passe-t-il ? lui demanda Luca qui venait de la rejoindre.

— Lily vient d'accepter la demande en mariage d'Antonio, expliqua-t-elle.

— Eh bien, on dirait que nous allons être très pris, au cours des mois à venir, déclara Luca en lui décochant un clin d'œil complice. Ton père vient juste de me dire qu'il envisageait d'épouser prochainement Deidre.

— C'est vrai ? s'exclama Tina.

Luca hocha la tête.

— Incroyable, murmura-t-elle. Si j'avais su que mes parents décideraient de se remarier le même jour…

— Ce n'est peut-être pas si étonnant, objecta Luca. Ils ont dû voir combien nous étions heureux et ça leur aura donné des idées.

— C'est vrai, concéda Tina avec un sourire radieux. Je t'aime, Luca.

Il se pencha vers elle pour effleurer ses lèvres d'un baiser. Un baiser qu'elle lui rendit avec enthousiasme avant de s'écarter légèrement pour le regarder droit dans les yeux.

— J'avais autre chose à te dire, reprit-elle.

— Je t'écoute.

Elle se pencha vers lui et lui murmura à l'oreille ce dont elle avait eu confirmation le matin même. Luca poussa un cri de joie et la souleva de terre pour la faire virevolter entre ses bras.

Huit mois plus tard, Mitchell Eduardo Barbarigo naquit à terme à l'hôpital dell'Angelo de Mestre. C'était un beau bébé de plus de trois kilos qui était en parfaite santé. Il salua d'un cri retentissant son entrée dans le monde.

Fidèle à sa promesse, Luca n'avait pas quitté le chevet de

Valentina durant l'accouchement. Il était demeuré à ses côtés, l'encourageant de ses mots et de ses regards et lui offrant tout l'amour et le soutien qui lui avaient si cruellement fait défaut, quatre années auparavant.

Et cette fois, les larmes qu'elle versa en serrant son fils contre son cœur étaient des larmes de joie. Car elle savait que la plus belle partie de son existence ne faisait que commencer.